Sean McFly

Herzlfresser

Ein beinahe paranormal~~er~~
Blut… Buckliger Welt Roman mit
dem Franz „Franzl“ Ebner

Herausgegeben von:

Independently published

Clemens Mucker

Eisteichweg 12

2630 Ternitz

Österreich

E-Mail: seanmcflyautor@gmail.com

ISBN: 9798568283225

Teil 1 der Buckligen Welt Serie

INHALT

Für alle mit einer skurrilen Phantasie, die das Träumen nicht verlernt haben.

Disclaimer

Dieses Buch ist natürlich reine Fiktion. Die Handlung und die handelnden Personen sind erfunden (bis auf die historischen Persönlichkeiten, hier sorgt der zeitliche Abstand mitunter für eine gewisse Ungenauigkeit). Jede Ähnlichkeit mit lebenden oder verstorbenen Personen und Ereignissen ist rein zufällig und natürlich nicht beabsichtigt, außer sie basieren auf wahren Begebenheiten. Gleiches gilt für unsterbliche Lebewesen, vor allem Dämonen (die einem nicht nur Anwälte an den Hals hetzen), Hexen und anderes übernatürliches Pack: Jede Ähnlichkeit ist reiner, zufälligster Zufall (Außer sie findet das Wohlwollen der vermeintlich Beschriebenen - in diesem Fall war´s natürlich reinste, schmeichelhafte Absicht…).

Außerdem möchte ich noch sagen, dass die Wiener eh nicht so schlimm sind, wie sie oft dargestellt werden. Die meisten halt. Also, einige vielleicht.

Oder auch nicht.

KAPITEL 1

Eines lernt man als Polizist: Es kommt immer auf das Auftreten an. Die Uniform hilft einem dabei nur, sie verleiht einem durchschnittlichen Mann ein gewisses Etwas an Autorität. Aber nicht genug. Der Rest – der muss von einem selbst kommen, vom Menschen, vom Träger der Uniform. Gut, vielleicht hilft auch die Waffe, die vom Gürtel baumelt, aber viel kommt dennoch auf die Person an. Souveränität ausstrahlen. Jederzeit der Herr der Lage sein – auch, wenn man es nicht ist. Ich bin mir sicher, du weißt, was ich meine. Manche Situationen kann man einfach nicht beherrschen – da muss man dann aber so tun also ob. Bei Vulkanausbrüchen etwa. Oder Tsunamis. Naturgewalten eben. Nicht, dass wir hier im südlichsten Niederösterreich, der Buckligen Welt, oft von Tsunamis oder Vulkanausbrüchen heimgesucht werden. Allerdings kennen wir andere Naturgewalten. Und mit so einer bin ich gerade konfrontiert.

Begonnen hat es, dass einer der Zuagrasten, also einer jener Bürger, die ursprünglich nicht aus unserem Dorf stammen, beim Überqueren des Zebrastreifens von einem roten Panda geschnitten wurde. Unglücklicherweise befand ich mich in Sichtweite des Zuagrasten, der noch dazu aus Wien stammt und bei uns ein Wochenendhaus hat. Natürlich hat er von mir erwartet, den Autofahrer zu verhaften und ihn in das tiefste Verlies zu werfen. Vielleicht sogar mit Streckbank und anderen lustigen Folterinstrumenten. Dass solch ländliche Gebiete wie die Bucklige Welt doch sicherlich noch sowas zu bieten haben. Als ob wir noch im tiefsten Mittelalter leben würden. Klar ticken die Uhren am Land anders als in der Stadt. Und in der Buckligen Welt vielleicht nochmals in einem anderen Sekundenschlag. Und in Brand, ja da ticken sie nochmals anders. Unsere Uhren ticken zwar langsam, aber sie sind im Durchschnitt nur etwa 20 bis 50 Jahre hinterher. Was die Gleichberechtigung der Frau angeht etwa. Viele wollen gar nicht arbeiten gehen und bleiben lieber als Hausfrau zu Hause. Dabei würden das doch wir Männer viel lieber erledigen. Also, das daheimbleiben. Den ganzen Tag Zuhause im Unterhemd unser Bier süffeln. Wir würden unsere Frau auch nicht stören, wenn sie von der Arbeit nach Hause kommt, um den Haushalt zu schupfen, die Biervorräte aufzufüllen und uns das Abendessen zu kochen. Dafür gibt´s für solche Gelegenheiten dann ja das Wirtshaus, mann muss ja auch mal rauskommen. Da sind wir hier so weit zurück, dass wir schon wieder voraus sind – von wegen Mittelalter. Modernste Neuzeit. Bei uns hat sich noch keine der Ehefrauen beschwert. Im Gegensatz zu den Ehemännern. Die Frauen wissen, wer bei uns das Sagen hat und lassen halt die Männer groß reden – solang sie ihnen nicht dreinreden. Aber immerhin haben sie das Wahlrecht akzeptiert. Damit ersparen sie sich, ihren Männern sagen zu müssen, wer gewählt werden soll. Ich sag dir, bei uns stehen die Männer ganz schön unter der Fuchtel ihrer Ehefrauen. Ich natürlich nicht. Ich bin geschieden.

Und außerdem haben wir gerade unsere Folterkammer an die CIA vermietet – wir sind ja nicht von gestern, wir schätzen gute Geschäfte wie jeder andere.

Aber zurück zu meiner Konfrontation mit einer Naturgewalt. Alles wäre nicht so schlimm geworden, wenn der rote Panda einfach weitergefahren wäre. Ich hätte dann die Anzeige unseres hauptstädtischen Freundes aufgenommen und sie mit angemessenem Aufwand weiterverfolgt. Zumindest hätte im Revier niemand gesehen, wie ich die Anzeige im bodenlosen Archiv verwahre. Falls du das bodenlose Archiv noch nicht kennen solltest – wirf einen Blick auf deinen Papierkorb. Viola - das bodenlose Archiv. Vorausgesetzt, du entleerst ihn regelmäßig, ansonsten kann ich dir sagen, dass das bodenlose Archiv gar nicht sooo bodenlos ist.

Aber nein, der Panda musste ja vor dem Zigarettenautomaten parken. Und nicht schön nach Vorschrift. Quer über die eingezeichneten Parkplätze. Wie so ein kleiner Hüpfer es schafft, in einer Reihe von ausgewachsenen Parkplätzen mit drei Reifen außerhalb der Markierung zu stehen, musst du gesehen haben, um es dir vorstellen zu können. Ich brauch mir das nicht vorzustellen, ich hab es vor mir. Da der Wiener nicht zu beruhigen ist und meint, er sei gefährdet worden und es ist meine Pflicht, dem Gesetz und ihm zu seinem Recht zu verhelfen, mach ich mich schweren Herzens auf den Weg in Richtung des roten Ungetüms. Wie gesagt: Es kommt auf das Auftreten an. Ich richte mich auf. Ziehe die Uniform gerade, Brust rein und Bauch raus. Ach so… umgekehrt, auch wenn die erstere Version mir mittlerweilen leichter fällt. Autorität ausstrahlen. Ich bin der Polizist des Dorfes, der Wächter über Gesetz und Ordnung. Oberste moralische Instanz unserer Gemeinschaft, gleich nach dem Pfarrer. Und dem Bürgermeister. Und dem Lehrer. Dem Küstner. Dem Herrn Doktor. Und wenn man Frau Brenner glaubt, kann ich gar keine moralische Instanz sein, da meine und nachfolgende Generationen am Verfall der Sitten schuld sind. Ob ich das als Ausrede verwenden kann? Ein Blick über die Schulter in Richtung des immer noch aufgebrachten Wieners zeigt mir, dass das wohl nicht der Fall ist. Also, weiter voran. Autorität. Um sie auszustrahlen, darf man sich nicht hastig bewegen. Man hat die Situation unter Kontrolle, man hat geplant, kann also nicht überrascht werden. Rennt der amerikanische Präsident? Rennt der irre Killer aus dem Horrorfilmen, der immer die laufenden Mädels verfolgt – und einholt? Nein! Planung zeichnet den Herren der Lage aus! Also eile ich gemessenen Schrittes in Richtung des Zigarettenautomaten mit dem Übeltäter davor. Nur nicht zu schnell – wir hudeln nicht in der Buckligen Welt. Und wenn ich nur lange genug Autorität ausstrahle, erledigt sich das Problem vielleicht von selbst. Selbst Tante Mizzi kann ja nicht ewig brauchen, um ihre Tschik zu kaufen.

Tante Mizzi ist nämlich die Fahrerin des roten Schwerverbrechers. Mit 89 Jahren eine der älteren Einwohner unseres idyllischen Dorfes. Und immer noch flott unterwegs. Sehr flott, meistens weit über der Geschwindigkeitsbegrenzung. Tante Mizzi in ihrem roten Flitzer ist ein gewohnter Anblick in der Umgebung. Und der soll ich jetzt einen Strafzettel verpassen, vielleicht sogar den Führerschein abnehmen. Was an sich schon ein Problem wäre: Den Führerschein hat sie schon seit ein paar Jahren nicht mehr. Außerdem legt sich niemand mit Tante Mizzi an. Rein körperlich würde man sagen, sie ist eine eher zart gebaute, kleinere Dame (sehr) fortgeschrittenen Alters. Wer es allerdings wagt, ihr zu widersprechen, wird sich sehr schnell wundern, wieviel (un-)berechtigter Zorn in so einen kleinen Körper passt. Wenn Tante Mizzi sich aufregt, wächst sie über sich hinaus. Sie scheint dann wirklich um mindestens einen Meter zu wachsen. Anders kann ich es mir nicht erklären, wie sie es mit ihren höchstens 1,50 Metern schafft, auf mich mit meinen 1,85 Metern herabzublicken. Aber vielleicht bilde ich mir das ja auch nur ein. Oder Tante Mizzi ist in Wirklichkeit Gandalf, der sich bei uns zur Ruhe gesetzt hat, nachdem er Mittelerde gerettet (oder zumindest dabei geholfen) hat.

Einen Lichtblick gibt es aber: Sie ist eigentlich gar nicht meine richtige Tante. Ich nenne sie nur so. Keine Ahnung warum, aber alle Frauen, die mit mir verwandt sind und älter sind als ich, sind meine Tanten. Ein kleiner Tick meiner Familie vermute ich mal. Aber wenn ich genauer darüber nachdenke – warum soll das eigentlich ein Lichtblick sein? Der einzige Grund, der mir dazu spontan einfällt, ist, dass die meisten Gewalttaten innerhalb der Familie passieren. Sehr tröstlich.

Bevor du mich jetzt als Vollzugsorgan einer zentralistischen Staatsgewalt, als Henker der bürgerlichen Freiheiten und Seniorenwegsperrer verurteilst: Verdient hätte sie es ja. Das musst du zugeben. Auch Wiener haben Rechte und sind kein Freiwild, gell! (Falls mein Vorgesetzter das hier lesen sollte: Wir haben nichts gegen euch Wiener! Ehrlich nicht.)

Eine – kleine – Strafe wäre also durchaus gerechtfertigt, vor allem, wenn du bedenkst, dass sie grauen Star hat. Damit mein ich keine Vögel. Tante Mizzi sieht fast nichts mehr. „Nach Wiener Neustadt fahr ich nimma, da kenn ich die Straßen net so gut“, sagt sie immer zu mir. „Aber bei uns, do kenn i mi aus. Die Straßen fahr i a blind.“ Was sie vermutlich auch tut. Dass sie den Zebrastreifen überfahren hat, sei ihr verziehen, der ist relativ neu. Wir haben ihn erst vor fünf Jahren aufgepinselt, da hatte Tante Mizzi schon ihre Sehprobleme.

Und eines muss man ihr lassen: Sie kennt die Straßen wirklich auswendig. Unglaublich aber wahr: Seit ihrer Beinahe-Blindheit hat sie keinen Unfall mehr gehabt. Zumindest keinen, der auch gemeldet worden wäre. Dabei fährt sie auch nicht mal besonders langsam. Der Lauda hätte noch Nachhilfe bei ihr nehmen können. Aber wir Dorfbewohner haben uns an den rasenden roten Tod gewöhnt und suchen rechtzeitig Schutz. Selbst die Katzen und Hunde wissen: wenn Tante Mizzi unterwegs ist, sollten sie die Straßen meiden. Zumindest die

Überlebenden wissen das. Vermutlich wird das in die Archetypen der kommenden Hunde- und Katzengenerationen eingehen: Roter Panda – rauf auf den Baum, selbst als Hund. Und ja nicht runterkommen, solang er noch in Sichtweite ist. Wir Menschen arbeiten ebenfalls bereits daran – also, nicht daran, auf die Bäume zu kommen, da sind wir Menschen ja grad erst runter. Aber im Verkehrsunterricht im Kindergarten wird den Zwergerln eingebläut, dass sie den Zebrastreifen verwenden sollen, wenn sie die Straße überqueren wollen. Da müssen die Autofahrer stoppen. Außer, es ist ein roter Panda, dann sollen sie doch lieber einen Schritt zurück machen und warten, bis er vorbei ist – wenn möglich sollen sie auch hinter einem stehenden Wagen Schutz suchen. Und das machen wir nicht nur, weil wir so stolz auf unseren Zebrastreifen sind und wollen, das ihn auch jemand verwendet, damit er sich nicht so sinnlos fühlt. Du siehst - eine Strafe wäre also durchaus vertretbar. Zumindest vor dem Recht, aber leider nicht vor Tante Mizzi und dem Rest meiner Familie, die sich leider gut miteinander verstehen.

Langsam nähere ich mich dem Gefahrenbereich. Wie lange kann denn Tante Mizzi brauchen, um ihre Tschikpackerl zu kaufen? Haben sie die Befüllung des Automaten geändert? Die Beschriftung kann Tante Mizzi ja schon lange nicht mehr lesen, aber sie weiß, wo ihre Lieblingssorte ist. Zu visuellen Bestätigung verwendet sie die Farben. Die Trafikanten aus dem Nachbarort, die den Automaten betreiben, haben ihn so befüllt, dass es das einzige rote Packerl umgeben von lauter weißen ist. Das kann meine Tante noch erkennen. Ob ich mit den Trafikanten reden soll, dass sie den Automaten nur noch mit Tante Mizzis Lieblings-Sargnägeln befüllen? Die anderen Raucher werden sich an den Geschmack schon gewöhnen – vor allem, wenn ihnen spätabends keine andere Möglichkeit bleibt. Außerdem raucht Tante Mizzi aus Prinzip nur die billigsten Glimmstengel, sie will dem

Staat ja nicht noch mehr Geld in den Rachen werfen. Damit würde ich den Rauchern dann helfen, Geld zu sparen. Die Idee sollte ich weiterverfolgen - wenn ich die nächsten fünf Minuten überleb.

Gottseidank – Tante Mizzi hat ihre Zigaretten endlich besorgt und braust in ihrem roten Bären davon. Autorität ausstrahlen macht sich bezahlt. Autoritär drehe ich mich zu dem immer noch wütenden Wiener um und meine: „Tja, blöd gelaufen, die Übeltäterin ist entwischt. Wollen Sie dennoch Anzeige erstatten?"

Leider gibt es immer wieder Nervensägen. Ich sag ja nicht, dass die unter den Wienern gehäuft vorkommen, aber unter den Wienern sind die meisten zu finden. Er will wirklich Anzeige erstatten – nachdem er mich wegen meiner Untätigkeit beschimpft hat.

„Na gut, dann nehmen wir doch gleich die Anzeige auf. Ich konnte es leider nicht sehen, aber Sie haben sich doch sicher das Kennzeichen gemerkt, oder?"

KAPITEL 2

Im Revier angekommen bin ich mit mir doch recht zufrieden. Der Wiener konnte sich natürlich nicht an das Kennzeichen erinnern – das kann nie jemand. Und, dass eine Anzeige gegen Unbekannt sinnlos ist, hat sogar der eingesehen. Da brauch ich nicht mal mein bodenloses Archiv bemühen. Keiner zu Schaden gekommen und für die Zukunft… Naja, als Wochenendhausbesitzer ist er ja eh nicht so oft da und am Wochenende fährt Tante Mizzi eigentlich nie einkaufen. Außer ihr gehen die Zigaretten aus.

Nachdem die schlimmste Gefahr für mein Leben gebannt ist, wird es wohl Zeit, dass ich dir etwas über mich erzähle.

Ich, ich bin der Franz Ebner. Ich bin bereits (mindestens) der Dritte meiner Familie mit diesem Namen. Also Franz Ebner III. Aber wir sind ja keinen feinen Pinkel, sondern einfache Arbeiter. Daher verzichten wir auf den Zusatz. Mein Papa, Franz Ebner, war Fabrikarbeiter in einer Papierfabrik. Bis zu seinem vorzeitigen Ableben. Mein Opa, Franz Ebner, war Fabrikarbeiter in einer Papierfabrik. Bis zu seinem vorzeitigen Ableben. Mein Uropa, Überraschung: Josef Ebner, war Fabrikarbeiter in einer Papierfabrik. Bis zu seinem vorzeitigen Ableben. Davor gab es noch keine

Papierfabrik im Pittental, aber Ebners in Brand, dem Dorf in dem ich leb und jetzt auch arbeite. Ich bin sozusagen das schwarze Schaf in der Familie: Ich bin Polizist, wie du unschwer erraten konntest. Aber nicht irgendein Polizist. Ich bin Dorfpolizist, eigentlich noch sowas wie ein Gendarm. Vielleicht der letzte meiner Art. Ein wandelnder Anachronismus, selbst für Brand. Dass es mich gibt, verdanken wir aber nicht Douglas Adams, sondern unserem ehemaligen Bürgermeister. Also... nein, meine Mama ist nicht mit ihm Fremdgegangen. Zumindest weiß ich nichts davon. Was ich meine: ihm ist es zu verdanken, dass das Polizeirevier in unserem Dorf nicht geschlossen worden ist.

Als die Gendarmerie blau wurde (von den Uniformen her, nicht politisch betrachtet. Anders betrachtet waren sie vorher ja auch schon blau, auch wenn sie da noch grün waren – wenn du verstehst, was ich meine). Da sind auch die meisten Gendarmerieposten geschlossen oder zumindest zusammengezogen – und in Reviere umbenannt - worden. Nicht so bei uns. Unser ehemaliger Bürgermeister hat es geschafft, unseren zu erhalten. Das muss man ihm lassen: er war ein richtiges Schwergewicht. Nicht nur körperlich. Politiker der alten Garde. Er kannte Gott und die Welt – egal von welcher Partei. Als es damals hies, dass auch unser Posten geschlossen wird, machte er einen auf Jacques Chirac und sagte einfach: „Na, sicha net. Net mit mir." Und so ist es auch gekommen. Auch wenn jetzt halt alle vom Polizeirevier reden.

Gut, das Revier ist jetzt nicht das größte, aber wir haben alles, was ein Revier so ausmacht und braucht. Untergebracht sind wir im ehemaligen Rathaus, und das schon seit ewigen Zeiten. Heute sind die Dorfoberen in einen unpersönlichen Neubau weitergezogen, und ich teile mir das Gebäude mit einem Frisör und dem Bäcker. Außerdem bin ich nicht nur Polizist, sondern sogar Postenkommandant. Da ich dann gerade mal mich selbst und halbtags die Irene, die teils Putzfrau, teils Sekretärin ist, kommandieren kann (außer Irene kommandiert mich rum), nutzt das eigentlich niemandem. Naja, meinem Konto ein wenig. Für die meisten bin ich einfach der Herr Inspektor. Oder der Herr Wachtmeister. Manchmal auch der Herr Polizist oder für die älteren Bürger meiner Gemeinde der Herr Gendarm. Wie gesagt – manche Uhren ticken bei uns etwas langsamer.

Da Irene nur am Vormittag, wenn ihre Kinder im Kindergarten beziehungsweise in der Volksschule sind, da ist, habe ich ab Mittag das Revier für mich alleine. Der Parteienverkehr hält sich auch in Grenzen. Ich glaube, das letzte Mal, dass mich jemand im Revier wegen einer Anzeige aufgesucht hat, war im Sommer vor vier Jahren. Ihm hatte jemand vor unserem Freibad die Luft von seinen Autoreifen ausgelassen. Der oder die Täter konnten nie ermittelt werden. Da er aber im Halteverbot geparkt hatte, hab ich ihm noch ein Knöllchen auf seinen Heimweg nach Wien mitgegeben.

Auf jeden Fall bedeutet es, dass ich mich am Nachmittag den wichtigen Dingen widmen kann und im Revier meine Ruhe finde. Als mich mein Handywecker aus einer tiefen Nachdenkphase weckt, beschließ ich, dass ich für heute genug für Sicherheit und Ordnung gesorgt habe. Zumal ich dem Beinahe-Tod in Gestalt von Tante Mizzi nur um Haaresbreite von der Schaufel gesprungen bin. Die Uniform lasse ich gleich an, das Polizeiauto vor dem Revier. Zu Fuß mache ich mich auf den Heimweg, mit einem kurzen Einkehrschwung im Wirtshaus. Nahtod-Erfahrungen machen durstig, das kannst du mir glauben. Und ich denke noch, dass der heutige Tag genügend Aufregung für das restliche Jahr war. Ach, was sag ich: In unserer beschaulichen Umgebung reicht das ja für ein ganzes Leben.

Aber wie lautet das elfte Gebot?

Du sollst dich nicht irren.

KAPITEL 3

Kennst du den Zustand, wenn du mitten aus einem Traum gerissen wirst? Mein Traum handelte von mir und meiner Ex-Frau. Genaueres zu verraten, verbietet mir der Anstand. Schließlich bin ich Polizist. Ich will mich ja nicht selber verhaften müssen. Aber nach einer ersten Phase der verwirrten Orientierungslosigkeit, in der ich nicht zwischen Traum und Wirklichkeit unterscheiden konnte, wird mir klar, dass das Getöns nicht das Gezeter meiner Ex ist. Leider wird mir mit zunehmender Wach- und somit Klarheit auch eines deutlich vor Augen geführt: Der gestrige Abend war doch länger als geplant. Den tanzenden Lichtern zu Folge deutlich länger. Und flüssiger. Die zunehmende Klarheit – wenn man in meinem verkaterten Zustand von Klarheit sprechen kann – bringt Bilder von ein paar Runden Obstler mit sich. Naja, das waren immerhin Klare. Wie soviel Klare die Klarheit dermaßen verschwimmen lassen können, ist eine Frage, die die Wissenschaft erst klären muss, da bin ich mir sicher. Da das Geschepper immer noch nicht aufgehört hat und mein Kopf ebenfalls aufwacht und beginnt, gegen die akustische Umweltverschmutzung mit stechenden Kopfschmerzen zu protestieren, setze ich mich in meinem Bett auf. Ein Teil meines Gehirns registriert, dass es wirklich mein Bett ist. Und ich alleine bin. Somit ist ein weiterer Teil meines Gehirns erleichtert. Ein anderer aber abgrundtief enttäuscht, gemeinsam mit einem Teil von mir, der sich weiter unten befindet.

Soviel Hirnarbeit verlangt allerdings seinen Tribut. Unter dem weiterhin anhaltenden Lärm stürme ich in Richtung Badezimmer. Wobei stürmen sicher ein relativer Begriff ist, und ich mich in einer Zwickmühle befinde: Ich muss dringend ins Bad, aber jeder Schritt vergrößert das Bedürfnis nur umso mehr. Ich kann dir sagen, es war ein verdammt knappes Rennen, aber letztendlich hab ich es geschafft – gerade so. Nachdem ich den gestrigen Abend revuepassieren ließ – wobei mir die Klomuschel eine echte Stütze war – und ich ein paar Kopfwehtabletten eingeworfen habe, bin ich für den neuen Tag bereit. Zumindest für das Frühstück mit meiner Mama. Solang sie nicht zu laut mit der Kaffeetasse scheppert. Und niemand mich anspricht. Ein Blick auf die Uhr zeigt mir – noch ein wenig verschwommen – dass es wohl so gegen Sieben Uhr sein muss. Wenigstens etwas. So hab ich vor meinen Augen ziemlich verschwommen dreimal die 7, die göttliche Zahl. Sechs wär blöder. 666 würde nix gutes für den Tag verheißen.

Wie sich herausstellen wird, hätte es aber gepasst.

Leider ist das nervige Gebimmel immer noch nicht aus. Ein Teil von mir erkennt auch, woher es kommt: Mein Handy läuft schon die ganze Zeit Amok. Also nicht wirklich, ich muss es nicht erschießen, auch wenn ich es mir in dem Moment wünsche. Könnte ich aber auch gar nicht, meine Dienstwaffe lasse ich immer im Revier. Im Dienst trage ich zwar stets den Holster, aber nur, weil der genau die richtige Größe für ein Wurstbrot hat. Die Waffe hab ich seit ich hier meinen Dienst angetreten hab, nicht gebraucht. Da kommst als Polizist eh nur in Schwierigkeiten, wenn du mal die Waffe ziehst oder gar schießt. Dann lyncht dich die Presse und die Dienstaufsichtsbehörde malt dir eine Zielscheibe auf die Brust. Und was das erst an Papierkram bedeutet… Da versuchst du dir mit den Formularen die Pulsadern aufzuschneiden. Kann ich gar nicht brauchen. Was ich von den Wurstbroten meiner Mama nicht behaupten kann.

Wenn du glaubst, dass Wurstbrot gleich Wurstbrot ist, dann irrst du dich gewaltig. Und du hast noch nie die Wurstbrote meiner Mama gekostet. Leider will sie mir partout nicht verraten, wie sie es macht, aber ihre Wurstbrote sind legendär. Die könnte sie sogar verkaufen. Vielleicht in der Papierfabrik. Damit die Linie der Ebners in der Papierfabrik nicht ganz ausstirbt. Aber das will sie auch nicht. „Die musst du mit viel Liebe machen, das ist das Geheimnis. Und wenn ich wen lieb hab, dann doch wohl meinen Buam." Und natürlich die zahlreichen Gäste, die täglich bei uns ein und aus gehen. Meine Mama hat genügend Platz für ein großes Herz.

Wenn du dich wunderst: Ja, ich wohne mit meinen 48 Jahren wieder bei meiner Mama. Und bei meiner Oma. Und Uroma. Mein persönliches Drei Mäderl Haus. Da wir eine alteingesessene Familie sind, haben wir auch mehr Besuch als das Polizeirevier und die Gemeinde zusammen. Nur das Postamt und der Greißler – Verzeihung – Nahversorger, machen uns in Punkto Personenverkehr Konkurrenz. ÖBB Anbindung haben wir keine, aber bei der Frequenz der Aspangbahn wäre auch die nur unter ferner liefen. Auch ein Grund, warum ich die Nachmittage am Revier so genieße. Ruhe! Keine nervigen Aufforderungen, doch endlich etwas gegen den jeweiligen Nachbarn zu unternehmen, der die ganze Zeit lautstark Party macht. Oder ganz sicher kriminell ist. Oder endlich dafür zu sorgen, dass am Trampelpfad am Bach entlang das Unterholz zurückgeschnitten wird. Als ob ich der Gärtner wär. (Falls es dich interessiert: der lautstark partymachende Nachbar ist ein 78jähriger Pensionist und der „Krach" kommt von seinem Rollator und dem Sauerstoffgerät. Da siehst du, mit was ich mich so rumschlagen darf. Ich hatte sogar einen Anruf, wann denn endlich der Bofrost Mann kommt und ob er eh die guten Pommes dabeihat und nicht die anderen – ich habe meine Uroma dann mit meiner gesamten Autorität darauf hingewiesen, mich während der Dienstzeit gefälligst nicht mit solchen Lappalien zu stören. Seit ihrer Antwort hab ich immer den Lieferplan vom Bofrost im Revier hängen).

Aber ich schweife ab. Wir waren bei meinem nervenden Handy und der Aussicht auf ein Frühstück. Und ich hoffe, du hast nichts dagegen, wenn ich gleich beim ‚Du' bin, immerhin bin ich Österreicher, da machen wir das so. Auch wenn wir uns nicht persönlich kennen. Das „Sie" wird bei uns am Land kaum verwendet. Vielleicht noch Autoritätspersonen gegenüber. Oder wenn wer auf dem „Sie" besteht. Aber als Polizist kann ich dir versichern: „Sie Idiot" sagt sie genauso leicht wie „Du Idiot". Auch die Ausgänge zur Darmentleerung machen keinen Unterschied zwischen ‚Du' und ‚Sie'.

Ausnahmen gibt es dann, wenn der andere einen jener nichtssagenden Titel führt und darauf besteht: Beim Herrn Doktor verstehe ich das ja noch. Aber der Herr Kommerzialrat kann mich mal. Meine persönliche Meinung, aber wir Österreicher sind titelgeil. Seit wir offiziell keinen Adel mehr haben, ziert sich jeder, der kann, mit einem Titel um diese Lücke zu füllen. Hofrat, Amtsrat, Kanzleirat, Kommerzialrat, Veterinärrat, technischer Rat, Bergrat, Forstrat, Schulrat und Oberschulrat, Studienrat und Oberstudienrat. Ja, sogar Kammersänger oder Kammerschauspieler… alles Titel, die vom Staat vergeben und gern angenommen werden. Ich mein… Hofrat? Selbst mir, der ich in einem kaisertreuen Haushalt mit sozialistischen Einschlägen aufgewachsen bin, kommt das falsch vor. Und dann kommen noch die ganzen akademischen Titel dazu.

Na gut, ja, du hast mich ertappt. Ich schweife schon wieder ab. Aber was soll ich machen? Der Gedanke an mein Handy sorgt nicht gerade für gute Laune. Da bin ich noch eine andere Generation. Die jungen Leut…

Also zurück: Statt einem starken Kaffee und einem ersten Wurstbrot erwartet mich und meinen frisch geleerten Magen als wir aus dem Bad kommen nur das Gebimmel von meinem Handy.

Ich krame in dem Gewandhaufen, aus dem das Gebammel kommt. Sowohl mein Kopf als auch mein Magen treiben mich zu einer gewissen Eile. Zu denen gesellte sich vor kurzem zu allem Überfluss auch noch die Blase, die im Gegenteil zum Magen immer noch voll ist. Als ich es endlich gefunden habe, werfe ich einen Blick auf die Anruferkennung: „Karli“ steht da. Einer der anderen Stammgäste von gestern. Wie kann denn der schon munter sein? Der war gestern ja noch panierter als ich! Oder ist er immer noch unterwegs? Mit der Sperrstunde ist es so eine Sache. Eigentlich sollt unser Wirt ja spätestens um eins in der Früh zusperren. Macht er ja auch. Wortwörtlich. Dann kommt keiner mehr rein. Aber wenn die Tür zugesperrt ist… dann kommt ja auch keiner raus. Dann muss man noch ein Schluckerl trinken, bis der Wirt die Tür zum Lüften wieder aufsperrt. Ist auch keine richtige Bestellung oder Kundschaft, sondern ein gemütliches Zusammensein unter Freunden. Nach eins zahlt auch keiner mehr. Da wird aufgeschrieben und die Geldübergabe am nächsten Tag erledigt. Da kann sogar ich als Polizist nix machen. Selbst zu Zeiten von Corona-Virus Einschränkungen. Da ist das dann halt schon früher eine private Runde. Ich werd da selber nur als Privater eingelassen (oder dringelassen). Und

so viele sind zu dem Zeitpunkt eh nicht mehr da. Bei uns im Wirtshaus hat sich noch keiner was Schlimmeres eingetreten als einen ordentlichen Kater oder mal eine klitzekleine Alkoholvergiftung. Und auch wenn so ein Kater den ganzen grüngesichtigen Stammgästen am nächsten Tag nach offensichtlich ansteckend sein kann, fällt der nicht unter´s Pandemiegesetz.

Trotz meiner Abschweifung lässt der Karli nicht locker und meinem Handy ist die Puste auch noch nicht ausgegangen: es bimmelt weiterhin fröhlich vor sich hin.

Schweren Herzens und in Richtung Küche schnüffelnd, heb ich halt ab, bevor mein Kopf endgültig explodiert.

„Hallo Karli. Wenn´st jetzt…“, beginne ich, werde aber von einem aufgebracht lallenden Karli sofort abgewürgt.

„Franzl, k..kum schnell. Du muasst sofort kumma.“

„Karli, was ist denn? Hast dein Bier verlegt? Weil fürs Brand löschen ist die Feuerwehr zuständig.“

„Sei net deppert. Hinich is!“

„Weder mei Bier no i bin deppert“, kann ich mir nicht verkneifen.

„Heast mi net? Du muasst sofort kumma! Do is a Leich!“

„Karli, wenn du mich jetzt in aller Herrgottsfrüh angerufen hast, um mir zu sagen, dass vorm Wirtshaus noch eine Schnapsleiche liegt… ich schwör dir bei Gott, das wirst bereuen. Bitter bereuen!“

„Na. Echt jetzt. Do liegt a Leich. Kummst jetzt?“

„Jaja, bin scho am Weg. Wohin eigentlich?“ versuche ich Karli zu versöhnen. Der und seine Schnapsideen. Ich will ja nicht sagen, dass der Karli der Dorfdepp ist, weil das wär ja politisch nicht korrekt. Außerdem gibt es den angesehenen Beruf des Dorfdepps ja leider nicht mehr. Aber eigentlich ist der Karli schon unser Dorfdepp. Also nicht die hellste Glühbirne unter der Sonne, aber ein ganz Lieber. Immer hilfsbereit und, wenn er nüchtern ist, sogar eine echte Hilfe (was aber eher selten vorkommt).

„I bin oben beim Hirschgatter. Du, des schaut echt net guat aus.“

Das glaub ich ihm auf´s Wort. Der Karli ist in der Früh nie ein erbaulicher Anblick.

„Kann ich noch meinen Kaffee trinken?"

„Spinnst? I sog doch, do liegt a hiniche Leich. Des is a Fall für die Polizei!"

„Die meisten Leichen sind hinich, Karli", belehre ich meine heutige Nemesis, die zwischen mir und meinem Kaffee steht.

„Jo eh, aber net so. Die is wirklich hinich. Da willst nix im Magen haben. I was, wovon i red."

Zivilisten. Vermutlich ist ein Damhirsch von einem Hund gerissen worden. Leider gibt es zu viele Menschen, die ihren Hund nicht im Griff haben. „Der ist eh ein ganz Lieber, der tut niemanden was!" – sowas in der Art hör ich andauernd. Da ist es schon häufiger zu Vorfällen gekommen, wenn der ‚ganz Liebe' dann plötzlich sein predatorisches Ich entdeckt und hinter den Rehen und Hirschen her ist. Gut… die meisten der Hundsviecher sind eh zu moppelig und kurzatmig, als dass sie einem gesunden Reh gefährlich werden könnten. Aber dennoch werden ab und an Rehe erwischt, weil sie sich nicht rechtzeitig vom Lachanfall erholt haben. Du merkst, ich mag Hunde – so sehr wie Krapfen, die mit Senf gefüllt sind.

Nachdem ich aufgelegt und mir die Schläfen massiert habe, mache ich mich auf den Weg in Richtung Küche, dreh aber nach wenigen Schritten wieder um, und ziehe mir auch noch meine Hose an. Im Hemd habe ich geschlafen, das spart mir jetzt Zeit. Als ich sicher bin, dass sich auch Schuhe an der richtigen Stelle an mir befinden, mach ich mich wieder auf den Weg. Ich leg aber nur einen kurzen Boxenstopp in der Küche ein, bei dem mir meine Mama Kaffee in den Thermosbecher füllt und ein Wurstbrot in meinen Holster steckt.

Am Weg zum Wildgatter verfluche ich mich mehrmals. Laut unserer Stammtischsportler ist es angeblich ja nicht so weit vom Dorf entfernt, grad mal einen oder eineinhalb Kilometer, also nur unwesentlich weiter als zum Revier. Aber um ehrlich zu sein… das IST weit. Und warum muss ich auch mein Dienstauto vor dem Revier stehen lassen? Warum muss es auch so weit zum Revier sein? Warum muss ich auch so viel rauchen? Warum mach ich nicht mehr Sport? Warum war ich gestern noch beim Wirten? Und warum habe ich mich vor kurzem noch über moppelige Hunde lustig gemacht? Nach der Phase des Selbsthasses, beginnt mit zunehmender Schweißproduktion der Hass auf den Karli.

Kurz vor dem Wildgatter lege ich noch eine Pause ein, nehm den letzten Schluck Kaffee und ess das Wurstbrot. Nachdem der Karli mich da in die Einöde gelockt hat, hat er sich weder Wurstbrot noch Kaffee verdient. Außerdem versuch ich, mich wieder zu beruhigen, damit ich den Karli nicht erwürg.

Als ich um die letzte Kurve biege, mir der Karli aufgeregt entgegenrennt und ich sehe, worauf er deutet, bereue ich das Wurstbrot.

Nachdem ich zum zweiten Mal an diesem Tag mir meine Innereien aus dem Leib gekotzt habe, bin ich zumindest wieder nüchtern. Der Schock vermutlich.

„I hob´s dir ja g´sogt. I woa a scho do hinten speibn. Bist eh einetreten, host owa nix g´merkt.“

Dass ich nicht einmal meine Schuhe auf die Hinterlassenschaften von Karli untersuche, wird dir vermutlich schon genug sagen. Ich steh nur da und starre auf den Körper, der da halb verdeckt hinter einem Haselnussstrauch liegt. Leider ist die untere Hälfte vom Strauch verdeckt, nicht der Oberkörper. Oder was von ihm noch übrig ist. Wenn unser Fleischer ein Schwein schlachtet, ist es auch nicht schöner anzuschauen.

„Du Karli, die ist Tod!“

„Blitzkneisser. I hob´s dir jo g´sogt. Glaubst ma jetzt? Oder muasst no den Puls fühlen?“

„Die ist wirklich tot!“ Zugegeben, ich bin noch etwas neben mir, aber ich muss keinen Puls fühlen, um zu wissen, dass die Frau tot ist. Durch den geöffneten Brustkorb und die weit auseinandergespreizten Rippen kann man erkennen, dass ihr Herz nicht mehr schlägt. Es fehlt nämlich.

Ich will dir die genauen Einzelheiten ersparen, es reicht, dass mich dieses Bild noch lange in meinen Träumen heimsuchen wird.

„Karli, warst du das?“ Ich kann es mir nicht vorstellen, dass der Karli zu so etwas fähig ist, aber wie bei den meisten Mördern weiß man es nie genau. Instinktiv wandert meine rechte Hand Richtung der Dienstwaffe. Als ich mich dabei ertappe, schimpf ich mich selbst. Das ist der Karli. Killer hin oder her, der wäre nach dem gestrigen Abend niemals dazu in der Lage gewesen. Er war ja nicht mal in der Lage, sich ordentlich auf den Füßen zu halten. Außerdem, was bringt es, wenn ich mein Reserve-Wurstbrot zück? Beziehungsweise das leere Wurstbrotpapier?

Beim Gedanken an meine letzte Mahlzeit merke ich, wie wieder eine leichte Übelkeit in mir aufsteigt. Ich bin froh, als der Karli fragt: „Du bist der Polizist, was mach ma jetzt?“

Leider erwartet er von mir etwas Durchdachteres als ‚Wir holen die Polizei‘.

Ich mustere Karli, der immer noch auf die Tote starrt. Vielleicht kennst du das aus Horrorfilmen: Eigentlich will man gar nicht hinsehen, aber es übt eine eigene, morbide Faszination aus, so dass man einfach nicht wegsehen kann. Optischer Magnetismus. Der Blick wird einfach angezogen. Manchmal durchaus erfreulich, wie von dem Dekolleté einer hübschen Frau, manchesmal - wie jetzt – aus purem Grauen (wobei manchmal auch ein Dekolleté Grauen auslösen kann). Das Gehirn scheint noch die Bestätigung zu brauchen, dass das, was man da sieht, auch wirklich wahr ist.

Der Karli jedenfalls scheint mir an der Tat wirklich unschuldig zu sein. Er trägt immer noch die gleichen Sachen wie gestern und, wenn sie auch nicht gerade rein sind, so ist kein Blut auf ihnen zu sehen. Und er schaut die Leich weder mit dem Stolz eines Psychopathen noch mit der Besorgnis eines Mörders im Affekt an, sondern in seinem Blick ist das gleiche Grauen wie in meinem. Still mustere ich wieder die Leiche – optischer Magnetismus – und versuche nachzudenken.

„Das liegt über meiner Gehaltsklasse. Ich muss telefonieren.“

Eine nach der anderen taste ich die Taschen meiner Uniform ab. Kein Handy. Mist. Dreimalverfluchter Mist. Ich weiß, ich habe eine gestörte Beziehung zu meinem Mobiltelefon und neige dazu, es zu vergessen. Naja, hier oben hätte ich eh keinen Empfang.

„Karli, ich muss runter in´s Dorf, ich brauch Empfang. Wart du hier und lass keinen in die Nähe.“

„Wos? I soll da warten? Bist angrennt? I bleib doch net mit der Toten allanich!“ Entrüstet blickt er mir direkt in die Augen.

„A geh, die tut dir scho nix. Und warst bis jetzt ja auch alleine mit ihr.“

„Do war i ah no net so richtig nüchtern. Aber weißt was, nimm mei Handy.“

Trotz der Umstände bin ich erstaunt. Karli reicht mit nicht nur ein Handy, sondern ein Smartphone. Klar kenn ich sowas, ich bin ja nicht von gestern. Auch wenn mein Handy noch aus der Zeit stammt. Ich will mit meinem telefonieren und ab und an eine SMS senden. Alles andere ist überflüssiger Schnickschnack. Als Polizist brauch ich keine der Sozialen Medien. Wenn mir jemand was zwitschert, dann bei einem Bier beim Wirten. Face to Face, wie man so schön sagt – ganz ohne book. Kannst auch besser beurteilen, ob jemand lügt. Und ist meiner Meinung nach viel angenehmer – selbst schlechte Nachrichten werden durch das eine oder andere Krügerl leichter verdaubar. Und wenn ich am Klo sitz, brauch ich das der Welt nicht mitzuteilen. Interessiert ja keinen. Naja, außer meiner Mama, Oma oder Uroma, wenn sie selbst müssen – ein Klo und drei ältliche Damen im Haus ist kein Vergnügen, das kann ich dir sagen. Da hast keine Ruhe, um am Klo die Zeitung gründlich zu studieren. Aber die brauchen auch keine Statusmeldungen – außer durch die Tür.

Etwas verloren blicke ich auf das Ungetüm aus Chrom und absoluter Schwärze. Immerhin kann ich einen Apfel darauf ausmachen, wie das Ding aber sich meinem Willen fügt und mich mit ihm telefonieren lässt, da bin ich überfordert. Karli bemerkt meine Not und entsperrt mir das Monstrum. „Das neueste Modell, hat scho a bissal a bessere Antenne als dei Dinosaurier." Und wirklich – ich erkenne zwei Stricherl, von denen ich vermute, dass sie den Empfang anzeigen sollen.

So, ein Problem gelöst, aber wie es halt so ist: sie stehen Schlange. Oder weißt du die Telefonnummer von deinem Chef auswendig? Von der Spurensicherung und Co ganz zu schweigen. Ist ja nicht so, dass ich sie so oft gebraucht hätte. Gut, einmal sind sie gekommen, nachdem im Ferienhaus von einem Regionalpolitiker eingebrochen worden ist. Sind emsig herumgewuselt und haben Fingerabdrücke genommen. Rausgekommen ist eh nix dabei, aber für den Herrn Politiker...

Nachdem auch zu Karlis Hobbies nicht das Auswendiglernen von Telefonbüchern zählt, muss ich mich geschlagen geben und wähle 133. Die Nummer wurde mir schon in der Volksschule eingebläut. Und reimt sich ja sogar: 133 – Polizei, 144 – Rettung ist schon wieder hier. Nur für die Feuerwehr mit 122 konnten wir damals keinen Stabreim finden.

Nachdem ich die notwendigen Details durchgegeben habe, kommt natürlich die unausweichliche Frage: „Und wer sind Sie?"

Als ich Postenkommandant Revierinspektor Franz Ebner durchgebe, höre ich das Zögern am anderen Ende der Leitung. Klar – warum sollte ein Polizist bei der Notrufnummer anrufen. Der Chef von Google ruft sicher auch nicht bei der Auskunft an, wenn er mit seiner Sekretärin sprechen will. „Mein Handy hat hier oben keinen Empfang, ich ruf vom Handy des Finders an", versuch ich mich zu rechtfertigen.

„Und aus Ihrem Telefon die Nummer in das Handy einzutippen ist Ihnen zu aufwändig?" stichelt die unbekannte Stimme unpassender Weise durch die Leitung. Als Polizist wird man dazu erzogen, allwissend zu wirken. Das trägt auch zur Aura von Autorität und Sicherheit bei. Zeigt, dass man Herr jeder Lage ist. Gott, Doktoren, Polizisten – die allwissende heilige Dreifaltigkeit (neben Anwälten, Managern, Projektleitern, Abteilungsleitern, Verkäufern, Frisören, Schaffnern und Politikern. Und Fußballfans. Und Österreichern. Und Müttern. Aber was wissen die denn schon!)

„Ähh… ja, mei Handy hat keinen Akku mehr. Muss wohl die Netzsuche hier oben gewesen sein, die ihn so schnell leer gemacht hat", versuch ich die Blamage abzuwenden.

„Ja klar. Na, egal, die Streife ist informiert, sie wird in 20 Minuten bei Ihnen sein.“

„Ich brauch keine Streife. Ich brauch die Kripo. Und die Spusi. Schicken Sie diese bitte unverzüglich.“

„Das ist der Notruf, da senden wir mal die Kollegen von der Streife. Die schauen sich das mal an und informieren dann die zuständigen Stellen.“

„I bin jo scho do! Was sollen zwei weitere Uniformierte da heroben mochen? Die Kriminalpolizei und die Spurensicherung – aber flott. Wir haben da einen Mord!“

Karlis „Die könnten jo dann wos nützliches mochen und des Absperrbandl hoid´n“, ignoriere ich.

„Die Kollegen von der Streife sind unterwegs. Wissen´s wir haben da ein Protokoll, bevor wir die Kripo einschalten, muss ein diensthabender Polizist…“

„Der bin ich. Postenkommandant Revierinspektor Ebner.“

„Und warum rufen´s dann über die Notrufnummer an? Außerdem habe ich Sie soeben versucht zu informieren, aber niemanden erreichen können. Daher kommen die Kollegen aus Grimmenstein.“

Wenn Karlis Telefon nicht so verflucht teuer aussehen würd, würd ich mir damit auf den Kopf schlagen – aus Ermangelung des Kopfes meines Gesprächspartners. Typische Beamte, österreichische Protokollmentalität. Als ich mich bei diesen Gedanken ertappe, werd ich ein wenig rot. Bin ja schließlich selber ein Beamter. Aber natürlich einer von der angenehmeren, menschlichen Sorte. Und wer was Anderes behauptet, auf den hörst einfach nicht.

„Jaja, machen´s was Sie nicht lassen können und verschwenden wir noch mehr Zeit und Steuergelder. Und wenn Sie glauben, dass die Kollegen in 20 Minuten vor Ort sind, träumen Sie noch. Oder sie sind die unehelichen

Kinder von Niki Lauda und Usain Bolt.“ Kein Mensch schafft es vom nächsten Revier über den holprigen Hohlweg bis da herauf in 20 Minuten. Nicht einmal mit Blaulicht. Vielleicht mit einem Hubschrauber, aber die gehören noch nicht zur Grundausstattung.

Tatsächlich brauchen die Kollegen beinahe eine Stunde. Wie ich später erfahren hab, mussten sie unten im Dorf nach dem Weg fragen, da ihr Navi spinnt. Interessanterweise spinnen bei uns diese Navigationsgeräte immer. Als sie dann endlich ankommen, erhöht sich die Anzahl der Speibflecken auf vier.

„Jo, die ist tot“, stellt der eine sachkundig fest.

„Genial deine Beobachtungsgabe“, kann ich mir nicht verkneifen. Dass ich vor einer guten Stunde selbst solch scharfsinnige Beobachtungen verzapft habe, binde ich ihm nicht auf die Nase. „Wenn du jetzt noch sagst, wir müssen die Polizei holen, spring ich dir in´s G´sicht.“ Immer wenn ich mich aufreg, kommt der Dialekt mehr durch. Ich hasse das. Nichts gegen den Dialekt, den mag ich, aber beim Kartenspielen ist das echt ein Nachteil. Ich mag ja ein Pokerface haben, aber keine Pokerstimme.

„Lernt´s ihr sowas an der Polizeiakademie? Der is jo genau so obergscheit wie du. Kloa is die tot“, verrät Karli mich aber. Schön, wenn man sich auf seine Freunde verlassen kann.

„Net goschert werden, gell. Wir holen jetzt die Kripo und die Spurensicherung. Hätten Sie auch gleich machen sollen, Herr Postenkommandant“, belehrt der eine – ich nenn ihn insgeheim Wappler – mich.

„Schlaumeier, als ob ich des net versucht hätt. Und was hab ich bekommen – euch zwei Kasperl.“

KAPITEL 4

Eineinhalb Stunden später herrscht hier oben am ansonsten friedlichen Wildgatter reges Treiben. Ich habe den Tatort – zusammen mit den zwei Kollegen – natürlich die ganze Zeit über nicht verlassen, nur den Karli hab ich zum Greißler geschickt, um uns ein paar Tschik, Kaffee und was man sonst halt so braucht (Wurstsemmerl) zu holen. Klar, jetzt weiß das ganze Dorf, was da heroben vorgefallen ist, aber bei uns besteht eh keine Chance, sowas geheim zu halten. Zur Zeit bin ich fast froh, mein Handy vergessen zu haben. Ich bin mir sicher, dass bald die ersten Anrufe unter dem Vorwand, sich mal wieder melden zu wollen, eintrudeln. Die ersten Gaffer sind sogar schon da. Ist ja auch kein Wunder. Wo normalerweise sonntägliche Familienausflüge stattfinden, ist alles mit Absperrband vollgepflastert. Innerhalb der Absperrung wuseln Gestalten in Ganzkörperkondomen rum. Oder mobile Sauna, wie diese Overalls in der Fachsprache genannt werden. Die sieht man bis ins Dorf runter leuchten. Sogar die Kriminalpolizei ist – als letztes – eingetroffen. Leider ist der Fall dem Prohaska aus Wien zugeteilt worden.

Wenn du dich jetzt fragst, warum ich einen Wiener Kriminaler kenn… Ich war selbst ein paar Jahre bei dem Verein. Du würdest es mir nicht glauben: in jungen Jahren war ich sogar bei einer Spezialeinheit. Wir waren die harten Jungs, die gerufen wurden, wenn mit bewaffnetem Widerstand zu rechnen war. Oder mit terroristischen Anschlägen. Da war ich allerdings auch das eine oder andere Kilo leichter. Aber so ist das eben, das alte Sportlerproblem. Während der aktiven Karriere wird täglich trainiert. Dementsprechend muss der Kalorienbedarf gedeckt werden. Hört man dann mit dem Training auf – was einem nicht so schwerfällt, wenn man im Grunde seines Herzens nicht so der fanatische Sportler ist - futtert aber wie gewohnt weiter, tja… das Ergebnis siehst du vor dir. Ich war zwar kein Profisportler, aber das Training bei der Spezialeinheit war nicht weniger anstrengend. Und wer dann noch dazu in meinen Drei-Mäderl-Haushalt zieht, in dem Diäten in welcher Form auch immer mit abgrundtiefer Verachtung gestraft werden und stattdessen die gewohnte Hausmannskost auf den Tisch kommt… Meine Uroma meinte damals immer, dass ich was g´scheites Essen muss, ich schaue ja halbverhungert aus („Ein Sixpack gehört in die Hand, nicht an den Bauch“), meine Oma legte mit „wer hart arbeitet, braucht viel Kraft“ nach und meine Mutter sagte gar nichts, sondern hat mir einfach den übervollen Teller vor die Nase gestellt. Und da bin ich dann wie ein Cocker Spaniel… ich kann nicht aufhören, bis der Teller leer ist. Kannst du dir vorstellen, mit mir ein All-inclusive-Buffet zu besuchen? Ich lebe in einem Haushalt, in dem jeden Sonntag ein Gugelhupf gebacken werden muss. Ein Haushalt, der nach dem Motto „Diabetes statt Diät“ lebt. Gut, ich hatte für mein 1,85 Meter Größe nie das Idealgewicht. Schwarzenegger aber auch nicht. Wir waren beide zu muskulös. Nachdem ich bei der Kripo gelandet bin, konnte ich mir noch einreden, dass ein klein wenig mehr auf den Rippen ja nicht so schlecht ist. Aber spätestens nach der Mast-Kur meiner Omas und von Mama, kann ich nicht leugnen, dass von den Hundertundpaarundzwanzig (plus) Kilo nicht alles reine

Muskelmasse ist.

Aber ich war beim Prohaska. Wir hatten damals… nennen wir es Meinungsdifferenzen. Ich war der Meinung, er ist ein vollkommenes Arschloch, er war nicht meiner Meinung. Allerdings stand er mit seiner Meinung alleine auf weiter Flur. Und wenn du dich jetzt fragst, wie eine ehemaliger Polizist einer Spezialeinheit, der dann zur Kripo gewechselt ist, letztendlich als Relikt lang vergangener Zeiten als Pseudo-Gendarm in einem kleinen Nest am Ar… im wunderschönsten Teil der Welt gelandet ist: Es hat mit einem Nervenzusammenbruch und einer blutigen Nase zu tun. Die blutige Nase gehörte dem Prohaska. Kein Wunder, dass ich mich nicht sonderlich freue, den meiner Meinung nach faulsten, egoistischsten, korruptesten, unsensibelsten, sturköpfigsten, unintelligentesten, wapplermässigsten, schleimigsten, hinterhältigsten, schmierigsten Koffer… Verzeihung… Kripobeamten vor mir zu sehen, den Österreich und die ganze Welt zu bieten haben.

Du merkst, ich mag ihn wirklich.

Er scheint mir seine blutige Nase auch noch nicht ganz vergeben zu haben.

„Ja, wen haben wir denn da? Wenn das nicht der Eiserne ist. Oder soll ich lieber Teddybär sagen?“ Argwöhnisch mustert Prohaska mich, um mit „Das Landleben scheint dir ja net so zu bekommen. Blad bist worden“, noch eins draufzusetzen.

„Der Eiserne“ war mein Kampfname bei der Spezialeinheit und ist auch bei der Kripo hängengeblieben. Hat weder was mit meiner – nicht vorhandenen – Ähnlichkeit mit Robert Downey zu tun noch mit meiner Vorliebe für Metal Musik. Ich hab auch nie eine eiserne Rüstung, vollgestopft mit allerlei Spielzeug getragen (gewollt hätt ich schon, hab aber nie eine bekommen). Der Eiserne kommt einfach von meinem Namen. Mein Kürzel, das bei uns in der Behörde jeder bekommt, war FE von Franz Ebner. Kapiert? Wenn nicht, schau mal auf das Periodensystem.

„Besser rund und g´sund als schlank und deppert.“

„Net goschert werden, Eiserner. Mit dir bin ich eh noch nicht fertig.“

„Jederzeit, Prohaska. Aber was tät der Chef sagen, wenn plötzlich zwa Leichen da heroben san? Dann müsst er ja einen von seinen kompetenten Mitarbeitern schicken, wenn´s dich nimma gibt.“

Der Blick, den mir der Prohaska zuwirft, spricht von der Liebe zwischen uns. Sogar dem Teufel würde angst und bange werden. Allerdings bin ich nicht der Teufel und wenn der Prohaska hofft, mich einschüchtern zu können, dann kennt er meine Uroma nicht. Wer die übersteht, der kennt keine Angst mehr. Außer vor meiner Oma.

Um den Streit nicht eskalieren zu lassen und um mir den Ärger, den eine zweite blutige Nase vom Prohaska (also, es wär schon die gleiche Nase, aber halt ein zweites Mal blutig) mit sich bringen würde, zu vermeiden, lenke ich unser Gespräch dezent auf den Grund, warum wir hier oben stehen: „Dachte ja nicht, dass du kommst. So am Land machst du dir ja deine schicken Lederschuhe dreckig. Und bei dem ganzen Blut musst auch noch auf dein Hemd aufpassen. Schaut echt nicht schön aus, die Leich.“

Der Wiener legt ja generell großen Wert auf „a schene Leich“ und der Prohaska besonders. Weil so eine schöne Leiche birgt nicht die Gefahr, seine vornehmen Anzüge zu verschmutzen.

„Der Chef wollte halt seinen besten Ermittler vor Ort. Vor allem als er gehört hat, dass du die Tote gefunden hast.“

„Ja, eh. Aber nochmal: was machst dann du hier? Bist

die Vorhaut von eurem besten Ermittler? Forschen Schrittes voran und wenn´s eng wird, ziehst dich zurück? Und sag jetzt nicht, dass du der beste Ermittler bist. Hast dir ja nicht mal gemerkt, dass nicht ich die Leiche gefunden hab.“

„Ah, haben wir den Täter leicht schon?“

Tja, das ist der Prohaska. Ein Fan von einfachen Dingen. Wer den oder die Tote gefunden hat, der (oder die – da ist er nicht sexistisch) ist der Täter – oder eben die Täterin. Basta, Fall für seine Statistik gelöst. Es muss schon ein halbes Wunder passieren, wenn er sich von seiner Meinung abbringen lässt. Zum Beispiel findet er immer noch, dass der Freispruch einer „seiner“ Täter, weil er es unmöglich sein konnte, in Wirklichkeit ein Fehlurteil – sogar ein Justizskandal - ist. Der Richter hätte doch ihm, dem Prohaska, einfach vertrauen und solche irreführenden Dinge wie Indizien, Alibis oder anderes ausländisch klingendes Zeugs ignorieren sollen. Was das für den Karli bedeutet, will ich mir lieber nicht ausmalen.

Als ich „Ich denke nicht, dass der Karli der Täter ist“, zum Prohaska sage, wird mir mein eigener Fehler klar. Wenn ich nicht der Meinung bin, dann bestärkt das den Prohaska nur umso mehr. Vermutlich hätt ich ihm vorspielen sollen, dass ich von Karlis' Schuld felsenfest überzeugt bin. Dann könnt der Karli mit dem blutigen Messer neben der Leich stehen und für den Prohaska wär er unschuldig.

Und prompt kommt natürlich auch: „Ja, aber deswegen bist du ja auch nur ein depperter Dorfkiwara und ich ein richtiger Polizist bei der Kripo.“

Immerhin haben den letzten Satz meine beiden Kollegen von der Streife auch gehört und, den Blicken nach zu urteilen, scheinen ihn nicht wohlwollend aufzunehmen. Langsam fange ich an, die beiden in mein Herz zu schließen. Gemeinsamkeiten verbinden.

„Naja, vielleicht hast du ja Recht, und der Finder ist der Täter", versuche ich meinen Fehler von vorhin schnell wieder gut zu machen. Und kaum zu glauben: Der Prohaska fällt darauf rein! Und so Einer ist bei unserer Kripo!

„Nicht so schnell, Teddy. Nicht immer ist der Finder auch der Täter", doziert er. „Wer hat sie denn gefunden?"

„Ein gewisser Karl Weber. Er steht dort beim Weißdorn."

Am suchenden Blick vom Prohaska erkenne ich, dass seine botanische Bildung im Einklang mit dem Rest seines Wissens steht – sie ist nicht vorhanden. Also helf ich ihm – ausnahmsweise – aus: „Der mit der Strickjacke, der raucht."

„Schon befragt worden?"

„Natürlich. Von mir und den beiden Kollegen." Mit einem Nicken deute ich in Richtung der beiden Uniformierten. Prohaskas Gesichtsausdruck mach deutlich, was er davon hält und bringt ihm bei den beiden Uniformierten weitere Minuspunkte ein.

„Was ist seine Geschichte?"

„Er ist ziemlich spät aus dem Wirtshaus nach Hause – oder zumindest in die ungefähre Richtung, in der er sein Haus vermutet hat – und hat dann bei einem kurzen Boxenstopp die Tote gefunden. Über´s Wildgatter ist sein normaler Schleichweg. Hat mich gleich angerufen, nachdem er sich ausgekotzt hat. Das war so gegen sieben."

„Soso… um die Zeit vom Wirtshaus heim. Ist das nicht ein bisserl spät? Oder eigentlich früh?"

„Nicht für den Karli. Der hat eine Sondervereinbarung mit dem Wirten. Er kann seinen ärgsten Rausch ausschlafen und bekommt dann noch in der Früh einen Kaffee. Dafür hat er sich verpflichtet, nur beim Wirten zu trinken. Ist einer seiner besten Kunden. ‚Fahr nicht fort, sauf im Ort‘ halt. Hat eh keinen Führerschein. Ich war dann gegen acht hier heroben, hast ja den Weg gesehen. Hab euch dann sofort verständigt.“

„Und kennt wer die Tote? Kennst vielleicht sogar du die?“

Ich gestehe, so genau hab ich dann doch nicht hingeschaut. Ist ja kein so angenehmer Anblick. Aber bekannt ist sie mir nicht vorgekommen. Und normalerweise kenn ich meine Pappenheimer. Vielleicht eine Auswärtige. Oder eine von den neuen Wochenendhausbesitzern. Die wechseln fast regelmäßig. Viele unterschätzen einfach, wieviel Geld und Zeit so ein Wochenendhaus kostet.

Nachdem ich verneint hab, meint der Prohaska nur: „Na, schwierig kann´s ja nicht werden. Ich mein, so viele Weiber kann´s bei euch ja nicht geben. Vor allem mit dem leuchtend roten Haar sollt sie ja zumindest der Friseur kennen.“

Abgesehen davon, dass mir der Ton vom Prohaska nicht gefällt, zeigt es nur, wie wenig Ahnung er von unserer Gegend hat.

Prohaska – der den Leichnam bisher keines Blickes gewürdigt hat – beschließt nun doch, zumindest einen raschen Blick auf die Fundstelle und die Tote zu machen – nicht nur von weitem. Mit erwartungsvollem Grinsen bleiben wir Uniformierten zurück.

„10 Euro, der kotzt auch“, eröffne ich den Reigen.

„Nie und nimmer. Der ist von der Kripo. Der ist sowas gewöhnt“, hält der eine dagegen. Der zweite – bisher Wappler – schließt sich meiner Meinung an.

Als die Spurensicherung unseren Herrn Kriminaler zwei Minuten später vom Fundort scheucht, bin ich 10

Euro reicher und der Leiter der Spurensicherung fuchsteufelswild.

„Raus hier! Kontaminiert hier einfach den Fundort! Wenn Sie solche Anblicke nicht gewohnt sind, dann dürfen Sie eben nicht zur Kripo!" schreit der dem jetzt etwas blasser aussehenden Prohaska hinterher, um etwas leiser aber in einer Art Flüstern, das weit trägt, ein „Anfänger!" nachzumurmeln.

Du kannst dir sicher vorstellen, dass ich trotz der tragischen Umstände nur schwer ein zufriedenes Grinsen unterdrücken kann.

Nachdem Karli und ich alles zu Protokoll gegeben haben, gibt es für uns nichts mehr zu tun. Die Wache am vermutlichen Tatort – der Menge an Blut nach zu schließen, war der Fundort auch der Tatort – übernehmen die Beiden vom Nachbarrevier. Schon aus personellen Gründen. Ich kann ja schlecht 24-Stunden-Schichten schieben. Ja, ich weiß, als Polizist ist man ja nie außer Dienst. Blödsinn. Jeder muss mal schlafen. Oder Essen. Oder das Essen wieder entsorgen. Außerdem – kannst du dir vorstellen, wie gerne die Leute mit Polizisten zusammen sind? Die meisten würden einen Besuch beim Zahnarzt wegen einem eitrigen Zahn vorziehen. Wurzelbehandlung inklusive. Um wenigstens den Anschein von Freundschaften zu haben, muss man als Polizist auch mal außer Dienst sein und fünfe gerade sein lassen. Bei Sperrstunden ein Auge zudrücken. Kommt auch nicht gut, wenn man einen feuchtfröhlichen Abend mit Freunden verbringt, um dann alle wegen Alkohol am Steuer abzustrafen. Oder versucht, der Tante Mizzi einen Strafzettel zu geben (Wobei das an Selbstmord grenzt und damit schon fast eine Sünde ist).

Eigentlich bin ich ja froh, dass ich mich nicht um den Fall kümmern muss. Ich mein, wer will sich schon um eine Leiche mit herausgeschnittenem Herz kümmern. Das grenzt ja an Perversität. Aber trotzdem… irgendwie nagt es an mir, dass mich der Prohaska einfach so heimschickt. Wie einen ungezogenen Buben. Überhaupt… dass ausgerechnet der Prohaska den Fall übernommen hat (oder umgehängt bekommen hat) … Es wurmt mich schon. Schon als Kripo-Beamter war ich immer der Meinung, es ist unsere Pflicht, den Toten wenigstens zu Gerechtigkeit zu verhelfen. Lebend machen können wir sie ja auch nicht, aber den Täter – den wirklichen Täter – zu finden, ist das Mindeste, was wir für die Ermordeten und die Hinterbliebenen tun können. Jeder ungeklärte Fall war eine persönliche Niederlage für mich. Aber ganz ohne Eigenlob – die wenigsten meiner Fälle Schwerverbrechen betreffend sind ungelöst geblieben. Im Gegensatz zu den Fällen vom Prohaska. Kann ja sein, dass ich ein wenig voreingenommen ihm gegenüber bin, aber, wenn der jemanden als Täter verhaftet hat, kannst du aber sicher sein, dass es mit an Sicherheit grenzender Wahrscheinlichkeit nicht der Verhaftete getan hat.

Was macht man also in so einem Fall? Ganz klar – man geht zum Wirten.

KAPITEL 5

„Stimmt´s? Es hat a Leich gegeben?“

Klar, das ist die erste Frage, die mir von der Schank entgegenschallt, kaum, dass ich die Tür zum Wirtshaus geöffnet habe. Seufzend erkläre ich zu niemand Besonderem, sondern so in den Raum hinein: „Ja, oben beim Wildgatter. Eine Tote. Wer es ist, wissen wir noch nicht.“ Ich bin mir aber sicher – wenn die Tote mehr als einmal hier im Dorf war, kennt sie sicher einer von den hier Anwesenden. Zumindest vom Sehen her. Aber da soll der Prohaska mit einem Foto die Runde machen. Ist ja sein Job, nicht meiner. Ich will nur verhindern, dass der Mord Wellen schlägt.

Außer dem Bier, das man nach so einem Anblick braucht, ist das genau der Grund, warum ich jetzt schon wieder beim Wirten bin: Um den Dorftratsch ein wenig in die richtige Richtung zu lenken. Das Letzte, was ich jetzt noch brauchen kann, ist ein mutmaßlicher Täter und ein in Rage geredeter Lynchmob. Der Hofer lässt grüßen. Genau aus diesem Grund wähle ich aus dem Wurlitzer (ja, du hast richtig gelesen – bei uns gibt’s die Musikbox noch) das Lied von Wolfgang Ambros.

Du kannst sagen, was du willst: solche Sachen werden von der Dorfgemeinschaft genau registriert. Nichts mit dösköpfigen Bauern, die eh nichts mitbekommen. Solche Aussagen stammen von Städtern (ich will ja nicht auf eine große Stadt nördlich von uns zeigen), die das Landleben nur aus romantisch verklärten Filmen oder Büchern kennen. Wer vom und mit dem Land lebt, lernt, genau zu beobachten. Wind, Wetter, Bäume, Tiere, Buben (die die Äpfel klauen wollen) … die kleinste Veränderung wird registriert, nichts bleibt verborgen. Wie gut die sind, habe ich nach meiner Rückkehr bei den ersten Partien Schnapsen gelernt. Nachdem ich ein Bummerl nach dem anderen bekommen habe, wollte ich ganz schlau sein und hab vorgeschlagen, dass wir statt Schnapsen Poker spielen. Ich mit meinerSeminar-geschulten Beobachtungsgabe bin grad noch so an der Hypothek auf das Haus vorbeigeschrammt. Die haben mir sprichwörtlich die Hosen ausgezogen. Und die Hypothek... naja, klar, die wissen genau, dass das Haus eh nicht mir gehört. Und meine Urli hat anscheinend vor, ewig zu leben. Bis ich erbe, sind die Schuldner schon längst unter der Erde. Und mit meinen (weiblichen) Vorfahren möchte sich dann auch keiner anlegen. Auch ohne Beobachtungsgabe: Kein Höhlenmensch hätte sich freiwillig und ohne Not mit einem Säbelzahntiger angelegt. Reiner Überlebensinstinkt.

Registriert wird alles ganz genau – und oft bewusst ignoriert.

„Des woa sicha der ane Gscherte, der hinten im Grob´n wohnt!“ mutmaßte etwa der Kogler. Er ist der örtliche Installateur und beim Wirten vor Ort, um direkt die Probleme seiner Kunden in Angriff zu nehmen. Sagt er zumindest. Ich vermute ja, es hat eher mit seiner Frau zu tun, die ihm das Leben zur Hölle auf Erden macht. Ganz schön blöd, wenn dein Büro auch noch in deinem Haus ist. Home-Office hat seine Nachteile.

„Na, der is doch stockschwul“, wird er vom Kogler II, seinem Bruder aufgeklärt. Keiner weiß mehr genau warum, aber die beiden Brüder waren immer der kleine und der große Kogler. Bis der Kleine größer war als der Große. Seitdem sind sie Kogler eins und Kogler zwei. Würd mich nicht wundern, wenn keiner ihre Vornamen kennt. Vermutlich auch sie selbst nicht, ohne auf ihre Geburtsurkunde zu spechteln.

Ich bestell mir ein Bier (ein Seiterl, ist ja noch recht zeitig und wer weiß, was noch auf mich zukommt) und setz mich auf meinen Stammplatz, von dem ich den ganzen Raum und die Tür im Auge behalten kann. Mit dem Rücken zu Wand natürlich. Hab ich schon aus den Western gelernt, der Revolverheld sitzt immer mit dem Rücken zu Wand – wenn er überleben möchte (Und am besten neben dem Fenster, um notfalls mit einem Hechtsprung zu fliehen. Das brauch ich dann doch nicht. Würd eh nur im Fensterrahmen steckenbleiben.)

Immer mehr Gäste kommen in den Schankraum. Die meisten davon Männer. Frauen… wie gesagt, unsere Uhren ticken noch zufrieden ein wenig hinten nach. Natürlich sind auch Frauen da. Allerdings meistens die geschiedenen oder immer noch Single-Frauen aus dem Dorf. Die Verheirateten sind vermutlich froh, ihre Göttergatten mal nicht sehen zu müssen, und machen einen weiten Bogen um das Wirtshaus. Du musst verstehen… bei uns sind wir Männer halt noch richtige Männer. Metrosexuell bedeutet für uns, Sex in öffentlichen Verkehrsmitteln zu haben. Wir sind keine verweichlichten Waschlappen wie Städter. Wir vom Land sind das Salz der Erde. Und zugegeben – einige riechen schon so, als ob sie einen Waschlappen gebrauchen könnten. Aber das gehört eben dazu. Ehrlich verdienter Schweiß. Dann hat man als Mann doch ein Recht darauf, sich unter Freunden und Gleichgesinnten zu entspannen. Um dann zu Hause eine anständige warme Mahlzeit serviert zu bekommen. So halt laut Samstagabendlichen Gesprächen bei uns am Stammtisch. Interessanterweise verstummen die Gespräche, wenn sich doch eine der Ehefrauen in´s

Wirtshaus verirrt hat. Ich hab mir auch sagen lassen, dass die anderen Mannsbilder zu Hause eh nichts zu sagen haben. Da geben die Frauen den Ton an – die Hosen lassen sie den Männern, die sind im Sommer auch viel heißer als ihre Röcke und Schürzen. Klar, bei mir ist eindeutig, wer das Sagen hat. Ich. Uroma beruft sich auf ihr Alter und damit Lebenserfahrung, während ihr von Oma und Mama das Recht zu Bestimmung aus Senilitätsgründen abgesprochen wird. Meine Mama darf auch nicht bestimmen, da Oma und Uroma übereinstimmend festgestellt haben, dass sie mit ihren 68 Jahren viel zu jung ist. Und Oma darf auch nicht bestimmen, da sie weder über die Vitalität der Jugend noch über die Weisheit des Alters verfügt, wie Uroma und Mama festgestellt haben. Und ich bin halt der Mann im Haus. Also hab ich das Sagen. Aber wehe, du verrätst das einem meiner drei Mäderl. Dann Gnade mir Gott!

Heute kommen aber auch einige der Ehefrauen. Bei so einem heißen Thema zapfen sie die besten Informationsquellen am liebsten direkt an – in diesem Fall mich, der ich halt im Wirtshaus bin. Was mir einige bitterböse Blicke der Ehemänner einbringt.

„Wisst ihr denn scho, wer de Leich ist?" schallt es durch den Raum. Sofort werden alle lautstark geflüsterten Gespräche unterbrochen und ich finde mich plötzlich einmal mehr im Mittelpunkt der Aufmerksamkeit. Naja, ein neu dazugekommener. Ich mag es eigentlich nicht, mich wiederholen zu müssen.

„Ich darf zu laufenden Ermittlungen keine Kommentare abgeben. Außerdem bin ich nur am Rande involviert. Die Leitung der Ermittlung hat ein Beamter der Kriminalpolizei über." Ich bin zufrieden, wie ich mich aus der Affäre ziehen habe können. Nicht einmal den Namen des Kriminalers habe ich preisgegeben.

„Der von der Kripo is da Prohaska!" Vielen Dank auch

Karli. Du kannst es nur mehr schlimmer machen, wenn…

„Ihr wisst´s schon… des is der, der mit dem Franzl seiner Ex pudat hat. Weg´n dem san´s g´schieden.“ Ich fürchte, der Prohaska darf gleich zwei Mordermittlungen in unserem kleinen Dorf leiten. Ich bring den Karli um. Gleich hier und jetzt.

„Hoid dei Papp´n“, ruf ich dem Karli noch als Warnung zu, aber der Schaden ist bereits angerichtet. Nur, weil er wieder mal die Schnauze nicht halten konnte. Sofort schießen die unterschiedlichsten Kommentare kreuz und quer durch das Wirtshaus. Selbst Robert, unser Wirt, der normalerweise erstaunlich zurückhaltend mit der Gerüchteküche ist – zumindest für einen Wirten – nickt bestätigend.

„DER Prohaska?“

„Echt jetzt?“

„Der mit der bluatigen Nas´n?“

„So fesch is der aber net, wie i glaubt hob.“

„Wegen dem is der Franzl jo von der Kripo weg. Scho a Schmarrn. Dann tätat jetzt der Franzl ermitteln. Stell dir vor: unser eigener Kriminaler. Des warat doch was, oder?“

„Naja, fescher als der Franzl…“

Mir war nicht klar, dass das ganze Dorf von meiner Vergangenheit weiß. Andererseits… es hätte mir schon klar sein sollen. Ein Dorf ist und bleibt ein Dorf.

Ich beschließe, am Revier den ganzen Papierkram zu erledigen.

KAPITEL 6

Am Revier ist es leider nicht so ruhig wie gewohnt. Erstens ist die Irene da. Und zweitens hat inzwischen die Kripo hier ihren „War room“ aufgeschlagen, wie es der Prohaska auf neudeutsch nennt. Na, wenigstens hat er den nicht im Wirtshaus eingerichtet, das wär für mich noch blöder. Wobei ich momentan auch nicht mehr ins Wirtshaus möchte. Dass die alle von meiner Vergangenheit wissen, ist mir unangenehm. Sehr unangenehm. Vielleicht sollt ich mich um eine Versetzung bewerben? Aber das dauert zu lange. Nicht zum ersten Mal wünsch ich mir das Blitzeldings aus ‚Man in Black‘. Du weißt schon, das Gerät mit dem man alle vergessen lassen machen kann… oder heißt es vergessen machen lassen kann? Oder… Ach egal, du weißt, welches Blitzel-Dingsbums ich mein.

Der Prohaska hat auch Verstärkung aus Wien bekommen. Anscheinend ein junges Mädel. Als sie sich mit „Hauptkommissarin Annelise Mayer“ vorstellt, merke ich, dass sie doch nicht mehr ganz so jung ist. Also… schon jung, so in meinem Alter halt, vielleicht eine Spur jünger. Und fesch ist das Mädel, das muss man ihr lassen. Hat anscheinend nur einen Fehler: Man merkt an der Aussprache, dass sie aus Deutschland kommt. Ich hab ja nix gegen die Deutschen generell. Oder auch nicht gegen einzelne. Solang sie halt in Deutschland bleiben. Sonst nehmen sie ja den Gastarbeitern aus unseren ehemaligen Kronländern die Arbeitsplätze auf den Schihütten weg.

Aber es fällt schwer, die Annelise nicht zu mögen und den traditionellen österreichischen Groll auf alles Fremde aufrecht zu erhalten. Im Gegensatz zum Prohaska scheint sie wirklich sozial verträglich zu sein. Und schaut auch noch besser aus. So eine Art natürliche Schönheit. Nicht aufgetakelt, wie viele Frauen in unserem Alter, die verzweifelt versuchen, die ersten – oder zweiten Falten – unter einer Gipsschicht zu verstecken, mit der man eine Burgruine restaurieren könnt. Annelise trägt kein Makeup, oder zumindest keines, das in´s Auge stechen würd. Wenn, dann ist sie sehr dezent geschminkt. In ihrem langen, blonden Haar sieht man auch kein weißes Haar (was ein Vorteil von blondem Haar ist – und von Glatzen. An letzterer arbeite ich - leider). Sportliche Figur, elegante, federnde Bewegungen. Vermutlich Läuferin. Und ihr Holz vor der Hütte würd für einen langen, kalten, sehr harten Winter reichen.

Ich muss schlucken und mich dazu zwingen, meine Aufmerksamkeit wieder auf den Prohaska zu richten, der eines der zahlreichen Meetings eröffnet hat, mit dem so eine Ermittlung neuerdings einhergeht.

Ein Briefing für die Kollegen. Naja… viel sind wir ja nicht. Der Prohaska natürlich. Die Annelise, ich und die zwei Kollegen von der Streife, die der Prohaska einfach zwangsverpflichtet hat. Ich merke, wie sehr sich die Beiden darüber freuen. Ich weiß… eigentlich bin ja nicht mal ich so ganz richtig dabei, aber noch ist das mein Revier. Also schummel ich mich einfach dazu.

„Einen schönen guten Morgen“, beginnt der Prohaska mit seinem ihm eigenen Einfühlungsvermögen. Da liegt eine Leiche (minus dem Herz) sozusagen vor der Haustür, und er findet den Morgen schön. Sagt meiner Meinung eh schon genug über ihn. Abgesehen, dass es bei uns schon nicht mehr Morgen ist, wir sind ja keine Studenten. Schon fast Zeit für die Mittagspause.

„Also, was haben wir?“ fährt er mit einer rhetorischen Frage fort, das leise ‚A Leich‘ von einem der beiden Kollegen hört er anscheinend nicht. Selektive Taubheit hat ihn schon immer ausgezeichnet. Was er nicht hören will, überhört er einfach.

„Die Identität der Toten konnte noch nicht eruiert werden. Soweit wir wissen, ist es keine der Frauen aus dem Dorf, zumindest wurde sie von Einheimischen nicht erkannt. Der Zustand der Leiche deutet auf eine Tatzeit in der vergangenen Nacht hin. Genaueres werden wir von der Gerichtsmedizin und der Spurensicherung erfahren.“

Welch ein Wiffzack. Als ob da oben, wo die ganzen Familien spazieren gehen, eine Leiche wochenlang vermodern könnt. Natürlich ist sie irgendwann vergangene Nacht umgebracht worden. Wir sind ja in keinem Krimi, in dem die Leiche im Tiefkühler künstlich frisch gehalten wird, um den Tatzeitpunkt zu verschleiern. Warum ich mir so sicher bin? Einen so großen Gefrierschrank hat bei uns im Dorf keiner. Außer unserm Wirt. Aber da kann er auch keine Leich reinlegen, da holt immer wieder eine der Kellnerinnen oder der Koch – oder auch mal ein Gast – was raus. Nicht gerade geeignet, um eine Tote länger zu verstecken. Ja, zugegeben… bei den Gästen, die die Truhe benutzen vielleicht schon. Die verwenden im Sommer die Kühltruhe, um ein warm gewordenes Bier schnell wieder auf Trinktemperatur zu bringen. In dem Zustand, in dem die meisten dann schon sind, würd ihnen eine Leiche vielleicht gar nicht auffallen. Die täten sich eher bedanken, wenn ihnen eine gefrorene Hand das Bier hält – und nix verschüttet. Und das es keine aus dem Dorf ist, weiß der Prohaska auch nur vom Karli und mir.

Der Rest des „Briefings“ ist genauso belanglos. Was der Prohaska in einer Stunde daherquasselt lässt sich folgendermaßen zusammenfassen: Wir haben eine Tote, der das Herz herausgeschnitten worden ist und mehr oder genaueres wissen wir nicht.

Nachdem der Herr Kriminaler das Meeting für beendet erklärt hat, nimmt er mich noch zur Seite. Natürlich gerade so, dass es trotzdem jeder mitbekommt.

„Wamperter, wie gesagt: du bist raus“, eröffnet er mir.

„Nasenbär, das ist mein Revier. Da bin ich nix raus“, wehre ich mich dieses Mal. Auch wenn die Kriminalpolizei die Ermittlungen leitet, sind die Polizisten vom jeweiligen Revier involviert. Irgendjemand muss ja auch die ganze Laufarbeit leisten und Klinkenputzen gehen. Die Herren – und Frauen – Kommissare verhören nur die Verdächtigen. Ermitteln, ob jemand etwas gehört hat – da dürfen uns wir Uniformierten die Schuhsohlen durchlatschen. Und ja, du hast recht… während meiner Zeit bei der Kripo war ich genauso. Aber ich habe mich weiterentwickelt, im Gegensatz zum Prohaska. Ich begegne jedem – selbst Uniformierten – mit dem ihm zustehenden Respekt. Was kann denn ich dafür, wenn die meisten einfach keinen Respekt verdienen?

„Du BIST raus, Teddy. Als leitender Ermittlungsbeamter stell ich mein eigenes Team zusammen, da bist du nicht dabei. Außerdem bist du ja sozusagen selbst verdächtig. Hast ja noch kein Alibi zu Protokoll gegeben.“

Und ich hab auch keines, wenn man es genau nimmt. Im Wirtshaus sein und dann heimlich in mein Drei-Mäderl-Haus schleichen, damit keine der Furi… Mitbewohnerinnen aufwacht, dauert zwar recht lange, ist aber als Alibi nicht zu gebrauchen. Trotzdem bin ich stinksauer. Ist nicht die feine Art, was der Prohaska da abzieht. Selbst wenn ich mit einem Alibi aufwarten könnte, würd ich der Letzte in der Reihe sein, mit dem der Prohaska reden würd. Und solang wär ich dann außen vor.

Kannst dir sicher vorstellen, dass der Herr Kriminaler mit anderen Befragungen bis zum St. Nimmerleinstag beschäftigt wär.

„Du Kurt, der Herr Ebner wär uns aber sicher nützlich. Immerhin kennt er doch alle. Er könnte Fragen stellen, auf die wir von den Einheimischen niemals Antworten bekommen würden“, erklingt da im glockenhellen Ton eine unerwartete Schützenhilfe. Natürlich von der Annelise (in Gedanken bin ich nicht mehr bei Frau Mayer, sondern schon längst beim du).

„Wir sind Verhörspezialisten. Wir sind von der Kriminalpolizei. Es werden alle Fragen beantwortet, da mach dir mal keine Sorgen, Liserl. Wirst schon sehen, gell.“

Zufrieden seh ich ein zorniges Aufblitzen in Annelises Augen. Von Bevormundung scheint sie ebenso viel zu halten, wie der Prohaska von Emanzipation.

Trotz ihrer Unterstützung ändert es nichts an der Tatsache: Ich bin raus.

Und das mache ich auch. Ich stürme raus aus dem Revier und nach Hause.

KAPITEL 7

Zu Hause angekommen werde ich sofort misstrauisch. Erstens sehe ich niemanden. Kein Besuch, keine Mama, Oma oder Uroma. Aber am Tisch steht schon ein Gugelhupf. Wer mich kennt weiß, dass das für mich schon ein gutes Mittagessen ist. Da brauch ich nicht mal was Pikantes dazu. Und es kommt noch besser: vom Ofen her weht mir der zarte Duft von Apfelkuchen um die Nase. Du musst wissen: Der Apfelkuchen von Uroma, der Gugelhupf von Oma und die Wurstbrote von Mama... Die liefern alles an Vitaminen und Nährstoffen, die ein Mann so braucht. Und doppelt bis dreifach so viele Kalorien. Aber ich schwör dir, so was Gutes bekommst du sonst nirgends zu essen. Außer vielleicht die Puten-Cordons vom Kren-Wirt. Oder die Wildplatte beim Heurigen in Sautern. Oder bei unserm Wirten alles, was er auf den Grill werfen kann. Aber das zählt nicht wirklich. Am besten schmeckt´s bei Mama. Aber nachdem gerade Oma und Uroma in´s Zimmer kommen... Außer natürlich, wenn die Oma oder Uroma kocht – oder bäckt. Dann schmeckt´s natürlich bei ihnen am besten.

Auf jeden Fall bin ich misstrauisch. Es ist nicht Sonntag, aber ein Gugelhupf steht am Tisch? Kann eigentlich nur ein hoher Besuch erwartet werden. Aber das hätte mir eine von den Dreien gesagt – zusammen mit der

Aufforderung, ja was Ordentliches anzuziehen. Und mich zu kampeln. Und mich zu Schnäuzen. Und mich gut zu benehmen (als ob ich das nicht eh immer tät!).

Als schließlich die Drei friedlich vereint im Gänsemarsch in die Küche kommen, ist jeder Zweifel ausgeräumt: da ist was im Busch. Dazu braucht´s kein detektivisches Genie, purer Überlebensinstinkt reicht. Bei mir schrillen alle Alarmglocken und ich überlege, einen taktischen Rückzug anzutreten. Aber meine Mäderl sind Meisterinnen im Fallen stellen: Der Gugelhupf lacht einfach zu verführerisch in meine Richtung, Mama knistert verheißungsvoll mit einem Butterbrotpapier (das hoffentlich kein Butter- sondern ein Wurstbrot enthält) und als die Uroma das Backrohr aufmacht und der Apfelkuchen sein erotisches Parfüm in die Küche entlässt, weiß ich, dass ich verloren bin. Und verdammt vermutlich noch dazu. Nur zu was verdammt.... Das müssen mir die Teuf... die Drei noch offenbaren. Aber zur Hölle damit. Der Weg zur Hölle ist ja angeblich mit guten Vorsätzen gepflastert. Das stimmt nicht. Er besteht aus Mehlspeisen.

„Hier, Bua, iss. Haben wir extra für dich g´macht", beginnt die erste der großen Versucherinnen, in dieser Welt auch als meine Mama bekannt.

„Alles, was dir so schmeckt", fügt meine Oma unnötigerweise hinzu. Als ob ich das nicht wüsste, was mir so schmeckt.

Während ich am ersten Wurstbrot kaue, schaffe ich es, zwischen zwei Bissen zu fragen: „Was ist der Anlass? Hab ich meinen Geburtstag vergessen?"

Noch während ich den letzten Satz durch eine Scheibe Extrawurst nuschle, durchzuckt mich ein Schreck. Ich schlucke und frage: „Ihr wollt mich doch nicht verkuppeln?" Normalerweise sind meine drei Frauen nur so nett zu mir, wenn sie mich seelisch auf einen Schock vorbereiten. Der größte Schock der vergangenen Jahre war, als sie alle zusammen versucht haben, Heiratsvermittler zu spielen. Mit katastrophalem Ausgang – zumindest für mich. Aber das gehört jetzt nicht hierher.

„Brauchen könntest es. Und die Wagnerin, die hat auch an großen Hof, da…" fängt meine Uroma an, wird aber von Mama unterbrochen: „Oma! Jetzt hör aber auf. Siehst doch, wie aufgewühlt der Bua ist. Jetzt braucht er erst mal eine Stärkung nach der ganzen Aufregung."

Immer noch misstrauisch greife ich nach einem zweiten Wurstbrot, zögere aber kurz. Ein Seitenblick zeigt mir, dass meine Mama zufrieden lächelt. Kalter Schweiß bricht mir aus. So lächeln auch Haifische.

„Greif schon zu. Nimm dir das da, das ist sogar mit Lachs. Und Fisch ist gut für die grauen Zellen", sagt das fischfressende Lächeln.

Naja, wenn ich schon dem Untergang geweiht bin, dann kann ich ja noch meine Henkersmahlzeit genießen. Ich hoffe nur, dass mir noch genügend Zeit bleibt, bis der Apfelstrudel ein wenig abgekühlt ist. Sonst zerrinnt immer das Schlagobers.

„Also, was ist los? Sagt´s mir gleich, dann kann ich mich entscheiden, ob ich vor oder nach dem Gugelhupf einen Schlaganfall krieg", beginne ich erneut.

„Ach, gar nix is los. Kann man seinem Buam net mal was Gutes tun?"

Und das von Oma, die normalerweise unter was Gutes tun versteht, dass sie die ungiftige Farbe für den Zaun, den ich streichen muss… darf, kauft.

„Verscheißert´s mi net. Also, was ist los?"

„Ach, Bua, nachdem wir gehört haben, dass der Prohaska da ist, haben wir gedacht, du kannst a bissal a Aufmunterung brauchen."

„Von wem… ach, vergesst´s die letzte Meldung." Natürlich wissen sie es. Sie wissen alles, was im Dorf vorgeht. Wenn sie der Pfarrer wären, müsste niemand beichten, da sie es eh schon wissen. Allerdings müssten sie dann auch vergeben. „Ja, der Prohaska hat die Ermittlungen übernommen. Und anscheinend weiß jeder im Dorf, was zwischen ihm und mir vorgefallen ist." Ich habe die Gründe, warum ich den Posten angenommen habe, nie an die große Glocke gehängt. Klar, der alte Bürgermeister hat es gewusst und meinen drei Grazien hier hab ich es auch erzählen müssen. Und wenn du jetzt glaubst, dass ich für einen Polizisten ein wenig langsam von Begriff bin – ja du hast recht. Aber grad jetzt macht´s *pling* und der Groschen ist gefallen.

„Habt ihr die G´schicht im Dorf rumerzählt?" frage ich.

Wenigstens haben sie den Anstand, ein wenig betreten aus der Wäsche zu schauen. „Ist ja keine Schande, Bua. Bist net der erste, dem die Frau wegen so einem Feschack davongelaufen ist." Uroma ist feinfühlig wie eh und je.

„Und die sollen ruhig alle wissen, was für eine du da geheiratet g´habt hast."

Am liebsten würd ich mit dem Kopf auf den Tisch hämmern. Allerdings bin ich mir nicht sicher, mit welchen der vier zur Auswahl stehenden Köpfe ich beginnen sollt. Mama´s ‚So fesch ist der aber auch nicht', dämpft den Drang kaum. Also mach ich das Vernünftigste: Ich schneid mir ein kleines, klitzekleines Stück vom Gugelhupf ab. Oma macht den immer mit Rosinen, da wird er saftiger.

„Jetzt ist es eh schon zu spät, aber eine Bitte für die Zukunft: Erzählt´s nix von meinem Privatleben rum. Klar?"

„Wieso, hast vor dich wieder scheiden zu lassen?" fragt Uroma unschuldig.

„Dazu müsst er erst mal wieder heiraten“, stellt Oma klar.

Und Mama setzt mit „Und dazu müsst er erst mal wieder eine kennenlernen“ noch einen drauf.

Als Uroma mit „Also, die Frau Wagner…“ anfängt, steh ich auf und geh in mein Zimmer.

Den Gugelhupf nehm ich aber mit.

KAPITEL 8

Ein guter Tag ist wie ein guter Wein: man freut sich, ihn zu trinken, er hat einen guten Abgang und einen langen, angenehmen Nachgeschmack. Für den heutigen Tag brauch ich ein Bier zum Nachspülen. Nachdem der Gugelhupf eh schon aus ist und ich den Apfelstrudel als Strafe für meine Uroma mit Verachtung strafe (sagt dir der Begriff Flagellant was?), geh ich in´s Wirtshaus. Immerhin sind die Barkeeper ja in jedem Film geduldige Zuhörer, profunde Kenner der menschlichen Psyche und Sachverständige für Probleme aller Art. Auf einfühlsame Weise helfen sie dem deprimierten Helden über jede Krise hinweg und geben ihm unbezahlbare Ratschläge und Weisheiten mit auf den weiteren Lebensweg.

Die Drehbuchautoren sollten mal unseren Wirten treffen.

Kaum komm ich in die Gaststube, verstummen alle Gespräche und 12 ½ Augenpaare richten sich auf mich. Ich kann mich nie durchringen, das Glasauge von unserm Herrn Pfarrer als vollständiges Auge zu betrachten. Verloren hat er sein echtes schon als Student der Theologie bei einem bedauerlichen Unfall beim Hostienschneiden. Erzählt er zumindest.

„Habt ihr schon wen verhaftet, kommst, um wen zu

verhaften und willst ein Damenbier oder ein Krügerl?“ eröffnet Robert das Verhör.

„Zweimal ‚Nein‘, einmal ‚Was glaubst du denn von mir?‘“

„Dass ihr von der Polizei langsam wie Schildkröten seid´s. Und weil bei deinem Tempo dein Krügerl warm werden würd, dass ein Seiterl besser wär.“

„Wenn’st net aufhörst, durchsuch ich die Kühltruhe, also Vorsicht“, mahne ich Robert freundlich ab.

„I hab ka Leich in der Truhe. Da kannst mir nix.“

„Leich kane, aber wir wissen alle, was der Andi so bei dir einlagert.“

Zumindest bringt es Robert zum Verstummen. Ich geb zu, ganz fair war das jetzt nicht. Der Robert ist jetzt kein Drogendealer oder so was. Aber seine Kühltruhe erfreut sich auf Grund ihrer Größe nicht nur als Bierkühler einer gewissen Beliebtheit. Und der Andi ist bekannt dafür, dass er oft spazieren geht und dabei an plötzlichem Herzstillstand verendetes Rotwild findet. Oder Hasen. Und anscheinend haben Fasane ein besonders schwaches Herz. Sowas kann man ja nicht verkommen lassen und wird dann beim Robert eingelagert. Wer einen feinen Wildbraten machen will, nimmt sich einfach aus der Kühltruhe was raus und gibt dem Andi einen kleinen Obolus. Hat nichts mit Wilderei zu tun, ist eher Umweltschutz, damit Aasfresser nicht Überhand nehmen. Und solange es im Rahmen bleibt, drück ich schon mal ein Auge zu (gegen ein klitzekleines Stückerl Luftgetrocknetes vom Hirsch). Obwohl ich das ja gar nicht müsste, die Viecherl sind ja einfach so tot umgefallen.

Allerdings hat da der Robert ein ganzes Stück vom Risiko auf sich genommen. Einem Polizisten, der sich der Tatsachen nicht bewusst ist, könnte es leicht wie Wilderei vorkommen. Außerdem wie Steuerhinterziehung. Für seine Wildwochen besorgt Robert ja schon Wild vom Jäger. Für die Portionen, die er ausgibt, müssten die Hirschen aber ganz schöne Riesen-Mutanten sein, damit sich das ausgeht. Und daran wird er nicht gerne erinnert.

Ich hoff, er spuckt mir nicht in mein nächstes Krügerl. Oder schlimmer: er wirft ein paar Kerne von seinen Chilis rein. Die sind waffenfähig! Das kannst du mir glauben. Sollten von der Genfer Konvention für Menschenrechte verboten werden. Wen Robert nicht mag, der bekommt seine scovilleanischen Killerkommandos zu spüren. Carolina Reaper, falls dir das was sagt. Wenn nicht: Der Schärfegrad von Chilis wird mit der Scoville Skala gemessen. Eine Paprika etwa hat bis zu 10 Scoville, eine Pfefferoni bis zu 500. Pfefferspray hat bis zu 100 000 Scoville. Ziemlich scharf denkst du jetzt? Der Caroline Reaper Chili hat über 2 Millionen Scoville. DAS ist scharf. Sowas willst du nicht in deinem Bier. Den Pfefferspray nimmst du da zum Löschen. Und Robert hat hinterm Wirtshaus eine ganze Zucht davon. Ein Wirt, den du nicht zum Feind haben willst.

Aber zumindest das Glas vor mir ist noch nicht kontaminiert und ich genehmige mir einen großen Schluck.

Was mich aber nicht vor den weiteren Fragen rettet. Natürlich betreffen sie alle die Tote. So etwas ist in unserem Dorf noch nie vorgekommen, klar, dass das das Dorfgespräch ist. Und das sage ich auch meinen lieben Mitdörflern: „Leute, mir ist klar, dass das das Dorfgespräch ist. Ich kann euch aber nicht mehr sagen. Erstens weiß die Kripo noch nicht mehr, die müssen erst auf die Berichte der Forensik und der Spurensicherung warten. Und außerdem bin ich nicht mehr an dem Fall dran."

Noch sichtlich verwirrt von den Ereignissen, sickert die letzte Botschaft nur langsam in das Bewusstsein der anderen Gäste. Als sie aber ankommt, geht es dann aber so richtig los.

„Was soll der Dreck?“

„Willst uns verarschen, oder?“

„Warum solltest du nicht mehr dabei sein?“

Das waren nur einige der jugendfreieren Meldungen.

„Leute, der Prohaska sagt, wer dabei ist und wer nicht. Da ich selber ja kein Alibi für die fragliche Nacht hab, bin ich halt nicht dabei.“ Achselzuckend versuch ich die anderen davon zu überzeugen, dass es mich nicht sonderlich kümmert. Die Zwischenrufe, ob ich es war, überhör ich einfach mal.

„Wenn mir der Großstadt-Wuzzi unterkommt, dann bist du der Chef“, kommt allerdings vom Klausi. Und ich glaub ihm. Der Klausi ist Maurer und ein berühmter, oder eher berüchtigter, Wirtshausraufer. Fast zwei Meter und gebaut wie ein Grizzlybär. Hinter ihm kann sogar ich mich noch verstecken. Außerdem ist Maurer auf meiner Liste der gefährlichen Berufe neben Fleischhacker und Koch in den Top Drei. Maurer schupfen den ganzen Tag 50 Kilo schwere Zementsäcke und Fleischhacker halbe Rinder. Da willst du nicht am falschen Ende der Faust stehen. Wenn du von so einem Gesellen eine fängst, das klingelt noch die ganze Woche nach. Und wie Köche verstehen sich die Fleischhacker auf den Umgang mit scharfen, spitzen Dingern. Auch nichts, auf dessen Bekanntschaft man als Polizist Wert legt.

Und beim Klausi kommt noch ein Temperament wie ein Nitroglyzerin-Transporter auf der Holperpiste dazu. Er kann jeden Augenblick hochgehen.

Deshalb ermahne ich ihn auch, während ich hinter meinem Rücken die Finger kreuze: „Klausi, untersteh dich. Der Prohaska wird in Ruhe gelassen. Wir können nicht noch mehr Scherereien brauchen.“

„Was meinst mit ‚noch mehr‘ Scherereien?“ kommt prompt vom Robert.

„Ich kenn den Prohaska. Wenn der nicht als erstes den Karli verhaftet, fress ich einen Besen.“

„Den Karli? Der tut doch keiner Fliege was.“

„Das wissen wir, aber der Herr Hauptkommissar…“

Karli, der ebenfalls wieder unter den Gästen ist, ist ganz blass geworden und verdrückt sich in eine Ecke.

„Kannst den Karli nicht in Schutzhaft oder sowas nehmen?“

Der praktische Vorschlag kommt vom Klausi. Gebaut wie ein Sumoringer auf Steroiden aber im Geiste noch... eher kindlich, um es freundlich zu sagen.

„Ich soll ihn verhaften, damit er nicht verhaftet wird?“

Tiefe Denkfurchen ziehen sich über Klausi‘s Stirn, als er darüber nachdenkt.

„Na, dann bleibt nur eins“, kommt es da von hinter der Schank, „Du musst den Fall lösen. Warst ja mal ein Super-Kiwara, oder? Das ist ein klarer Fall für die Heimmannschaft!“

Zustimmendes Gemurmel, selbst der Herr Pfarrer nickt.

„Seid´s ihr deppert? Ich kann doch nicht auf eigene Faust ermitteln. Da hätt mich der Prohaska wegen Behinderung und noch einigem anderen bei den Eiern. Außerdem hat er ein Team und ich nicht.“

„Bei den Eiern hat er dich nicht, wenn du den Fall löst. Glaubst wirklich, dass sich euer Oberzampano dann noch aufregt? Und klar hast ein Team: steht und sitzt vor dir.“ Mit einem Seitenblick auf den inzwischen beinahe komatösen Karli setzt Robert noch nach: „Oder liegt.“

Zugegeben, der Gedanke hat seinen Reiz. Einerseits ein gewisser Lokalpatriotismus. Und dem Prohaska eins auszuwischen, das wär noch das i-Tüpfelchen. Aber ich will mal realistisch bleiben. Hab ja auch erst ein Bier.

„Ist euch klar, dass der Wahninnige, der die umbracht hat, wahrscheinlich einer von uns ist?" dämpfe ich Robert´s Begeisterung daher ein wenig.

„Außerdem hat der Prohaska die ganzen Mediziner, die Spusi und eigene Leut, die sich um die Identifizierung kümmern. Da kommen wir nicht nach."

„Ah geh. Wir wissen ja schon, wer die Leich ist. Schneller als die Polizei erlaubt. Der Kollowitz hat doch die Heimbetreuung. Wechselt alle zwei Wochen. Die meisten kommen aus der Slowakei oder aus Rumänien. Vorgestern war Schichtwechsel, die Ilona ist heim und eine Neue gekommen. Andra Sowieso… Irgendwas Ausländisches. Das merk ich mir nie. Stammt aus Rumänien. Fesches Mädel. War sie zumindest. Ausgebildete Krankenschwester, 24 Jahre, nicht verheiratet. Hat aber angeblich einen festen Freund daheim. Stammt aus Bukarest. Ist mit dem Zug über Wien gekommen." Robert schafft es immer wieder, mich zu überraschen. Anscheinend bemerkt er meinen verwunderten Blick: „Der Name und von wo sie gekommen ist, war ja kein großes Geheimnis, sobald wir das vom Kollowitz gewusst haben. Der hat sich nämlich schon aufgeregt, wo die abgeblieben ist. Und der Rest… solltest halt auch mal auf Facebook schauen", erklärt er lächelnd und schwenkt dabei sein Smartphone.

„Und das sagt´s ihr net glei der Kripo? Ist euch klar, was ihr da anstellt?" Eigentlich sollte ich entrüstet und schockiert sein. Kann aber nicht ganz verhindern, dass ich kurz grinse.

„Uns hat ja niemand gefragt. Der Kiwara hat sich ja schon recht zeitig verabschiedet und ist wieder nach

Wien“, informiert mich Robert. „Und die zwei Uniformen haben dann auch Feierabend g´macht. Meinten, der Herr Hauptkommissar muss zuerst mal einen Antrag auf Unterstützung an ihren Postenkommandanten stellen. Scheint sich nicht sonderlich beliebt gemacht zu haben.“

„Ihr könntet alle wegen Behinderung der Polizeiarbeit ganz schönen Ärger bekommen“, versuche ich der Stimme der Vernunft Gehör zu verschaffen. Schön blöd, wenn die Stimme der Vernunft grad Urlaub hat.

„Behindert ist da nur einer, und das ist keiner von uns!“ dröhnt da Klausis‘ Stimme durch den Schankraum. Gut, ich habe es versucht, aber wenn die Stimme der Vernunft gegen das Röhren des Bären Klausi antreten muss… kein Wunder, wenn niemand sie hört.

„Aber sagt mal… wer ist denn dann oben beim Wildgatter? Sind ja anscheinend alle schon wieder daheim in ihren warmen Betten“, frage ich.

„Anscheinend hat die Spurensicherung noch die ganze Nacht zu tun. Sind ja auch viele Spuren da oben zu finden. Die bewachen den Tatort gleich mit. Hat vermutlich auch mit dem knappen Budget von der Polizei zu tun, oder?“ Robert ist immer einer der am besten Informierten und beherrscht die Kunst, Informationen zu handeln. Gerüchte, Klatsch und Tratsch… wir leben nun mal im Informationszeitalter und das ist die Währung. Zumindest im dörflichen Informationszeitalter. Und wenn du es genau wissen willst… mit dem Informationszeitalter waren wir im Dorf weit früher dran als die Städter. Brand kannte nie ein anderes Zeitalter. Seit in grauer Vorzeit für das Dorf angeblich eine Lichtung mit Feuer gerodet wurde – daher auch der Name unseres Dorfes, Brand - haben wir das Informationszeitalter. Wir am Land haben das Informationszeitalter seit es die ersten Dörfer gegeben hat. Wir haben auch die Geheimdienste erfunden. Und den Tratsch.

„Verflixt. Wir kommen in Teufels Küche, ich sag´s euch. Das ist strafbar."

„Wenn der zu deppert ist, mal zu fragen, dann ist das ja net unser Schuld", zeigt Kogler II sich pragmatisch.

Auch die anderen tun meinen Einwand mit einem Achselzucken ab.

Inzwischen halte ich mein drittes Krügerl in meinen Händen – wie auch das zweite Gottseidank ohne Chili. Vielleicht liegt es am Bier, aber irgendwie ist der Gedanke, den Fall vor dem Prohaska zu knacken, schon verlockend. Und mit jedem Schluck verlockender.

Und als Robert und der Rest der Rasselbande auch noch anfängt, mir mit meiner Vergangenheit als Superbulle mit einer der besten Aufklärungsquoten zu schmeicheln, kann ich ja fast nicht mehr anders.

„Also gut, Leute. Was wisst ihr noch?"

„1945 war der zweite Weltkrieg aus."

„Danke, Klausi, hast dir gut gemerkt. Bist ein richtiger Historiker. Und über die Andra? Oder weiß gar schon einer von euch, wer der Mörder ist?" Als mir mein Fehler bewusst wird, beeile ich mich noch schnell hinzuzufügen: „Wissen! Wissen, Leute. Als Polizist muss ich es genau wissen. Keine Verdächtigungen ohne Beweise. Für´s Glauben wendet euch bitte an den Herrn Pfarrer."

Der ist über meine Ansage nicht gerade erfreut.

„Was müssen Sie denn wissen, Herr Ebner?" erklingt da ein Engelschor mit deutschem Akzent.

„Frau Mayer! Was… Sie… Hier?" stottere ich eloquent wie immer.

„Ich habe hier ein Zimmer für die Dauer der Ermittlungen reserviert. Ich dachte mir, es wäre günstig hier vor Ort zu sein. So können wir den Fall am effizientesten lösen. Der Kurt ist aber wieder nach Wien zurück. Bericht erstatten, nehme ich an."

Ich bin ehrlich verwundert. Nicht nur, weil eine Frau am Abend hier im Wirtshaus ist. Auch, dass der Prohaska da freiwillig zurück nach Wien ist. Zu ihm würde es ja passen, dass durch einen Reservierungsfehler nur ein Zimmer mit Doppelbett frei ist.

„Ja, das Fräulein Mayer und der Herr Kommissar haben kurzfristig umdisponieren müssen. Anscheinend ist es da zu einem Reservierungsfehler gekommen. Die ursprüngliche Reservierung war für ein Zimmer mit Doppelbett. Es war aber nur mehr ein einziges Einzelzimmer mit Einzelbett frei." Verschwörerisch zwinkert Robert mir zu.

„Dabei sehen die anderen Zimmer gar nicht ausgebucht aus, Herr Wirt", stellt Annelise ihre Beobachtungsgabe unter Beweis.

„Ach, ein weiterer Reservierungsfehler. Gottseidank sind Nächtigungen bei den Schluckspechten hier nicht mein Hauptgeschäft. Sonst wär ich schon im Konkurs", jammert Robert mit einem breiten Grinsen im Gesicht.

„Annelise, darf ich dir Robert vorstellen. Er ist hier der Wirt, mit ihm solltest du es dir gutstehen. Er hat nämlich eine Chilizucht."

„Freut mich, Sie kennen zu lernen, Herr Robert."

„Nur Robert, weder Herr noch sonst was. Was möchten´s denn trinken? Geht aufs Haus."

Als der letzte Satz von Robert verklungen ist, ist es still im Wirtshaus. Ein Getränk aufs Haus? Still rechnet sich jeder die Chancen aus, dass er auch ein Freibier oder – Schnapserl bekommen würde. „Nicht für euch Schnapsdrosseln", stellt Robert klar. Grummelnd werden die Gespräche mit gelegentlichen Seitenblicken auf die

Wunderfrau, die es geschafft hat, ein Gratisgetränk von Robert zu bekommen, wieder aufgenommen.

Als Annelise dieses mittlere Wunder, für das der Herr Pfarrer sie Seelig sprechen sollt, mit den Worten „Das ist aber nett. Vielen Dank. Leider kann ich es nicht annehmen. Das würde ja wie Bestechung aussehen. Aber setzen Sie es bitte auf die Rechnung“ ablehnt, geht ein enttäuschtes Raunen durch den Raum. Jeder wollte Zeuge dieses Wunders werden, damit er seinen Enkerl noch davon erzählen kann – und um Robert gelegentlich darauf hinzuweisen, dass solch ein Präzedenzfall schon mal vorgekommen ist und er gefälligst ein Freibier springen lassen soll. Oft heißt es ja, der erste Mord sei der schwerste. Gleiches Prinzip.

„Also, Herr Ebner…“

„Franz. Wenn´st nix dagegen hat, wir sind hier alle per du“, unterbreche ich sie und halte ihr meine Hand hin, die sie mit einem bezaubernden Lächeln schüttelt. Also… nein, meine Hand schüttelt sie schon mit ihrer, aber sie hat ein bezauberndes Lächeln dabei. Naja, das hat sie nicht nur, wenn sie meine Hand schüttelt. Ihr Lächeln ist einfach umwerfend.

„Servus Franz. Annelise, aber das weißt du ja bereits.“

Hab ich schon erwähnt, dass ihre Stimme wie ein Engelschor klingt? Zumindest wie ein einstimmiger?

„Na, dann willkommen hier in der Weltmetropole Brand, wo sich Fuchs und Hase gute Nacht sagen“, proste ich ihr zu.

„Leider habe ich noch nichts zum Anstoßen. Robert, schenken Sie mir ein… Krügerl ein?“ Ich bemerke das kurze Zögern, bevor sie das für sie ungewohnte Wort ausspricht.

Robert, der ihr gerade ein Seiterl eingeschenkt hat, sieht

sie nur mit einer Mischung aus Verwunderung, Unglaube und widerwilligem Respekt an. Aber auch ein kleines bisschen Dankbarkeit oder Erleichterung, dass die Einladung für ein Freibier ausgeschlagen worden ist, meine ich zu erkennen. Ich bin mir sicher, wenn er gewusst hät, dass die Annelise Krügerl trinkt, wär er nicht so spendabel unterwegs gewesen. Aber es ist vor allem Respekt, der ihm in´s Gesicht geschrieben steht.

Letzterer vertieft sich abgrundtief, nachdem Annelise mir zugeprostet und ihr Krügerl ohne abzusetzen geleert hat.

Wieder ist es still im Schankraum. Andächtige, ungläubige, bewundernde Stille. Jeder – ausnahmslos jeder – starrt Annelise an, die das leere Glas auf die Schank stellt und bei Robert noch eines bestellt.

Sie aber scheint das gar nicht zu bemerken, sondern wendet sich wieder mir zu.

„Also, Franz. Was musst du wissen und nicht nur glauben?"

Ich löse meinen ungläubigen Blick von dem leeren Krügerl auf der Schank und schaue ihr aufs Dekol… in die Augen. Damit ist eine der letzten Männerdomänen in Brand gefallen, wir hier Anwesenden waren Zeitzeugen eines historischen Moments. Zum ersten Mal in der Geschichte unseres Dorfes hat eine Frau im Wirtshaus ein Krügerl auf Ex getrunken. Das schafft nicht mal jeder Mann im Dorf – eigentlich die wenigsten. Selbst die Schnapser am anderen Ende haben ihr Spiel unterbrochen.

Annelise scheint ihr plötzlicher Promistatus nicht zu kümmern. Sie ist offensichtlich keines dieser It-Girls, von denen man immer wieder liest. Erwartungsvoll blickt sie mir in die Augen. Na klar, sie ist Polizistin, sie kennt sich mit Verhören aus. Und Augen sind die Spiegel zur Seele. Und ihre Augen sind… weiter oben. Schnell wende ich meinen Blick, der unbewusst tiefer gewandert war, wieder ihren Augen zu während ich mir krampfhaft eine Antwort überlege.

„Ach, naja, weißt eh... wir wollen ja alle wissen, wer dem armen Dirndl das Herz herausgeschnitten hat. Ist ja nicht alltäglich. Aber es soll ja auch zu keiner Hexenverbrennung kommen. Verdächtigungen sind ja schnell gemacht, das wird dann schon mal zum Selbstläufer. Hast ja sicher mal den Frankenstein gelesen. Sowas wollen wir hier bei uns nicht." Mit einem Seitenblick auf die Schnapser, die keinem Vergnügen abgeneigt sind, merke ich noch an: „Ich zumindest nicht."

Annelise hat meinen Seitenblick bemerkt. Mittlerweilen sitzt selbst unser Herr Pfarrer bei den Kartenspielern, was bei meiner Kollegin ein Stirnrunzeln hervorruft.

„Euer Pfarrer spielt Karten? Ich dachte, die dürfen das gar nicht."

„Ach, so genau nehmen wir es hier bei uns nicht. Ist ja nix schlimmes dabei. Und sie spielen meistens nur um kleine Beträge oder die Ehre. Und der Herr Pfarrer auch für einen guten Zweck. Er verwendet seine Gewinne für die Renovierung vom Kirchendach. Aber bei seinem Glück hoff ich, dass es nicht so bald regnet. Außerdem... Wusstest du, dass das Schnapsen sogar als Kulturgut gilt? Zugegeben nicht ganz offiziell, aber immerhin gilt es nach unserem Recht nicht als Glücks- sondern als Geschicklichkeitsspiel. Und ich glaub, das dürfen sogar die Pfaffen."

„Mit der Kirche kenne ich mich nicht so gut aus. Ich bin ja auch nicht getauft. Damals in der DDR war das ja nicht gerne gesehen und unüblich", meint Annelise, glücklicherweise leise. Ich mein, ich bin ja ein weltoffener Mann von Format und kann so etwas akzeptieren (zumindest, wenn sich diese Art des Heidentums hinter solchen Augen versteckt). Aber nicht jeder bei und denkt so. Für uns gilt, dass nicht nur der Tod und die Steuer jeden erwischt – ohne Kirche oder Lagerhaus, also Raiffeisen für die Annelise, bist bei uns nix. Vereint unterm (Giebel-)Kreuz ist kein Werbeslogan, sondern Realität. Bist du nicht in der Kirche und bei einem der verschiedenen Dorfvereinen, bist du keiner von uns. Dass die meisten eigentlich nur aus Faulheit noch in der Kirche sind, ist da egal. Ist ja nicht so, als ob man gefragt werden würd, ob man dem Verein beitreten möchte. Auch bei der Erstkommunion und der Firmung kannst eigentlich nicht austreten, bist ja erst mit 14 alt genug, um zu bestimmen, woran du glaubst. Da wirst als kleiner Wutzel unter´s Wasser gehalten und bist dabei. Ein paar Jahre später bekommst die Aufforderung, doch bitte die Kirchensteuer zu zahlen. Da hast dich aber schon daran gewöhnt und den Erlagschein einzuzahlen (angeblich geht das auch schon über das Smartphone) ist einfacher als der ganze Aufwand mit dem Austreten.

Natürlich bin ich noch nicht ausgetreten und zahl brav meinen Kirchenbeitrag. Nur in der Kirche wirst du mich selten finden, aber das hat andere Gründe.

Annelises Bekenntnis, nicht getauft zu sein, kann sich also schnell zum Bumerang für sie entwickeln. Vor allem, wenn unser Herr Pfarrer davon erfährt. Der wollte eigentlich ein Missionar werden, aber da hat sogar der Bischof gesagt, dass er vielleicht ein bissal zu enthusiastisch ist. Also ist er jetzt bei uns der Dorfpfarrer – denk dir deinen Teil, warum. Naja, nicht nur bei uns, er betreut noch fünf andere Gemeinden, aber hier bei uns in Brand hat er sozusagen sein Hauptquartier aufgeschlagen – sehr zur Freude und zum Stolz der älteren Dorfbewohner. Die anderen haben Touristen, wir aber einen Polizisten. Und wird die Welt auch noch bizarrer – wir haben unsern Pfarrer. Ätsch.

Und was für einen Pfarrer wir haben. Wenn ein neuer Kreuzzug ausgerufen wird, stürmt er als zweiter Richtung

Jerusalem. Und das auch nur, weil die Tante Mizzi mit ihrem roten Panda einfach schneller wär. Ein ungetauftes Schäflein käme ihm da gerade recht und wenn sich das Schäflein zur Wehr setzen würd und nicht getauft werden wollen würd… man wächst ja an seinen Herausforderungen. Wenn er wüsste, das sowas heute schon geht, würd er vermutlich auf Amazon nach Kreuzritterschwertern suchen.

„Ähh, du Annelise. Nur so unter uns… aber das solltest bei uns nicht allzu laut sagen. Eigentlich solltest du es gar nicht sagen, nicht mal flüstern. Unsern Herrn Pfarrer wirst sonst nicht mehr los. Und ein paar von den Alten könnten dich als Hexe anspucken – aber die meisten täten eh nix machen, da bin ich mir sicher“, versichere ich ihr noch schnell, als ich ihren ungläubigen Blick bemerke. Naja, welchen Blick auch sonst, wenn sie schon nicht getauft ist.

„Du willst mich wohl veräppeln?“

„Na, Annelise, ich will dich nicht häkeln.“

„Du willst mich was nicht? Ich habe dich auch nie dazu eingeladen!“

„Naja, zum Häkeln wirst nicht immer eingeladen, manchmal ergibt sich das einfach so.“

„Das hätte ich nie von Ihnen gedacht. Was Sie hier andeuten, nennt man Vergewaltigung!“

„Was? Wieso?“

„Wenn Sie mich… wie nennen sie es… häkeln wollen, dann nur mit meinem Einverständnis! Ist das klar!“

„Ist das jetzt so ein political correctnes Ding? Bei uns wirst nicht eingeladen, um jemanden zu verarschen. Das ergibt sich einfach aus der Situation heraus. Naja, manchmal liefert dir jemand eine Vorlage, das könnt man schon als Einladung sehen, aber ansonsten verscheißern wir die anderen eher spontan.“

„Ach, „häkeln“ bedeutet nicht…“ Annelise lässt den Satz offen im Raum stehen.

„Meint nicht was?“ Ich habe zwar so meine Vermutung, was sie meinen könnte, dass es bedeutet, aber in jedem Polizisten steckt ein kleines Teufelchen. Nur so können wir gute Polizisten sein.

„Ähh… du weißt schon…“

Was ich weiß, ist, dass sie wieder zum „du“ übergegangen ist.

„Nein, keine Ahnung.“ Allerdings muss ich dabei grinsen.

Was mir einen deftigen Schlag auf meinen Oberarm einbringt.

„Jetzt hast du mich… gehäkelt?“

„Willkommen in Österreich, wo man ordentliches Deutsch spricht. Woher kommst du eigentlich ursprünglich? Und was hat dich in die Kripo in Wien verschlagen?“

„Ich komme aus Dresden, bin da auch zur Polizei gegangen. Warum ich jetzt in Wien bin… das ist eine lange Geschichte. Kurz ausgedrückt, hat es mit der EU zu tun, die mir die Versetzung, eigentlich ein Austauschprogramm, ermöglicht hat. Als deutsche Staatsbürgerin darf ich in Österreich ja nicht zur Polizei.“

Ein ‚Versteh ich, die fallen immer beim Aufnahmetest in Deutsch durch‘ verkneif ich mir und frage stattdessen: „Und warum bist du versetzt geworden? Schlechtes Betragen und zur Strafe ab nach Wien, um als Strafverschärfung mit dem Prohaska zu arbeiten?“

„Nicht schlecht geraten, Franz. Allerdings war meine Versetzung teilweise freiwillig. Ich habe mich nicht sonderlich gegen den Vorschlag meines Vorgesetzten gewehrt, als er mir eine Versetzung nahelegte."

„Warum um alles in der Welt sollte jemand sowas tun?"

„Ich habe ihm kurz vorher... tja... wie soll ich es höflich ausdrücken. Er wollte unsere Bekanntschaft vertiefen. Ich habe dann auch wirklich seine Glocken klingen lassen. Aber anders, als er es sich vorgestellt hat."

Ungläubig übersetzte ich in eine verständliche Sprache. Sie hat die Bekanntschaft ihrer Patella mit seinem Skrotum vertieft?

Vorsichtshalber frag ich nach: „Du hast ihm in die Eier getreten? Deinem Chef?"

„Volle Kanne und mit Anlauf. Daraufhin hat er eine Versetzung vorgeschlagen – nachdem er wieder stehen konnte und sich nicht mehr übergeben musste. Ich dachte eigentlich, dass ich ihn anzeigen sollte, allerdings hat er sehr gute Verbindungen bis ganz nach oben und ich fürchte, es hätte nicht viel gebracht. Da habe ich von dem Austauschprogramm erfahren. Wien schien mir weit genug weg."

„Mein Beileid. Jetzt hast den Prohaska an der Backe, der ist auch nicht viel besser."

„Ich habe schon mitbekommen, dass euer Verhältnis sehr angespannt ist. Woran liegt das?"

Normalerweise rede ich ja nicht gerne darüber, aber Annelise hat so eine Art, die einem Vertrauen einflößt und man möchte ihr alles erzählen. Bei Verhören muss sie absolute Spitze sein. Vielleicht hilft es auch, dass wir schon beim dritten (vierten?) Bier angekommen sind – sie hat echt heimtückische Methoden, mich auszuhorchen.

„Puh, ja... ist nicht ganz einfach. Ich halt ihn für ein überhebliches Arschloch, er sich nicht. Er hat mit meiner Ex was angefangen, was ich nicht goutiert hab. Und ich denk mal, seine gebrochene Nase hat er mir auch noch nicht verziehen, auch wenn sie schon wieder verheilt ist."

„Du hast dem Hauptkommissar die Nase…"

„Damals war er noch nicht Hauptkommissar. Hätt mich aber auch nicht aufgehalten. Wie du sagtest: Volle Kanne und mit Anlauf – direkt drauf. Seither nenn ich ihn nur mehr Nasenbär."

Annelise bricht in ein glockenhelles Lachen aus. „Nasenbär", schnauft sie.

„So solltest du ihn aber nicht nennen – nicht, wenn er dich hören kann. Mag er nicht besonders, weißt."

„Das kann ich mir vorstellen. Allerdings ist der Kurt gar nicht so schlimm, wenn man ihn ein wenig besser kennt. Sicher, seine Marotten muss man abkönnen. Und seine Flirtversuche. Aber er kümmert sich um seine Partner."

„Das kann ich mir vorstellen, dass er sich gern um dich kümmern würd. Ganz persönlich."

Ein leichter Klapps (so nennt Annelise den scherzhaften Schlag gegen meinen Oberarm) lässt mich dann doch vorsichtiger werden. Schließlich muss sie noch mit ihm zusammenarbeiten und ich brauch meine Arme auch noch. Andererseits…. Wenn sie ihm auch die Nase bricht… oder seine Glocken ordentlich zum Schwingen bringt… Leider fällt mir dabei auch die Alternative ein, wie dieses holde Geschöpf die Glocken zum Klingen bringen könnt. Klar, in meiner Vorstellung nicht die vom Prohaska. Da ich keine kalte Dusch zur Stelle hab, nehm ich einen Schluck vom kalten Bier. Das nur mehr lackerlwarm ist. Und auch nur mehr ein Lackerl in meinem Glas. Also muss ein neues her. Zur Abkühlung.

Irgendwie kann man mit der Annelise echt gut plaudern. Wir reden den ganzen Abend lang. Nicht nur über den Beruf. Sie geht gern laufen, ist überhaupt recht sportlich, mag Katzen und so weiter. Auch, dass sie derzeit nicht vergeben ist. Na, du kannst dir ja vorstellen, was letzteres bei mir ausgelöst hat. Den Freudentanz hab ich grad noch unterdrücken können. Die Hoffnung stirbt bekanntlich ja zuletzt.

Aber schmerzhaft.

KAPITEL 9

Da es gestern nicht sonderlich spät geworden ist, bin ich schon relativ früh munter und beginne meinen Entschluss, den ich gestern noch gefasst habe, in die Tat umzusetzen. Zugegeben, so ganz nüchtern war ich - denk ich - nicht mehr, aber gestern schien der Plan ein echt guter zu sein.

Nach einigem Rumkramen in den tiefsten Tiefen von meinem Schrank und diversen Schubladen, habe ich alles, was ich brauche – wenngleich ich zugeben muss, nicht so ganz, wie ich´s mir erwartet hab. Ich seufze resigniert. Kann ich halt jetzt nicht auf die Schnelle ändern. Schlafen eh noch alle – hoff ich zumindest. Schnell noch alles anlegen. Was sich als schwieriger als erwartet herausstellt. Dann versuch ich, mich auf leisen Sohlen aus meinem Zimmer und an der Küche vorbei zu schleichen. Eigentlich hab ich ja gehofft, dass noch niemand auf ist, aber dazu habe ich zu lange gekramst. Naja… also leise, ganz leise… Selbst Winnetou wäre im Vergleich zu mir ein Stepptänzer mit Nagelschuhen. Aber Uroma scheint mir die Batterie von ihrem Richtmikrofon – auch als Hörgerät bekannt – gewechselt zu haben, Oma hört – wenn sie will – wie ein Luchs mit Hörrohr und Mama spürt sowieso einfach, wenn ich mich davonschleichen will. Das hat in der Jugend ganz schön genervt. Obwohl – es nervt auch heute noch, wenn man sich aus dem Haus schleichen will, um sich mit Freunden zu treffen und das eine oder andere Helle zu heben.

Daher überrascht es mich nicht, sondern ärgert mich nur, dass mir – kaum habe ich meinen Fuß auf den Boden im Erdgeschoss gesetzt – ein dreistimmiges „Früh bist auf!“ entgegenschallt.

Seufzend ergebe ich mich meinem Schicksal und wanke in die Küche. Man soll ja das Beste aus einer Situation machen und das ist in dem Fall ein Kaffee. Den meine Mama mir gerade einschenkt.

Als sie sich umdreht und mich sieht, zerbricht meine Hoffnung auf Kaffee wie die Tasse am Boden.

„Jessasmaria, wie schaust denn du aus?“ ist alles, was sie hervorstammeln kann.

Auch Oma und Uroma – letztere durch die Aschenbecher, die sie als Brille bezeichnet – starren mich… ich will es mal höflich als ‚überrascht‘ bezeichnen, an.

„Und was hast da an? Hab ich dir die Wäsch zu heiß gewaschen? Ist sie eingelaufen. Hättest halt was sagen müssen, wennst dir empfindliche Sachen gekauft hast.“ Oma und Uroma schauen immer noch sprachlos, während meine Mama sich sofort auf die Suche nach dem Schuldigen (also letztendlich mich) für das vermeintliche Malheur macht.

Ich habe dir ja schon erzählt, dass ich früher ein Elitesoldat und –polizist war. Und auch, dass Spitzensportler, wenn sie mit dem Training aufhören, oft ein wenig in die Breite wachsen.

Meine Sportklamotten sind nicht mitgewachsen. Und ich hab ja gehofft, dass die sehr – sehr - kurzen Laufhosen schon wieder modern sind. Genauso wie bunte

Laufschuhe und ein jetzt bauchfreies Laufleiberl. Komplettiert wird mein Outfit noch durch ein Frottee-Stirnband und Tennissocken. Ich hab halt improvisieren müssen. Der Anblick der sich meinen Damen bietet ist vermutlich weniger in Richtung Läufer als viel mehr Gelbfußindianer in Beinahe-Tanga mit einem Sport-BH.

Meine Uroma räuspert sich und meint nur während sie mich von Kopf bis Fuß mustert: „Also Franzl, bist du a Sissi? Des kann man heute ja schon… besser machen." Manchmal überrascht mich meine Uroma damit, wie modern sie sein kann.

Die Vermutungen meiner Mutter gehen eher in die Richtung, dass ich überfallen worden bin und mir mein letztes Hemd abgeknöpft wurde, worauf wiederum meine Oma etwas von Spielschulden murmelt.

Mein Blutzer, also mein Kopf, ist inzwischen so rot wie eine Paradeis.

„Ach, seid´s ruhig. I will nur laufen gehen. Ist ja g´sund und der Jüngste bin i a nimma. Da muss man scho auf sei Herz aufpassen." Letzteres hätte ich mir angesichts der jüngsten Ereignisse sparen sollen. Klingt ein wenig herzlos.

„Wieso?" ist alles, was meine Mama rausbringt. Sie entstammt wie Uroma und Oma einer Erziehung, die Sport als unnütze Verschwendung von teuer gekauften Kalorien betrachtet. Wer Sport treibt, der soll doch lieber arbeiten. Ich seh schon, wie sie gedanklich eine Liste mit ‚Zu Erledigen' zusammenstellt.

„Ach, weißt schon. Gsund soll´s sein und so. Einmal am Tag richtig schwitzen, hat auch der Herr Doktor g´sagt."

„Du schwitzt eh schon, wennst in dein Zimmer rauf gehst. Und so kommst mir nicht aus dem Haus. Was sollen die Leut von uns denken? Und jetzt hör mit dem Firlefanz auf und zieh dir was Anständiges an. Wennst schwitzen willst, wüsst ich schon was."

Es kommt eine Zeit im Leben eines jeden Mannes, in dem er seinen Mann stehen und sich von seiner Mama emanzipieren muss. Ich hätt mir zwar gewünscht, dass die Zeit, na sagen wir mal, in etwa 80 Jahren kommen würd, aber was solls.

„Nein, Mama. I hab mi in der letzten Zeit zu sehr gehen lassen. Wird Zeit, dass ich mich wieder mehr um mich und meinen Körper kümmer. Außerdem hätt ich zum Mittagessen heut gern einen Salat."

Die Blicke, die Mama und Oma mir zuwerfen spiegeln blankes Entsetzen wider. Also ob ich ihnen gerade erklärt habe, dass ich in meinem Zimmer einen Kernreaktor gebastelt habe und der gleich in die Luft geht.

Nur Uroma hat ein wissendes Lächeln auf den runzeligen Lippen. „Naja, wenn´s der Bua braucht, dann lass ihn doch. Ist ja schon groß und erwachsen."

Unglaublich, dass ich diese Worte noch von meiner Urli hör, die bezüglich freier Meinungsäußerung mit dem Trump übereinstimmt: Sie darf ihre Meinung jederzeit äußern und wir andere dürfen freiwillig zustimmen. Grad als ich denk, dass sich Menschen ja doch ändern können, redet sie weiter: „Die Frau Inspektorin soll ja recht fesch sein, wie ich g´hört hab, gell? Und hat ja auch was anständiges g´lernt. Und ganz schon viel Holz, das sie da mitbringt."

Ich hab zwar nicht geglaubt, dass mein Blutzer noch mehr Blut aufnehmen kann, aber ich fühle direkt, wie er noch röter wird. Sind das Anzeichen von einem Schlagl? Leider bekomm ich keinen Schlaganfall und damit keine Gelegenheit, mich aus gutem Grund aus der Affäre zu ziehen. Also ergreif ich halt so die Flucht.

Während ich in Richtung Türe eile und meine Mama mir hintendrein ruft „Und was willst zur Beilag essen?

Zum Salat passt gut a Schnitzerl!?" murmel ich noch zur Urli irgendwas in Richtung „Ja, kann schon sei. Fesches Mädel." Genau kann ich mich nicht erinnern.

Endlich bei der Tür angekommen reiß ich sie auf und… erstarre.

Der Frau Kren geht´s genauso.

Die Hand, mit der sie grad klopfen wollte, ist am halben Weg in der Luft eingefroren, auch sonst steht sie stocksteif da. Nur ihre Augen mustern mich mit – wie ich erkenne – wachsender Panik.

„I bin´s, der Franz", beeil ich mich daher zu sagen, bevor sie losschreien kann.

„Franzl?" Die Panik weicht Unglauben. Immerhin ein Fortschritt. Damit sollte sie nicht mehr schreien. Allerdings ist ihr Lachkrampf auch nicht wirklich besser.

Nachdem sie sich wieder gefangen hat – wir sitzen mittlerweilen in der Küche bei einem Kaffee – wird sie ernst.

„Zu dir wollt ich grad, Franzl. Du bist ja Polizist." Nachdenklich mustert sie mich erneut und fragt: „Oder hast heute dienstfrei? Geht mich ja nix an, was du so in deiner Freizeit machst…" sie lässt den Rest des Satzes offen und hofft wohl, dass ich ihr – noch mehr – Tratsch liefer.

Durch´s Sitzen zieht sich die eh schon enge Laufhose noch enger zusammen und ich spüre im Schritt, dass elastisches Material eindeutige Vorteile hätt. Was meine Stimmung auch nicht weiter hebt. Also kann´s sein, dass ich a bissal ungeduldig bin. Auch, weil ich nicht grad zur dörflichen Rush Hour die Hauptstraße entlangjoggen möchte. Daher klär ich die Frau Krenn auf und mein nur „Na, na, ein Polizist ist immer im Dienst." (Das hinter meinem Rücken geflüsterte: „Sag das mal dem Wirten" überhör ich einfach.)

„Was gibt´s denn, Frau Krenn?"

Wenn du dich jetzt wunderst, warum ich zur Frau Krenn ‚Frau Krenn' sag, obwohl wir in Österreich ja recht schnell beim Du sind (außer bei den Titelgeilen), dann sei dir folgendes gesagt: Die Frau Krenn ist eine der älteren Damen hier im Ort. Und vorm Alter muss man Respekt haben. Hat schon meine Uroma (am längsten), meine Oma (nicht ganz so lang) und meine Mama (seit ich in die Pubertät gekommen bin) gesagt.

„Es geht um Lucky."

„Was ist mit dem Mistvi…"

Etwas spät erinnere ich mich daran, wie sehr Frau Krenn an ihrem Dackel hängt.

„Ähhh… ich mein natürlich, was ist mit ihm? Ich bin kein Tierarzt, ich weiß, dass Hunde vier Haxen haben, vorne beißen und hinten stinken. Mehr kann ich Ihnen da nicht helfen."

„Ich bin bei dir schon richtig, Franzl. Verschwunden ist der Lucky. Ich war heut wie gewohnt mit ihm spazieren, weißt schon, hinter der Kirche am Hausberg. Ich hab ihn oben im Wald ein wenig von der Leine gelassen. Er muss ja auch ein bisschen laufen und sich austoben."

Ich frag mich, wie weit und schnell und ob überhaupt so ein Dackel laufen kann. Ich mein, die Haxen von so einem Wadlsatteliten sind ja nicht gerade für Langstreckenläufe ausgelegt. Und Sprinter ist er - denk ich mal - auch keiner. Würd mich nicht wundern, wenn ihn eine Schildkröte abhängt.

„Normalerweise kommt er immer, wenn ich ihm ruf. Er weiß, dass er dann ein Leckerli bekommt. Aber heut ist er nicht mehr zurückgekommen. Ich habe schon überall gesucht. Aber Lucky ist wie vom Boden verschwunden."

„Tja, Frau Krenn, aber da kann ich auch nix machen. Sie wissen schon, die betreffende Person muss mindestens 24 Stunden vermisst sein.“

Ein wenig fühl ich mich schon schuftig. Ich mein, das mit den 24 Stunden kennt ja jeder aus dem Fernsehen oder aus Büchern. Stimmt aber nicht. - Eine Abgängigkeitsanzeige kannst du immer aufgeben. Also, halt schon, wenn die betreffende Person nicht auffindbar und gefährdet ist. Oder eine Gefährdung für andere ist. Einfach so in´s Revier spazieren, damit deine Kinder ein Taxi nach Hause haben, geht natürlich nicht. Und Dackel – oder andere Haustiere – fallen auch nicht in unseren Zuständigkeitsbereich (Ausnahmen sind Ehegatten, die von ihren Frauen auch gern als „der blöde Hund“ bezeichnet werden). Selbst wenn bei dem Dackel eine Suizidgefährdung vorliegen würd (was ich verstehen tät, bei so einem kleinen Viech) … eigentlich nicht mein Fall. Ich sag bewusst eigentlich. Wir sind hier am Land. In einem Dorf. Und nicht nur meine Mama ist tierlieb. Außerdem mögen meine drei Mäderl die Frau Krenn. Und den Lucky.

Also trag ich den vermissten Dackel zwar nicht in die Fahndungssysteme EKIS oder SIS ein, sondern versprech, nach ihm Ausschau zu halten. Zumindest die Frau Krenn beruhigt das ein wenig. Aber meine dackelvernarrte Vorfahrenschaft hab ich dabei außer Acht gelassen. Vehement fordert meine Mama von mir, sofort aufzubrechen, um den vermissten Dackel zu finden (was bei dem hohen Gras da oben sicher nicht leicht wird).

„Aber erst, nachdem du dich umgezogen hast“, ist der einzige Aufschub, der mir von der Oma gewährt wird.

Gegen soviel geballte weibliche Unerbittlichkeit stehe ich natürlich auf verlorenem Posten. Dann muss mein Gesundheitsplan wohl noch bis morgen warten. Oder vielleicht geht sich am Abend, wenn´s nimmer ganz so heiß ist, ja noch eine Runde aus.

„Wenn ich schon nicht laufen geh, dann kannst mir heut auch ein Schweinsbraterl machen, Mama. Aber nicht zu fett. Und ab morgen gibt´s dann den Salat."

„Braver Bua."

KAPITEL 10

Natürlich kennen mich meine Damen – oder glauben es zumindest. Keine von ihnen rechnet ernsthaft damit, dass ich einen gesünderen Lebensstil pflegen werde. Tja, was soll ich sagen… Wir Ebners kümmern uns liebevoll um unsere Kalorien, Vitamine sterben meist an Vereinsamung – obwohl wir einen riesigen Gemüsegarten hegen und pflegen. Sowas hat man halt und Beilagen braucht man ja für eine anständige Mahlzeit. Aber wenn´s ums Essen geht, dann kommt ein ordentliches Stück Fleisch, schön Fett, auf den Tisch. Vor dem Nachtisch. Soll ja keiner glauben, wir können es uns nicht leisten oder – noch schlimmer – wir sind geizig.

Leider ist die Forschung noch nicht soweit, dass sie die Gugelhupfvitamine gefunden hät.

Aber um die Vitamine geht´s mir eh nicht so sehr. Sind halt ein unangenehmer Nebeneffekt. Nur ein paar Kilo weniger täten mir schon ganz gut, denk ich so bei mir, wie ich zum Wald hinter der Kirche raufstapf – natürlich ordentlich angezogen – um so ein Dackelviech zu finden. Und jetzt mal ehrlich… Da gibt´s in meinem Revier einen entsetzlichen Mord, der sicher Schlagzeilen machen wird, und der Herr Polizist darf Dackel retten. Ich mag ja Tiere – egal ob gekocht, gebraten oder gegrillt – aber das ist mir jetzt schon a bissal zu viel Tierliebe. Vor allem würd ich ohne diese Spezialmission mit der Annelise z´sammarbeiten. Zugegeben auch mit dem Prohaska, aber erstaunt stell ich fest, dass mich der Gedanke zwar ziemlich stört, aber er keine Mordgedanken mehr auslöst. Nicht, wenn es der Preis dafür ist, die Lisi – wie ich sie in Gedanken schon nenn – dann öfters zu sehen. Aber mal ganz ehrlich – was soll so eine mit einem wie mir? Sie geht gern laufen, ich eher saufen. Wo sie eine Figur hat, hab ich eine Statur. Umwerfend bin ich mit meiner Statur zwar auch, aber schon auf eine andere Art als die Lisi.

Scheiße.

Ich muss kein Psychologe oder sowas sein, um zu diagnostizieren, was das bedeutet: Ich bin verknallt.

Nicht schon wieder.

Das erste- und letztemal hat ja kein so tolles Ende gehabt. Immerhin bin ich jetzt um einen Haufen Erfahrungen und eine Exfrau reicher. Und viel mehr war – außer der einen oder anderen Jugendschwärmerei – gar nicht. Ich weiß, was du jetzt denken wirst… ganz schön einsam. Oder auch: was für eine Verschwendung (damals, als ich ein Sixpack nicht nur in der Hand gehabt hab).

Aber ich verknall mich halt nicht so schnell. Liebe auf den ersten Blick? Das trifft andere, mich eher der Blitz. Und eines hab ich im Verlauf der Zeit schon feststellen können: Je größer das Ziel ist, desto schlechter trifft der Amor. Bei mir hat er die letzten Jahre zielsicher vorbeigeschossen und soweit ich es sagen kann, hat sich auch keine der Damen im Dorf einen Pfeil mit meinem Namen eingefangen –zumindest keine unter 80. Die haben noch andere Schönheitsideale.

Trotzdem kann ich es nicht verhindern, dass ich mit gemischten Gefühlen durch den Wald abwechselnd stampfe und tanze. Leider erwischt mich die Frau Krenn grad in einer Tanzstimmung. Eigentlich nett, wollt sie mir doch noch einen Kaffee bringen und nachschauen, ob meine ‚Ermittlungen' – wie sie es nennt – schon Erfolg gehabt haben. Wenn man mit einem Dackel rechnet, dann kann ein tanzendes Nilpferd schon sprachlos machen. Also drückt sie mir nur einen Thermosbecher mit Kaffee in die Hand und geht kopfschüttelnd wieder. Dabei wirft sie immer wieder einen Blick zurück, ob ich eh nichts Gefährliches mach oder ihr folge.

Um meinen Ruf im Dorf brauch ich mit ab jetzt sicher keine Sorgen mehr machen.

KAPITEL 11

Ich bin gerade in einer meiner Stampf-Stimmungen. Der Tag wird immer heißer und ich schwitze wie ein Schwein – auch wenn ich nicht weiß, ob und wie Schweine schwitzen. Ich komme aus keiner landwirtschaftlichen Familie.

Selbst hier am Waldrand steht die Luft, kein Lufthauch bringt Erfrischung. Wenigstens der Ausblick über das Dorf ist von unserm Hausberg aus malerisch. Falls du dir jetzt unter Hausberg einen wild zerklüfteten Granitfelsen vorstellst… vergiss nicht, wir sind hier in der Buckligen Welt. Die höchsten Berge – oder genauer Buckeln, der Huatwisch und der Kuhriegel – kommen auf stolze 896 Meter. Nicht umsonst heißt´s die Bucklige Welt, nicht die bergige Welt. Land der 1000 Hügel. Naja, gezählt hab ich sie nicht, aber wenn du mit dem Radl unterwegs bist, kannst das schon glauben. Und unser Hausberg kommt auch nicht ganz auf die 800 Meter. Und eigentlich ist er nur einer von vielen Hausbergen bei uns. Bis vor gar nicht so langer Zeit hat fast jeder größere Hof seinen eigenen Hausberg gehabt. Was verständlicherweise für Verwirrung gesorgt hat. Wenn sich ein junger Bursch mit einem jungen Maderl ein Schäferstündchen am Hausberg ausgemacht hat, war´s ein Glücksspiel, ob man sich trifft. Oder wen. Irgendwann ist mal einer hier vorbeigekommen, ein

Wiener mit Vermessungsapparaten im Gepäck, und hat den einzelnen Bergen dann einen Namen gegeben und sie auf den Karten eingetragen. Jetzt ist nur mehr ein Hausberg übrig – der eigentlich auf den Karten auch anders heißt, nur den Namen kennt bei uns keiner.

Unserm Hausberg muss man eins lassen – der Ausblick ist malerisch, aber leider auch was für Masochisten. Von hier heroben sieht man nämlich wunderbar die einzelnen Pools. Kurz überleg ich, ob ich beim Bürgermeister übern Zaun steigen und schnell in seinen hüpfen soll. Der ist grad auf Urlaub. Also, der Bürgermeister mit seiner Familie, nicht der Pool. Der glitzert mich von da unten verführerisch kühl an. Aber bei meinem Glück steh ich dann in der Unterhose vor den Nachbarkindern – oder auch ohne. Das könnt ich grad noch brauchen… Die Schlagzeile in der Regionalzeitung kann ich mir schon vorstellen: „Franzl, der flitzende Polizist".

Wenigstens ist es hier am Waldrand relativ schattig und die Sonne brennt nicht gar so arg. Der Hausberg oder eigentlich Dorfberg ist auch unser Kalvarienberg. Um den Gläubigen die Leiden Christi näher zu bringen, wird der Kreuzweg gern einen Berg hinauf angelegt. Da kann man die Leidensgeschichte vom Jesus direkter nachvollziehen, wenn man selbst schnauft und keucht und dem Tode nahe ist. Was auch erklärt, warum man hier heroben selten wen sieht. Wenn du jemanden drauf ansprichst, wirst du wahrscheinlich hören, dass keiner raufkommt, weil ja alle unten in der Kirche beten sind. Gscheiterweise hat Robert sein Wirtshaus „Zur Kirche" genannt. Und momentan wünsch ich mich in die Kirche. Wenn´s denn sein muss sogar in die geweihte. In den dicken, alten Mauern ist es wenigstens immer schön kühl.

Während ich mich hingebungsvoll dem Schwitzen widme, taucht auf einmal der Herr Pfarrer auf. Fast hätt ich einen Herzkasperl bekommen. Ich weiß ja, der dreht da am Kalvarienberg ab und an seine Runden. Offiziell schaut er, ob die Passions-Stationen eh in Ordnung sind oder was zum Reparieren ist. Aber ich glaub, er will auch einfach mal seine Ruhe.

Überhaupt ist der Herr Pfarrer ein komischer Kauz. Angeblich war er früher mal bei der Sacra Congragatio Romanae et universalis Inquisitionis. Was, wie du sicher weißt, die Nachfolgeorganisation der Inquisition ist (Ich geb´s zu: Ich hab nachschauen müssen). Mit seinem Glasauge ist er mir sogar noch ein bissal unheimlicher. Das schaut immer in irgendeine andere Richtung als sein gesundes und, falls es dich anschaut, hast du das Gefühl, der Herr Pfarrer schaut in die Tiefen deiner Seele. Das möchte keiner von einem Inquisitor, man fühlt sich automatisch schuldig. Vor allem kein Polizist, das ist nämlich der gleiche Schmäh, mit dem wir arbeiten.

„Servus Franz", grüßt er mich feundlich. „Was machst denn du da heroben? Sag nicht, dass du Gott gefunden hast?"

„Na, ich hab ja noch nicht mal den Lucky gefunden. Wird Gott leicht auch vermisst?"

„Immer mehr, Franz. Immer mehr. Und sehr schmerzlich, wenn ich mir den Zustand dieser, unserer Welt so ansehe."

„Ach Herr Pfarrer, sooo schlimm ist´s bei uns ja auch wieder nicht. Gut, a bissal fad manchmal, aber so im Großen und Ganzen…"

In dem Punkt dürften der Herr Pfarrer und ich unterschiedlicher Meinung sein. Vielleicht muss man ja bei uns geboren sein, oder er meint was Anderes als ich.

„Und was treibt Sie da rauf?" frag ich um das Thema zu wechseln.

„Der liebe Gott, Franz."

Na klar, so ein Themenwechsel funktioniert bei einem

Kirchenmann nur eingeschränkt. Früher oder später wird alles wieder auf den lieben Gott geschoben. Wäre ein super Generalverdächtiger. Egal was – der liebe Gott war´s. Würde sich für die Aufklärungsstatistik ganz schön positiv auswirken.

„Scheint mir ja ein strenger Boss zu sein, wenn er Sie bei dem Wetter den Berg rauf statt in den Pool rein treibt."

„Gottes Wege sind unergründlich, zumindest schadet er in meinem Fall der Gesundheit nicht. Für mein Rheuma ist das Wetter auch besser, als Regen. Ich kann mich also nicht beklagen. Aber darf ich fragen, warum du da heroben bist? Ermittelst du nicht mit den anderen am Wildgatter oder wo ihr sonst halt so ermittelt?"

„Das hat die Kripo übernommen. Ich bin da außen vor."

„Haben die denn schon eine heiße Spur? Können wir bald mit einer Verhaftung rechnen und dass dann wieder Sicherheit in unser beschauliches Fleckchen Land einkehrt?"

„Das glaub ich nicht, Herr Pfarrer. Also… eine Verhaftung, die kann schon bald sein. Aber ob´s auch der Richtige ist, glaub ich dann nicht. Der leitende Ermittler… ist nicht grad das schärfste Messer im Schrank." Normalerweis richt ich Leut ja nicht hinter ihrem Rücken aus, aber wir reden da vom Prohaska. Dem würd ich auch ein Hackl in´s Kreuz hauen – und nicht nur sprichwörtlich, sondern ganz real.

„Dann ist es ja schade, dass du nicht die Ermittlungen leitest. Wir könnten dann alle ruhiger schlafen."

„Nett, dass Sie sich solche Sorgen um ihre Schäfchen machen, Herr Pfarrer. Aber wir wissen ja noch nicht mal, warum die Andra umgebracht worden ist. Vielleicht eine Herzensangelegenheit."

Dem Blick nach findet der Herr Pfarrer die Anspielung ein wenig geschmacklos. Oder auch nicht, es könnt auch Überraschung und nicht Verachtung sein, die ich in seinem gesunden Auge sehe. Ist schwer zu lesen, wenn das andere immer den gleichen Ausdruck hat. Lenkt einen ab.

„Na, dann will ich Sie nicht aufhalten, Herr Pfarrer. Muss auch noch in einem anderen Fall ermitteln." Resigniert betrachte ich das Unterholz am Wegrand. Wenigstens ist der Wald ein schöner, alter Buchenwald. Das bedeutet wenig Unterholz, außer an den Rändern, wo genügend Licht ist. Und es bedeutet auch ein paar Grad weniger. Und vielleicht ein Plätzchen, wo ich mich ausrasten… also halt intensiver ermitteln kann. Du musst nämlich wissen, dass die Ermittlungsarbeit vor allem gedanklicher Natur ist. Klar, es gehören auch Klinkenputzen und Tatortbesichtigungen dazu. Aber ein guter Ermittler setzt vor allem sein Hirnschmalz ein. Wenn dir jetzt der Prohaska in den Sinn kommt… ich hab ja von guten Ermittlern geredet.

Und wenn dir jetzt in den Sinn kommt, dass ich vielleicht auch nachdenken hätte sollen: Hab ich. Mir ist schon klar, dass die Frau Krenn hier in der Umgebung jeden Stein auf der Suche nach der Knackwurst auf vier Haxen umgedreht und hinter jeden Baum gespechtelt hat. Klar, dass der Lucky a) entweder nicht mehr da und damit weg ist oder b) irgendwas Interessantes gefunden hat, und sein Frauchen ihn an seinem felligen Allerwertesten kann. Bei b) besteht die Chance, dass ich ihn finde, wenn er das Interesse verloren hat. Und damit zum Helden werd. Bei a) renn ich doch nicht bei uns die ganzen Buckeln rauf und runter, um so ein Mistviech zu finden, dass mal sein wildes Tier ausleben will. Kann´s ja sogar verstehen, die Frau Krenn ist schon recht tierlieb, neigt aber dazu, die Viecher zu vermenschlichen. Als ich den Lucky zum ersten Mal in seinem knallgelben Mäntelchen gesehen hab… Ich schwör dir, sein Blick war eine Mischung aus Verlegenheit und

Verzweiflung. Außerdem bekommt er Wurstbrote statt Hundefutter. Nicht, dass ich ihm die neidig wär, aber er ist und bleibt ein Hund und Hunde bekommen Hundefutter. Na gut, vielleicht bin ich sie ihm ein bissal neidig. Aber die sind eh nicht so gut, wie die von meiner Mama.

So oder so, hier kann ich nur gewinnen, nicht verlieren – außer literweise Schweiß. Entweder find ich ihn oder ich hab´s zumindest versucht, ohne mir einen Sonnenstich oder Herzkasperl zu holen.

Ich schneid mir mit meinem Feitel noch einen Haselnussstecken ab. Die geben einen wunderbaren Wanderstock ab. Und stochern kann man damit auch – falls die Frau Krenn nochmal vorbeikommt. Damit sie sieht, dass ich die Ermittlungen wirklich ernst nehm.

Zum Tanzen ist mir mittlerweilen nicht mehr zumute. Naja, eigentlich schon, wenn ich an die Annelise denk, aber meine Füße sind da anderer Meinung. Aquadance würden sie noch durchgehen lassen, aber auch nur, weil sie dann im schönen, kühlen Nass stecken täten.

Mittlerweilen muss es auf Mittag zu gehen, wenn ich meinem Magen glauben darf. Um die Aufforderungen von eben jenem zu übertönen, frag ich mich, ob die Spurensicherung was gefunden hat und ob sie überhaupt noch vor Ort sind. Zumindest von meinem Platz aus kann ich keine der Ganzkörperkondome rumwuseln sehen.

Ich bin mir noch nicht sicher, was ich von dem Vorschlag, auf eigene Faust zu ermitteln, halten soll. Zugegeben, einerseits hat es den Reiz, dem Prohaska eventuell eins auswischen zu können. Und wenn er wider Erwarten den Fall als erster knacken sollt, ja mei, dann ist der Täter geschnappt und ich hab nix verloren.

Sollt aber der Prohaska Wind von meinen Ermittlungen bekommen, sitz ich nicht mehr nur in Teufels Küche, da würd ich unter dem Klo des Gehörnten sitzen. Und zwar bis zum Hals in dem, was von oben halt so runterkommt. Eins mögen wir Polizisten nämlich gar nicht: Nestbeschmutzer. Und Amateurdetektive. Und komplizierte Fälle. Und Demonstranten. Und… Also gut, aber Nestbeschmutzer stehen zumindest weit oben auf der Liste von Dingen, die wir nicht mögen. Auch ein Grund, warum die Leut von der Dienstaufsichtsbehörde nie eingeladen werden, nach Dienstschluss mit auf ein Bier zu kommen. Da müsst ich den Fall schon gelöst haben, dann kann mir auch der Prohaska nichts mehr. In dem Fall würd die gute PR mir so etwas wie Immunität geben.

Und ob ich damit der Annelise imponieren tät oder ob sie mich dann meiden würd? Würd sie mich in meinen Ermittlungen gar unterstützen? Mich heimlich mit Informationen versorgen? Dazu wären natürlich Treffen notwendig.

Damit ist die Entscheidung endgültig gefallen: Ich werde auf eigene Faust ermitteln.

Aber zuerst muss ich noch die aktuell laufende Ermittlung abschließen. Den „Fall" als ungelöst zu den Akten legen, trau ich mich nicht, da kann die Frau Krenn und auch meine Mama schon fuchtig werden. Also stocher ich mit meinem Stecken im Unterholz und dreh noch eine Runde. Dabei rufe ich immer wieder „Lucky". Was ich mir über das Mistviech wirklich denk, trau ich mich nicht zu rufen. In der Stadt haben vielleicht die Wände Ohren, bei uns am Land aber jedes Blatt und jeder Grashalm. Das würd daheim ein matschertes Wurstbrot geben. Bekanntlich bestraft der liebe Gott kleine Sünden ja sofort, aber er muss sich in manchen Fällen mit dem zweiten Platz nach meiner Mama zufrieden geben.

Und ja, ein wenig peinlich ist es mir schon, wie ich da so total verschwitzt und außer Atem durch den Wald trampel und immer wieder keuchend „Lucky" ruf. Ohne dieses Mistviech Lucky wär ich jetzt mit einem kühlen

Blonden und einem Schweinsbraten daheim im Schatten. Und wer bitteschön nennt denn seinen Hund Lucky? Noch dazu einen Dackel? Außer der Frau Krenn halt. Waldi… das ist ein g´scheiter Name für einen Dackel. So hat unserer geheißen. Als ich noch ein junger Bua war, hat mein Papa – Gott hab ihn selig - einen Dackel heimgebracht und ich durfte ihm einen Namen geben. DER war ein richtiger Dackel. Mutig, furchtlos und Angst kannte er auch nicht. Kaum zu glauben, wieviel Mut und was für ein groß es Herz in so einen kleinen Hund reinpasst. Der hat mich zwar auch einmal gebissen, aber nachdem ich ihn selbst zurückgebissen hab, waren wir ein Herz und eine Seele. Ich mach mir daher auch keine Sorgen um den Lucky, falls du jetzt glaubst, dass ich herzlos bin. Füchse sind für so eine Kampfmaschine auf Stummelbeinen keine Herausforderung. Maximal Dachse könnten ihnen gefährlich werden, die sind aber selten. Meinem Waldi hat da jedenfalls keiner von denen was anhaben können. Was man von dem Auto mit Wiener Nummernschild nicht behaupten kann. Das hat ihn erwischt, weil er nicht ausweichen wollt. Hat sich wohl gedacht, dass das Auto ein besonders großer Fuchs ist. Das mich der Waldi damals verlassen hab, hab ich ihm nie verziehen.

Aber es wär schon ironisch, wenn ein Hund mit Namen Lucky bei dem wenigen Verkehr, den wir da in Brand haben, von einem Auto überfahren werden würd. Noch dazu auf einem Forstweg.

Also ermittle ich seufzend, schwitzend und ab und an fluchend weiter im „Fall des vermissten Hundes von Brand“. Wenn er wenigstens in der Nacht leuchten würd, wie der von Baskerville im Film. Dann bräucht ich nur auf die Nacht zu warten und könnt ihn dann, wenn´s noch dazu kühler ist, schon von weitem sehen. Außer er steht im sehr hohen Gras. Kurz überleg ich, ob ich mit Hilfe eines Wurstbrots ermitteln soll, ess es aber lieber selber.

Grad, als ich mir denk, Dackel im generellen und Lucky im speziellen können mich mal… bei meinen Ermittlungen unterstützen, hör ich das unverkennbare schnaufende Bellen von einem Dackel. Blöderweise kommt es nicht aus dem Wirtshaus, sondern von tiefer aus dem Wald. Gut, vielleicht mach ich mir jetzt wirklich ein wenig Sorgen. Kommt zwar sehr selten vor, aber ab und an legt einer von den Wilderern, die wir hier bei uns ja eh nicht haben, Fallen aus. So richtige hundsgemeine mit scharfen Zähnen und Federn, die jeden Knochen brechen können. Sowas hab ich gar nicht gern. Wenn ich die erwisch, sind sie nachher von der Wilderei befreit. Und vielleicht auch von einem ihrer eigenen Haxen. In so eine Falle könnt ja jeder reinsteigen.

Also fluch ich noch ein wenig besorgt vor mich hin, während ich versuch, in die richtige Richtung zu gehen. Ist gar nicht so einfach, Geräusche im Wald zu orten.

Schließlich find ich den Lucky auf einer Lichtung. So ein verdammtes Mistviech. Wenn ich das gewusst hätte…. Hinter der Lichtung geht in etwa zehn Metern eine der Forststraßen vorbei. Da hätt ich bequem mit dem Auto rauffahren können. Und natürlich will er weder kommen noch sich fangen lassen. Denkt wohl, das ist ein Spiel, wie ich so hinter ihm herwetze. Kaum zu glauben, welche Geschwindigkeiten so kurze Beinchen hergeben.

Bei unserer Verfolgungsjagd kreuz und quer über die Lichtung merk ich, dass der Lucky was in der Schnauze hat. Vermutlich bellt er deswegen nicht mehr. Und vermutlich ist das der Grund, warum ich ihn am Ende doch erwisch. Mit vollem Mund läuft sich´s schlecht. Mir bleibt daher daheim immer zu wenig Zeit zum Joggen.

Der Hunger vergeht mir aber, als ich den Lucky mit einem verzweifelnden Hechtsprung am Halsband zu fassen bekomm. Da er sein Glück kaum fassen kann, nicht unter mir zerquetscht worden zu sein, hat er seine

Schnauze offen und das… Ding fällt raus, direkt vor meine Nase.

Ein Teil von meinem Gehirn versucht mir einzureden, dass alles in Ordnung ist und ich nur doppelt sehe. Ein anderer Teil teilt mir nüchtern mit, dass da vor meiner Nase wirklich eine weitere Nase liegt. Und ein weiterer Teil sagt nur: Händewaschen nicht vergessen.

Vorsichtig ziehe ich meine Nase von der fremden zurück. Wenn man da so im Dreck liegt, ist das letzte, was man einer von einem Dackel vollgesabberten Nase geben möchte, ein Nasenbussi. Vor allem, wenn der zugehörige Kopf nicht mehr an der Nase hängt.

Lucky ziehe ich mit mir, gegen seinen energischen Protest. Er fürchtet, dass ich ihm sein Leckerli wegnehme. Entgeistert starre ich auf das eindeutig menschliche Riechorgan. Aus biologischer Hinsicht sind die menschlichen Nasen einzigartig, selbst für Laien jederzeit erkennbar. Langsam sickert die volle Bedeutung meines – eigentlich Luckys – Fund in jene Teile meines Gehirns, die nicht lautstark mit mir reden wollen.

Also setze ich mich langsam auf – zum Stehen wären meine Beine eh noch etwas zu wackelig. Ich bin eigentlich nicht zartbesaitet und die leeren Hüllen, die nach dem Tod eines Menschen zurückbleiben, sind mir nicht fremd. Man sollte also meinen, dass eine einzige Nase nicht schlimmer sein kann, als die Gesamtheit und mich daher nicht umwirft. Stimmt nicht. Ich bin froh, dass ich schon gelegen habe. Dazu kommt noch, dass meine Beine eh schon etwas müde von der anstrengenden Suche nach diesem vierbeinigen Leichenfledderer sind.

Apropos… wo eine Nase, ist der Besitzer meistens nicht weit. Vorsichtig sehe ich mich auf der Lichtung um. Vorsichtig deshalb, weil ich eigentlich nicht will und mich geistig schon auf weitere Entdeckungen vorbereite. Aber ich sehe nichts.

Ich überlege, was ich tun soll… aber eigentlich gibt es da nix zu überlegen. Ich danke im Geiste der Frau Krenn, die mir Luckys Leine in die Hand gedrückt hat, leg sie ihm an und zerre ihn noch weiter von der Nase fort. Kaum zu glauben, was für eine Kraft so eine Wurst entwickeln kann, wenn es nicht nach ihrem Willen geht. In sicherer Entfernung zu dem grausigen Fund beug ich mich über den Dackel und sag „Such!“ Und blicke in zwei erwartungsvolle Dackelaugen, während der Schwanz einen Trommelwirbel ob der errungenen Aufmerksamkeit veranstaltet. „Such!“ versuch ich es nochmal. Lucky blickt fragend in Richtung seines ersten Fundes, als ob er mir sagen wollt, dass er ja nicht nur gesucht, sondern auch gefunden hat. Und damit hat er ja wohl ein Leckerli verdient, jawoll.

Seufzend wird mir klar, dass ich mich wohl oder übel selbst genauer umschauen muss. Ein Kontrollblick auf mein Handy – das ich ausnahmsweise einmal wirklich dabei habe – bestätigt mir meine Vermutung: Kein Netz. Typisch. Warum sollt ich mein Handy eigentlich immer bei mir haben, wenn´s eh nie Empfang hat, wenn´s drauf ankommt?

Letztendlich dauert die Suche nicht so lange, wie befürchtet – oder gehofft, je nach augenblicklicher Stimmungslage. Grund ist der Geruch. Als ich die Lichtung Richtung Forststraße überquere, wird ein süßlicher Duft immer stärker. Mir stellen sich sämtliche Nackenhaare auf. Als Polizist hast du zwar oft mit Leichen zu tun, die sind aber meistens frisch. Ich kenn den Duft von dem einen Mal, als unsere Kühltruhe unbemerkt den Geist aufgegeben hat. Damals war sie auch noch dazu mit dem Wildbrett vom Andi vollgepackt. Bevor du jetzt denkst, die haben Leichen in der Kühltruhe: der Geruch war nur ähnlich. Bei weitem nicht so schlimm, wie das, was mir jetzt entgegenschlägt.

Aber ich find keine Leiche.

Nur den Kopf.

KAPITEL 12

Wenn man so einen einsamen Kopf findet, reagiert man selbst ein wenig kopflos. Selbst als Polizist. Mich zum Beispiel durchströmt eine Welle der Erleichterung. Dem Kopf fehlt nämlich die Nase. Was bedeutet, dass es mit aller Wahrscheinlichkeit der richtige Kopf ist und ich nicht befürchten muss, noch einen zu finden. Ich hoffe, du kannst das verstehen und verdammst mich nicht wegen meiner Erleichterung.

Es handelt sich um einen Frauenkopf. Langes, rotes Haar. Keine auffälligen Verunstaltungen – außer der fehlenden Nase halt. Jung. Und ein Fall für die Spusi.

Mein Karma verdammend überlege ich meine Optionen. Rauchzeichen fallen flach. Querfeldein durch den Wald. Aber da leid ich unter dem Abfahrer-Syndrom. Als Abfahrer brauchst du beim Schifahren ein wenig Gewicht, um erfolgreich die Anderen abzuhängen und am Stockerl zu stehen. Deswegen sind die meisten Abfahrer keine guten Slalomfahrer und umgekehrt. Die fehlende Wendigkeit kann sich in einem wahren Wald voll feststehender Torstangen aber ziemlich negativ auswirken.

Da ich keine Lust hab, meiner Mama zu beweisen, dass mein Schädel nicht härter ist als ein Stück Buchenholz, geh ich zur Forststraße und beginn, langsam zu joggen. Wollt ich heut ja eh.

Nach ein paar Metern bleib ich stehen und klemm mir einen Dackel unter den Arm. Die Forststraße geht bergab, und ohne die hölzernen Hindernisse steht mir nix im Weg.

Die ersten hundert Meter stellen vor allem die Kurven ein Problem dar. So eine Forststraße windet sich in Serpentinen den Berg rauf und wenn du voll in Fahrt bist, wirst leicht aus den Kurven getragen. Dann ist da noch das Problem mit der Luft. Die geht mir nämlich aus.

Als ich den Waldrand erreich, wird der Weg gerader, aber steiler und geht zwischen den Feldern in´s Dorf hinein auf die Hauptstraße. Inzwischen bin ich vollkommen fertig. Ich schwitze, die Füße brennen und ich würd fluchen wie ein Rohrspatz, wenn ich zwischen meinen Japsern noch ein Fitzelchen Luft übrig hätt.

Aber an eine Pause ist nicht zu denken. Wirklich nicht. Abfahrer-Syndrom, verstehst du. Ich könnt jetzt gar nicht mehr bremsen. Erst, wenn der Weg wieder flacher wird, seh ich eine Chance, ohne die Karosseriebremse stehen zu bleiben. Daher schieße ich auch an den ersten Häusern vorbei und komm erst zum Stehen, als die Straße den Gegenhang raufgeht. Genau vorm Wirtshaus. Aber eh egal. Es ist Mittag und um die Zeit triffst du die Leut nicht daheim an. Das heißt auch, dass meine Kollegen – Mensch, ich leid wirklich unter Sauerstoffmangel. Prohaska und Kollege? – im Wirtshaus sein werden. Also stürm ich unter Aufbietung meiner letzten Kräfte rein und schau mich um.

Das erste was ich sehe ist ein Glas, das herrenlos auf der Schank steht. Tropfen glitzern im Sonnenstrahl und deuten die erfrischende Kühle an. Die Trübung schreit laut: ‚Zwickel'. Genau das richtige – wenig Kohlensäure. Gut, eigentlich schreit das ganze Glas ‚Trink mich' und nicht ‚Zwickel'. Und es könnt auch Pferdepisse sein. Hauptsache flüssig. Ich werde davon angezogen wie

Eisenspäne von einem Magneten oder Schmeißfliegen von einem frischen Pferdehaufen.

Robert sieht mich mit wissendem Lächeln an.

„Ich hab dich hinten den Hang runterschießen sehen. Da dacht ich bei mir: Wenn´s der Franz so eilig hat, will er sicher zu mir und hat Durst. Bitte. Deins." Mit einem Nicken deutet er auf die goldgelbe Göttlichkeit.

Ich setz das Glas an und viel zu früh wieder ab. Als ich es auf die Schank zurückstelle, ist es leer.

„Heiß heut, gell", kommentiert Robert lakonisch. „Noch eins?"

„Na, danke. Hast mein Leben gerettet. Hab´s aber eilig. Ist die Kripo da?" stoße ich immer noch keuchend hervor.

„Die sind grad gegangen. Wollten im Dorf rumfragen, ob wer was gesehen hat. Und nachdem sich die Uniformierten nicht so kooperationsbereit wie erhofft gezeigt haben… Naja, Dodeln. Wer daheim ist, sitz da." Wieder ein Nicken, dieses Mal in Richtung Gastraum. Ohne Robert auf die paradoxe bilokalität zwischen daheim und Schankraum hinzuweisen, wanke ich wieder Richtung Eingang.

Am Weg raus fallen mir drei Dinge ein beziehungsweise auf.

Erstens: Ich hab immer noch einen Dackel unter den Arm geklemmt.

Zweitens: Die ganze Lauferei hat nicht nur bei mir dazu geführt, dass mir schlecht ist. Nur hat´s Lucky rausgelassen. Auf mein Hemd und die Hose.

Drittens: Warum ruf ich die Kripo nicht einfach an, statt hinter ihnen her zu rennen? Hab ja die Nummer von der Annelise und vom Laufen grad die Nase… Ähh… ´tschuldigung, war geschmacklos… die Schnauze voll.

Während ich durch meine Kontakte scrolle – dauert ja lange, um bis zu „A" zu kommen, deute ich Robert, dass er mir noch eins einschenken soll. Es ist wirklich heiß und ich bin wirklich dehydriert.

Gleich darauf ertönen zwei meiner liebsten Geräusche: Das Zischen vom Zapfhahn und Annelises Stimme, die sich am Telefon meldet.

„Servus. Ich bin´s der Franz. Ihr müsst sofort in´s Wirtshaus kommen…"

„Gibt es denn dort eine zweite Leiche. Schnapsleiche vielleicht?" werd ich von Annelise spöttisch unterbrochen.

„Ja. Na. Teilweise. Aber nicht im Wirtshaus."

„Franz, hast du getrunken?"

„Na. Ja. Naja, net viel, nur ein Bier."

„Du Franz, wir versuchen gerade eventuelle Zeugen…"

„Hast mir nicht zugehört? Es GIBT a zweite Leich. Zumindest an Teil davon. Den Kopf. Minus der Nase, die liegt a paar Meter weiter." Mir ist bewusst, dass ich für Annelise vielleicht ein klein bisschen unzusammenhängendes Zeug stammle. Also versuch ich es nochmal: „Hör zu, Lisi. Ich war oben am Hausberg und hab einen Dackel gesucht. Dabei hab ich eine Nase gefunden. Also, eigentlich nicht ich, sondern der Dackel. Der hat damit gespielt und wollt sie fressen…"

„Franz, ich bitte dich: Leg dich kurz hin und wir reden dann am Abend."

„Lisi, bitte kommt´s mal in´s Wirtshaus. Lass mich nicht den Polizeinotruf wählen. Net schon wieder. Glaub mir, da oben am Hausberg liegt ein Kopf. Von einem Menschen. Ich zeig ihn euch."

Nach kurzem Nachdenken setz ich noch nach: „Kommt´s aber mit dem Auto."

Als die Kripo wenig später im Wirtshaus eintrifft, fällt der erste Blick von Annelise natürlich auf mein halbvolles Krügerl. Typisch. So schnell wird man abgestempelt.

Ich zucke aber nur entschuldigend mit den Schultern und nehm noch einen Schluck. Erstens kann ich ihn brauchen und zweitens: ist der Ruf erst ruiniert, lebt´s sich gänzlich ungeniert.

Der zweite Blick von Annelise fällt auf Lucky. Keine Ahnung wie der das macht, aber bei seinem Anblick verfällt die Damenwelt in Verzückung. So auch die Annelise.

Und was macht dieser Schleimer? Setzt sich hin, richtet seine braunen Augen mit dem treuherzigsten Blick, den du dir nur vorstellen kannst, auf Annelise, während sein Schwanz Stakkato am Boden schlägt. Natürlich muss Annelise ihn kraulen.

Ich warne sie netterweise vor den Erdnussstrahlen.

„Erdnussstrahlen? Erzähle mir nicht, dass ihr in Österreich radioaktive Erdnüsse habt."

„Das net. Aber kennst du die Erdnussschalen, die der Wirt auf den Tisch stellt. Schön salzig, damit man noch was trinkt?"

„Als ob du die Erdnüsse dazu brauchen würdest. Aber ja, kenne ich."

„Dann weißt du ja auch, dass die immer wegkommen. Egal, ob man sie für unhygienische oder was auch immer hält: Man muss einfach zugreifen. Man kann gar nicht anders. Außer, man hat eine Erdnussallergie, aber das zählt dann nicht."

„Stimmt. Eigentlich mag ich Erdnüsse ja nicht sonderlich, aber wenn sie nun schon mal da sind…"

„Das sind die Erdnussstrahlen, die dich dazu bringen",

erkläre ich der Annelise. „Und die Erdnussstrahlen haben nicht nur Erdnüsse. Chips auch, manchmal. Und einige von den Viechern. Du kannst nicht anders, du musst sie streicheln.“ Ich werfe einen bedeutungsvollen Blick in Richtung des Kuschelmonsters vor ihren Füßen.

Das ist mir bereits bei einer unserer Katzen (der Katzengott hab sie selig) aufgefallen. Obwohl sie wirklich ein Mistviech war, die dich einfach unmotiviert gekratzt hat, konnte man nicht anders, man hat sie einfach streicheln und kraulen müssen. Selbst auf die Gefahr einer blutigen Hand hin. Und waren die Kratzer erst verheilt, konnte man schon wieder nicht anders. Ein richtiger Teufelskreis. Da hab ich – während ich von meiner Mama zugepflastert worden bin – zum ersten Mal die Erdnussstrahlen bemerkt. Denn obwohl das Blut von meinem Fingern noch runtergetropft ist, wollt ich die Mirli schon wieder streicheln. Ich war zwar noch zu klein, als das ich in´s Wirtshaus gegangen wär, aber die Erdnussstrahlen hab ich damals entdeckt. Benannt sind sie dann an einem denkwürdigen Abend worden, als ein Kollege herausgefunden hat, dass er gegen Erdnüsse allergisch ist.

Und Lucky ist einer, der die Erdnussstrahlen ganz nach Belieben ein- und ausschalten kann. Ein wahrer Meister dieser Kunst.

Ich geb ja zu, ich hätte der Kripo sofort von meinem Fund berichten müssen. Aber ich will ja auch noch mein Bier austrin… meine Nerven beruhigen. Und zu sehen, wie der Prohaska immer ungeduldiger wird, bereitet mir ein beinahe diabolisches Vergnügen.

Als der es dann nicht mehr aushält und Lucky mit der Stiefelspitze zur Seite schiebt, um sich vor mir aufzubauen, hab ich einen Pluspunkt bei Annelise gesammelt. Wegen Tierliebe. Ich. Aber was solls, im Krieg und in der Liebe ist ja alles erlaubt. Nicht, dass ich mir bei einer Frau wie

Annelise wirklich Chancen ausrechne, aber manchmal bin ich Optimist.

„Also, was soll der Blödsinn mit einer Nase", reißt mich der Prohaska aus meinen Gedanken.

„Oben, am Hausberg. Den Buckel hinter der Kirche mein ich. Da gibt´s eine kleine Lichtung auf der drüberen Seite. Da liegt eine Nase. Den dazugehörigen Kopf hab ich auch gefunden. Der Rest…" Ich schüttle nur den Kopf.

„Noch eine Leiche?" fragt der Prohaska, Blitzkneisser der er ist.

„Zumindest Teile von einer. Ist die Spusi noch im Land? Die werden wir brauchen. Auch wenn ich nicht glaub, dass sie viel finden werden. Der Kopf liegt da schon ein Randerl."

„Ein was?" fragt die Anneliese.

„Ein Weilchen", klär ich sie in meinem besten Hochdeutsch auf.

„Ach so. Du meinst also, unsere erste Leiche ist eigentlich die zweite?"

„Schaut so aus. Was ziemlich schei… ähh…" Verlegen suche ich nach passenden Worten, die in Anwesenheit einer Dame ausgesprochen werden können.

„Was nicht gut ist. Abgesehen, dass wir jetzt zwei Leichen haben, könnte es auch auf einen Serienmörder hindeuten. Und wir könnten noch weitere finden", fasst Annelise dankenswerterweise meine Gedanken ohne Fäkalausdrücke zusammen.

„Punktgenau getroffen."

Prohaska kaut auf seiner Unterlippe. Ich kann mir schon vorstellen, was in ihm vorgeht. Serienmörder sind der Traum und Alptraum eines jeden karrierebewussten Kripo-Beamten. Wer einen fängt, geht in die Annalen der

Polizeigeschichte ein. Wird er nie erwischt, dann ebenfalls. Und dann ist da noch das Problem, dass – je länger die Serie dauert – von der Presse und damit den Vorgesetzten unliebsame Fragen gestellt werden. Dann muss oft der erste leitende Ermittler den Kopf hinhalten. Die Lorbeeren heimst dann sein Nachfolger ein.

Dabei sind Serienmörder wirklich schwer zu fassen. Normalerweise findet sich der Täter ja im Umfeld des Opfers. Ist bei Serienmörder meistens nicht der Fall. Und falls es ein gewiefter Killer ist, dann kannst du eigentlich nur warten, dass er einen Fehler macht. Was niemanden freut, vor allem die weiteren Opfer nicht.

„Na, schaumma uns die Sach mal an. Vielleicht hast ja schon a bissal früh angefangen…" meint der Prohaska mit einem bedeutungsschwangeren Blick auf mein inzwischen leeres Glaserl.

„Prohaska, ich will dich net an der Nase rumführen, ich werd dich zur Nase führen. Seid´s mit dem Auto da?"

„Das steht vorm Rathaus."

„Dann holt es. Sonst habt´s a dritte Leich."

KAPITEL 13

Das Auto vom Prohaska ist so ein Sportwagen. Tiefergelegt. Sauteurer Auspuff. Geht ab wie die Post, nur findet´s nie wer raus, weil der Wagen ja viel zu teuer ist, um damit richtig Gas zu geben. Keiner unserer Dienstwägen. Der Prohaska wollt wohl seine neue Kollegin beeindrucken. Klar, dass ihm da kein Dackel reinkommt und ich auch nur auf die unterdimensionierte Rückbank. Also bleibt der Lucky im Wirtshaus (der Glückliche) und ich muss mich auf eine Rückbank zwängen, die selbst bei einem Vierjährigen Klaustrophobie ausgelöst hätt.

Auf der Forststraße hör ich dann auch das eine oder andere scherren, scheppern, knacksen und kracksen. Und den Prohaska fluchen.

„Schönes Auto hast da, Prohaska. A bissal unpraktisch, aber schaut gut aus“, kann ich mir nicht verkneifen.

„Danke“, knurrt der zurück.

„Ich würd mir so eins ja net kaufen. Bei uns am Land brauchst was Praktisches. Mit längeren Haxen. Aber in der Stadt... Ich bin mir sicher, mit dem Flitzer kommst in jedem Stau viel schneller voran.“

Wieder knurrt der Prohaska, dieses Mal was

Unverständliches und von draußen hör ich, wie ein Ast am Lack entlang kratzt.

Mit einem zufriedenen Grinsen lehn ich mich auf der Rückbank zurück – lehnen ist vielleicht ein wenig optimistisch ausgedrückt, immerhin klemm ich da hinten fest. Durch die Gewichtsverlagerung schleift der Auspuff aber am Boden entlang.

„Ich fahr nicht mehr weiter, da komm ich nicht durch."

„Ist eh nimma weit, kannst ihn einfach da stehen lassen, den Rest schaff ma auch so."

Ich sag ihm lieber mal nicht, dass er erst weit hinter der Lichtung umdrehen können wird. Der Prohaska scheint mir grad a bissal angespannt.

Als wir dann doch noch die Lichtung erreichen, zeig ich den beiden die Nase und den Kopf.

Der Prohaska stürmt daraufhin ins Unterholz und eine Zeitlang hören Annelise und ich nur würgende Geräusche aus seiner Richtung. Selbst die Annelise ist a bissal blass um die Nasenspitze.

Du musst nämlich wissen: Egal, was die Wiener behaupten, mir ist noch nie a schene Leich untergekommen. Aber wenn so eine Leiche ein paar Tage im Wald liegt… Abgesehen vom Verwesungsprozess kommen dann auch noch die Tiere dazu. Im Wald wird nix verschwendet – außer Plastiksackerl und anderer Zivilisationsmüll. Dem Kopf fehlt nicht nur die Nase, sondern auch die Augen. Vermutlich Krähen. Auch die Haut schaut nicht mehr rosig aus und ist auch nimma ganz vollständig.

Als der Prohaska wieder unter uns weilt, meint er nur „Ja, die ist wirklich hin."

„Ah geh. Wirklich? Bist dir sicher? Ich mein, mit Herzmassage könntest a bissal a Problem haben, aber willst net doch noch Mund-zu Mund-Beatmung probieren?“

Bei der Vorstellung dauert es wieder ein paar Minuten, bis der Prohaska sich erneut zu uns gesellt. Inzwischen musste ich mir eine kleine Standpauke von Annelise anhören. Dass die Bemerkung geschmacklos war und der Prohaska ja nix dafür kann, wenn er einen schwachen Magen hat.

„Er ist bei der Kripo. Der muss das aushalten. Tust du ja auch.“

Als der Prohaska sein Handy zückt, mein ich nur: „Kannst vergessen. Da heroben gibt es keinen Empfang.“

Trotzdem kontrolliert er die Balken und steckt achselzuckend sein Smartphone wieder in seine Arschtasche. Ich hoff, er setzt sich drauf.

„Dann müssen wir in´s Dorf runter. Annelise, du bleibst da und bewachst den Tatort. Denn du, Eiserner, bist nach wie vor nicht im Team.“

Achselzuckend mein ich nur: „Prohaska, auf ein Wort.“

Als wir uns ein paar Meter von Annelise entfernt haben, fang ich an:

„Ka Sorg. Ich bin net im Team. Schon klar. Aber ganz ehrlich, Prohaska. Findest das eine gute Idee?“

„Dass du nicht im Team bist? Auf jeden Fall, Teddy.“

„Das mein ich nicht. Dass die Annelise die Leich bewacht.“

„Warum nicht? Sie ist bei der Kripo. Die muss das aushalten.“

„Überleg noch mal. Du lässt eine Frau die Leiche einer anderen Frau bewachen. Die vermutlich von einem Serienkiller umbracht worden ist. Der wahrscheinlich immer noch in der Gegend ist. Den du immer noch nicht geschnappt hast. Polizistin hin oder her: Ich glaub nicht, dass das eine gute Idee ist. Wird der Chef und die Presse sicher auch so sehen. Außer, wenn sie ihn während der Wache schnappt."

Das Kauen an der Unterlippe wird beim Prohaska zur Sucht. Anscheinend hat er noch nie in seinem Leben soviel denken müssen. Er wittert zwar einen Haken, schon allein, weil ich so nett zu ihm bin. Aber er kommt nicht drauf.

Dodel.

Als wir wieder bei der Annelise sind, korrigiert er sich daher auch und meint: „Frau Kollegin, ich denke, es wäre am besten, Sie würden den Herrn Ebner zurück in das Dorf begleiten und die Spurensicherung informieren. Ich werde in der Zwischenzeit den Tatort bewachen. Nur für den Fall, dass sich der Täter noch in der Nähe befindet." Dabei schwillt seine Brust heldenhaft an. Mich herboben zu lassen kommt ihn gar nicht in den Sinn – wenn ich den Mörder schnappen würd… das ist für ihn unvorstellbar. Außerdem bin ich ja nicht im Team. Das der Kopf nicht grad frisch und der Täter sicher schon längst über alle Berge… Buckeln ist, vergisst er.

Bevor Annelise sich aufregen kann, nehm ich sie bei der Hand und mein: „Dann kannst auch gleich meine Aussage aufnehmen, während wir warten." Und zum Prohaska: „Die Autoschlüssel bräucht ma noch. Oder hast die stecken gelassen?"

Ich schwör dir, da ist der Prohaska noch ein Stückerl blasser worden. Er dürft sein Auto wirklich gern haben. Vielleicht schon a bissal unnatürlich gern.

„Vergiss es. Ihr geht zu Fuß runter."

„Traust der Annelise leicht nicht? Weil sie Deutsche ist oder weil sie eine Frau ist? Außerdem muss dein Wagen eh weg, er blockiert den Weg für die Spusi. Und ab und an düsen da Traktoren runter. Die schubsen so ein Leichtgewicht in den Graben - ohne ihn zu bemerken. Von den Forstmaschinen will ich gar nicht erst reden."

„Nix da, ihr geht zu Fuß runter und holt die Spurensicherung und die Forensiker, ich wende in der Zwischenzeit und such einen Parkplatz."

Achselzuckend mein ich zur Annelise nur: „Wenn er meint. Komm. Wir gehen da drüben durch den Wald, ist viel kürzer."

Bevor der Prohaska es sich anders überlegen kann, mach ich mich gefolgt von Annelise auf den Weg. Dieses Mal nehm ich die Abkürzung gerne. Ich brauch ja auch nicht fürchten, mit Volldampf gegen einen Baum zu krachen. Kann auch sein, dass ich deswegen ein wenig langsamer als nötig geh und mit der Annelise plausch. Wir hier in Brand hudeln halt net. Eile mit Weile. Wär ja blöd, wenn sich grad jetzt einer von uns den Knöchel verknacksen tät.

„Warum soll ich jetzt plötzlich die Spurensicherung holen?" fragt sie.

„Ich denk, das hängt damit zusammen, dass du eine Frau bist. Weißt schon… Serienkiller, der Frauen umbringt, Frau allein im Wald…"

„Das ist Chauvinismus! Ich bin Polizistin und durchaus fähig, den Tatort auch unter solchen Umständen zu bewachen! In Dresden wurden wir gleichberechtigt erzogen und behandelt."

„Na, ist kein Chauvinismus. Bei uns nennt man das Höflichkeit, musst wissen."

„Was?" Verständnislos schaut mich die Annelise an.

„Schau, wir sind erzogen worden, der Frau die Tür auf zu halten, ihr Lasten abzunehmen und so weiter. Machst das nicht, bist ein ungehobelter und unhöflicher Kerl. Hat also nix mit Chauvinismus zu tun, sondern ist ein Zeichen, dass dich deine Mama gut erzogen hat. Dass er dich aber nicht fahren lassen wollt… das ist schon ein bissal chauvinistisch."

„Du willst mich wieder… häkeln, oder?"

„Aber Frau Kollegin, bitte keine unanständigen Angebote! Nicht während der Dienstzeit!"

Allerdings muss ich dabei grinsen. Gleich darauf wird das Grinsen etwas angestrengter und ich halte mir den Oberarm.

„Aua. Das hat wehgetan. Könntest bitte probieren, immer den gleichen Arm zu schlagen? Dann hab ich wenigstens noch einen Arm, mit dem ich essen kann."

„Idiot!"

„Ja, hör ich öfter."

Herumalbern ist einer der besten Wege, um mit den abscheulichen Aspekten unserer Arbeit fertig zu werden. Vor allem, wenn man es grad mit einer Leiche zu tun hat. Allerdings manchmal ein ziemlich schmerzhafter. Das wird wieder einen blauen Fleck geben.

Außerdem seh ich die Pluspunkte bei Annelise nur so rattern. Na gut, zugegeben, nicht unbedingt meine Plus- sondern dem Prohaska seine Minuspunkte. Aber das kann auf das Gleiche rauskommen.

„Ihr seid ja sowas von rückständig. Von Gleichberechtigung habt ihr wohl noch nie gehört."

„Ach, gehört schon. Soll ganz gut schmecken, oder?"

Vorsichtshalber mach ich einen Schritt auf die Seite, ein blauer Fleck am Tag reicht mir.

„Ganz im Ernst. Wir sind nicht so rückständig, wie du glaubst. Aber du musst auch gestehen, dass die

Gleichberechtigung net immer ganz einfach ist und net immer möglich."

„Es ist noch ein langer Weg, aber was ein Mann kann, kann eine Frau auch. Und ja, wir können auch im Stehen – wenn es sein muss."

„Interessant, hab ich net g´wusst. Wenn das so ist… Interessante Vorstellung. Übrigens, Lisi, du musst mich heiraten."

Ich wünscht, die Annelise wär vor Freude sprachlos stehengeblieben und nicht vor Schock? Überraschung?

„Ja, musst", erklär ich darum weiter. „Du kennst sicher den Brauch, dass der frischgebackene Ehemann die Ehefrau auf seinen Armen über die gemeinsame Schwelle tragt? Das möchte ich sehen, wie du als gleichberechtigte und emanzipierte Frau mich g´standenes Mannsbild über die Schwelle bringst. Wagenheber zählen nicht, gell!"

Wunschdenken. Aber immerhin bring ich einen schiefen Grinser zustande.

Nach kurzem Nachdenken überrascht sie mich: „Du, ich denke, das wäre kein Problem."

„Ich mach mir jetzt Sorgen. Bei deinem Knick in der Optik… solltest du keine Brillen tragen, wennst mich für so ein Leichtgewicht hältst?"

„Ach, ich bin mir deiner stattlichen Figur durchaus bewusst. Allerdings, als emanzipierte Frau, habe ich den Staplerführerschein."

Dieses Mal ist es Annelise, die sich über ihren Oberarm reibt, allerdings ihr Feixen nicht unterdrücken kann.

„Aua. Du darfst keine Frau schlagen. Vor allem als höflicher Österreicher nicht! Das sag ich deiner Mama!" grinst sie mich verschlagen an.

„Ach, die Emanzipierten muss ich sogar. Sonst wär´s ja

keine Gleichbehandlung, gell“, grinse ich zurück.

Bevor unser Herumalbern in eine freundschaftliche Schlägerei ausartet, erreichen wir leider den Waldrand. Und mit dem Handyempfang kommt auch der Ernst der Lage wieder.

„Sie sind auf dem Rückweg“, teilt mir Annelise mit, nachdem sie ihre Telefonate gemacht hat. „Es wird aber noch etwas dauern.“

„Du musst noch meine Aussage aufnehmen“, erinner ich sie.

„Ich habe nur überlegt, ob ich zurück zum Tatort gehen soll und dem Kurt helfen.“

„Bis der umgedreht und einen Parkplatz gefunden hat, wird´s noch dauern. Ich kenn die Straße. Die Spusi kommt wahrscheinlich vor ihm an – falls er mit seinem Spielzeugauto überhaupt noch mal zurückkommt. Du hast also Zeit.“

„Dann ist der Tatort allerdings unbewacht.“

„Ist er jetzt auch schon, so wie´s ausschaut seit einiger Zeit sogar. Und ich glaub nicht, dass uns… ´tschuldigung, euch die Leich wegrennt. Außerdem gibt´s daheim Schweinsbraten. Genau das richtige nach so an Schock. Und ich kann während dem Essen meine Aussage zu Protokoll geben.“

Annelise scheint mir noch nicht überzeugt zu sein.

„Vielleicht ist sogar noch ein Stückerl Apfelstrudel da“, versuch ich sie weiter zu ködern.

Liebe geht ja bekanntlich durch den Magen. Und wenn sie sich nach dem Schweinsbraten und dem Apfelstrudel nicht sofort in mich verliebt, dann weiß ich auch nicht mehr weiter.

Zu spät wird mir eines klar: Daheim bedeutet zwar

Schweinsbraten und Apfelstrudel… es bedeutet aber auch, dass ein erwachsener Mann seine Mama vorstellen muss. Und seine Oma. Und seine Uroma.

Ich kann froh sein, wenn sie nicht schreiend das Weite sucht. Oder wenn Liebe wirklich durch den Magen geht, sich in meine Drei Mäderl verschießt.

KAPITEL 14

Ein wenig Galgenfrist hab ich noch, ich muss ja noch den Lucky abholen. Den hab ich vorhin im Wirtshaus beim Robert lassen müssen. Verzweifelt schlag ich daher vor, gleich in der kulinarischen Kirche des Dorfes zu essen. Der Versuch wird aber abgeschmettert. Anscheinend hab ich schon zu viel Werbung für die kulinarischen Fähigkeiten meiner Drei Mäderl gemacht. Außerdem bin ich ja die wandelnde Werbung in Person.

Auch der Lucky ist keine Hilfe. „Der muss mal, geh mit ihm Gassi", meint mein treuloser Wirt, der wohl kein Geschäft machen will.

Seufzend füge ich mich daher meinem mit Schweinsbraten und Apfelstrudel versüßtem Los. Ein Mann muss wissen, wann er verloren hat – oder ist.

Daheim angekommen, betret ich mit einem „Griass eich, darf i vorstellen - Bezirksinspektorin Annelise Mayer", und in der guten Laune der Verzweiflung die elterliche Küche. Allerdings hab ich nicht mit der Reaktion meiner Drei Mäderl gerechnet.

Die starren nämlich nur. Durch ihre Brillen wirken sie wie drei ergraute Eulen, die ihre Schnäbel nicht mehr schließen können. Kein Muh oder Mäh. Starren. Bis Uroma schließlich hervorbringt: „Der Bua hat a Mädl mitbracht.“ Anscheinend war das der Startschuss für fieberhafte Aktivität. Man könnt fast meinen, ich hätte die Königin von England im Schlepptau. Uroma und Oma wuseln durch die Küche wie Füchse im Hendlstall, nur Mama ist immer noch in Schockstarre.

Entschuldigend wende ich mich an Annelise: „Wegen mir machen die nie so an Grias. Bist du irgendwie mit einem Königshaus verwandt?“

Wenn sie jetzt noch ‚Ja‘ g´sagt hätt, hätt ich früher geerbt, als befürchtet.

Die Annelise wird von meiner Oma sogar auf den besten Platz am Tisch genötigt. Da wo ich nomalerweis sitz. Mit Genugtuung merk ich, wie sogar der Lucky vergebens um Aufmerksamkeit bettelt, meine Mama wär fast über ihn gestolpert. Aber dann schaltet er seine Erdnussstrahlen ein.

„Ja, mei der Lucky. Haben´s ihn gefunden, Frau Inspektor. Die Frau Krenn wird sich ja so freuen. Mei, so a liaber Kerl ist der. Gutschigutschigu.“

„Des is ka Baby sondern a Dackel. Und gefunden hab ich ihn.“

„Schaut aus wie du, als du klein warst. Genau die gleichen Ohren. Und auch soviel Haar.“

Bevor der Lucky neben der Annelise platziert wird, nehm lieber ich da Platz. Dann sollen´s mal probieren, mich von da weg zu bekommen.

Kurz darauf steht der Schweinsbraten am Tisch und ich muss sagen, der riecht echt verdammt gut. Als ich mir ein klitzekleines Scheiberl abschneiden möchte, sagt meine Mama noch: „Mist, ich hab den Saft am Herd vergessen. Geh Franzl, du hast die jüngsten Füße. Holst du ihn?“

Als ich mit dem Bratensaft wieder am Tisch steh, sitzt der Lucky auf meinem Platz. Und als ich ihn verscheuchen will, ertönt der Chor der Entrüstung von meinen Drei Mäderln plus eine. Ich soll mich a bissal schmal machen, dann geht sich der Lucky auch noch auf der Bank auf. Erst als ich die Annelise erinner, wo der Lucky heut schon seine Nase (das Wort beton ich bedeutungsschwanger) gehabt hat, schlägt sie sich auf meine Seite.

Der Schweinsbraten ist ein Gedicht. Ich lang ordentlich zu, schließlich hab ich mich heut ja auch schon angestrengt und Kalorien bestimmt kiloweis verbrannt. Selbst die Annelise futtert zum Erstaunen aller wie ein Scheunendrescher. Was dazu führt, dass zum ersten Mal in der Geschichte des Ebner´schen Haushalts der gesamte Schweinsbraten auf einmal aufgegessen wird. Meine Mama hält nix von Tante Jolesch´s Rezept, die kocht immer für eine ganze Kompanie. Aber diesesmal… alles weg. Ratzeputz. Kein kalter Braten zum Abendessen. Kein Wurstbrot mit Bratenstückerl. Weg. Einfach so. Echt, für dich klingt das vielleicht nach nix, aber für mich ist das ein traumatisches Erlebnis. Aber weil´s die Annelise ist, verzeih ich ihr.

Nur die Stückerl für den Lucky find ich übertrieben. So große sollten rein physikalisch gar nicht in einen so kleinen Dackel reinpassen. Du kennst sicher das Bild vom kleinen Auto, aus dem plötzlich unzählige Clowns aussteigen? Gleiches Prinzip, nur umgekehrt – oder eigentlich nicht, die Clowns müssen ja auch irgendwie reingekommen sein. Aber wenn das Prinzip gleich ist… ich glaub, ich brauch beim nächsten Spaziergang größere Sackerl für´s Gackerl.

Meine Drei Mäderl haben am Anfang bei uns am Tisch Platz genommen, aber lang haben sie es nicht ausgehalten. Dauernd ist eine aufgesprungen und in der Küche rumgewuselt. Noch a bissal an Saft, noch a bissal a Beilage. Ob die Annelise noch was zum Trinken will. Sie soll noch was vom Püree nehmen. Und noch a bissal an Saft. Echt, kein Erwachsener sollt so umhätschelt werden. Bei mir machen die das nie. Ich muss mir den Saft oder das Püree selbst holen. Dabei ist die Annelise ein bissl jünger als ich und ihre Beine damit auch frischer – und wohlgeformter - als meine.

„Jetzt reicht´s aber“, reicht´s mir dann auch. „Ihr starrt die Frau Bezirksinspektorin ja an, als ob sie das achte Weltwunder wär.“

Das hätt ich besser nicht sagen sollen. Gnädigerweise hülle ich den Mantel des Schweigens über die folgenden Minuten, in denen meine Drei Mäderl mich beinah in der Luft zerreißen. Verdrängung soll gut für die Psyche sein, hab ich g´hört.

Nach dem Essen gelingt es mir unter beträchtlichem Einsatz Annelise von ihren drei grauhaarigen Entführerinnen zu befreien. Allerdings dürft sie unter dem Stockholm-Syndrom leiden: „Deine Elter… Leute sind echt lieb“, meint sie nämlich.

„Normalerweis schon. Tut mir leid, aber wir haben nicht so oft weiblichen Besuch. Also schon, aber keinen, der unter 50 ist. Da sind sie wohl ein wenig über´s Ziel hinausgeschossen mit der Gastfreundschaft“, mein ich verlegen, als wir mit dem Kaffee in den Garten gehen.

„Bringst du denn so selten weiblichen Besuch mit nach Hause?“

„Wenn du selten als mehr als einmal in achtundvierzig Jahren definierst, dann ja.“

„Kann ich mir nicht vorstellen. Du bist doch ein stattlicher Mann.“

„Mit mehr als genug Platz für die inneren Werte“, seufze ich und tätschle dabei mein Bäuchlein. „Soviel Platz, dass die Frauen sie ohne einheimische Führer gar nicht erst finden.“

„Ich finde, ein Mann ohne Bauch ist wie ein Essen ohne Salz. Geht, aber so richtig schmeckt es nicht.“

Annelise bemerkt meinen Blick und meint schulterzuckend: „Ist doch wahr. Wenn ich mich an jemanden kuschel, will ich mir an seinen Knochen doch keine blauen Flecken holen. Außerdem habe ich dann immer das Gefühl, ich muss Diät halten, damit ich nicht irgendwann schwerer werde als er."

Plötzlich scheint die Sonne viel heller und die Vogerl zwitschern viel harmonischer.

„Da brauchst dir bei meinem Airbag keine Sorgen machen", schaffe ich noch eine einigermaßen schlagfertige Bemerkung aus mir rauszuquetschen.

Die kalte Dusche kann ich mir aber sparen, denn Annelise meint: „So, genug rumgealbert. Wir müssen noch deine Aussage aufnehmen."

Ist das eine Hagelwolke, die da vor die Sonne zieht?

Wenigstens hab ich die Annelise bei uns im Garten für mich – hab ich gedacht. Und nicht mit meinen drei geliebten Mäderl gerechnet.

Kaum sitzen wir und schlürfen am Kaffee kommt auch schon die Oma: „Ich hab die Frau Krenn angerufen, die kommt gleich vorbei, um den Lucky abzuholen."

„Hätt das nicht noch a bissal warten können? Wir müssen arbeiten", versuch ich meine Oma abzuschütteln.

Aber da kommt schon meine Uroma in den Garten geschlurft und fragt die Annelise, ob sie noch einen Kaffee will. Die hat ihren noch nicht ausgetrunken, aber da bemerkt Uroma, dass die Annelise ja gar keine Milch hat: „Geh, Franzl. Sei ein Gentleman und hol der Frau Bezirksinspektor doch die Milch. Ich tät ja selber gehen, aber ich hab´s mit der Hüfte", setzt sie erklärend in Richtung Annelise nach. Der Einwand, dass Annelise den Kaffee am liebsten schwarz trinkt, wird beiseite gewischt. Milch ist gut für die Knochen, weiß meine Uroma. Selbst eine eingestandene Laktoseintoleranz von Annelise wird nicht gelten gelassen: „Sind da ja eh draußen. Brauchst dich nicht genieren. Was ich da vom Franzl oft hör…"

Bevor ich noch vor Scham im Boden versink, hol ich lieber die Milch. Ich würd ja für die Annelise eintreten, aber nicht, wenn ich dafür gegen Urli antreten muss. Und die Annelise ist ja schon erwachsen und emanzipiert. Sollen sie sich das ausmachen. Ich geh in Deckung. Und das ist keine Feigheit! Ich seh mich eher als das Rote Kreuz. Neutral und wenn alles vorbei ist, muss sich ja wer um die Verwundeten kümmern.

Als ich dann aber die Mama mit einem Fotoalbum aus dem Haus kommen seh, wird´s mir zu viel. Gottseidank kommt die Frau Krenn, bevor ich Selbstmord durch Mama begehen kann.

„Da ist ja das Bubili!" hör ich sie schon vom Gartentürl her kreischen. Der Waldi, ´tschuldigung, der Lucky auch. Und sucht unter meinem Gartensessel nach Deckung. Dass der schon ein wenig unter meinem Gewicht knirscht, scheint ihn nicht zu stören. Ich empfinde plötzlich eine Woge der Sympathie für das Mistviech. Vermutlich die Verbundenheit der Verzweifelten. Oder der im stillschweigend geschlossenen Selbstmordpakt vereinten. Was auch immer, ich kann den kleinen Kerl ja verstehen. Ich würd mich auch lieber erschlagen lassen, als die komischen Mäntelchen zu tragen. Die Frau Krenn glaubt nämlich, dass der Lucky eine empfindliche Haut hat. Und die wird mit den unterschiedlichsten Mäntelchen geschützt. Eins grauslicher als das andere. Lucky wird mit denen nie Hautkrebs kriegen, aber jeder, der ihn sieht, Augenkrebs.

Als die Frau Krenn ihn abknutscht, kann ich nicht anders. Ich erzähl ihr, was er vor kurzem noch im Maul gehalten hat. Fehler. Großer Fehler.

Die hält ihn nämlich daraufhin mit weitgestreckten

Händen vor ihre Nas… ihr Gesicht und schaut ihn schockiert an.

Natürlich muss ich dann die ganze Geschichte erzählen. Eigentlich sollt ich mir Sorgen machen, dass ich was Dienstliches verrat. Aber der Prohaska hat klargemacht, dass ich eh nicht im Team bin. Und dem Zeugen kannst du nur schwer den Mund verbieten. Und außerdem werden´s meine Mäderl eh bald wissen. Eigentlich wundert´s mich, dass sie es noch nicht gewusst haben – bei ihrem Informantennetz.

Und die Annelise kann mitschreiben, dann haben wir das Protokoll auch gleich erledigt.

Nachdem ich mit „Ja, das war´s so im Großen und Ganzen" geendet hab, sind meine Drei Mäderl verdächtig ruhig und die Frau Krenn schaut angewidert abwechselnd mich und den Lucky an. Ich bin´s ja gewohnt, aber der Lucky tut mir leid.

„Die Nase von einer Leich. Und mit der hat er gespielt?" fragt sie jetzt schon zum dritten Mal. „Wollt sie fressen?"

„Naja, es ist halt ein Hund. Die machen sowas. Woher das Fleisch kommt, dürft ihnen egal sein. Und Menschenfleisch soll ganz gut schmecken. Sehr würzig, weil wir überall Salz und andere Würze dranmachen. In Indien haben sie immer wieder mal Probleme mit den Tigern, wenn sie auf den G´schmack kommen. Dann wollen die kein anderes Fleisch mehr", geb ich mich pragmatisch und weltgebildet. Und vielleicht ein klein wenig gemein. Aber die Frau Krenn ist immer so überkorrekt...

Allerdings hab ich nicht mit ihrer Reaktion gerechnet. Die schimpft nämlich weder mit dem Dackel, noch rennt sie in´s Haus, um zu gurgeln.

Die steht einfach nur auf, packt ihre Handtasche und

meint: „Den Menschenfresser kannst dir behalten. Den brauch ich nicht in meinem Haus. Wenn ich mir vorstell, dass ich ihn abbusselt hab… pfuideifel.“ Und weg ist sie. Ohne Lucky.

Ich bin so perplex, dass ich einfach nur so mit offenem Mund dasitz. Gut, ja, die Frau Krenn ist sehr auf Sauberkeit bedacht. Alles muss geputzt sein, die Grashalme in ihrem Rasen sind alle auf die gleiche Länge getrimmt. Wächst einer schneller, wird er mit der Nagelschere geköpft. Aber ich hab geglaubt, dass der Lucky ihr ein und alles ist.

Erst zu spät wird mir die Gefahr bewusst und als ich sie endlich realisier, ist es schon zu spät. Meine dackelnarrischen Mäderl kümmern sich schon um den Waisenhund, willfährige Opfer seiner Erdnussstrahlen.

„Aber… das geht doch net“, bring ich noch hervor. „Ich trag ihn der Frau Krenn gleich nach. Gebt´s ihn her.“ Ich zieh meine Hand gerade noch rechtzeitig zurück, bevor sie abgebissen wird. Von meiner Mama.

„Bist narrisch, Bua? Du hast sie ja g´hört. Sie will den Süßen da nicht“, hör ich die geknurrte Warnung von meiner Oma.

„Aber… wir können ja keinen Hund haben. Der g´hört uns nicht!“

Bist du schon mal mit dem Kopf voran so richtig gegen eine Wand geknallt?

„Nix da. Sie will ihn nicht. Und so Rassehunde sind sauteuer. Der Lucky ist jetzt unserer. Basta.“

„Aber…“

„Nix da.

„Aber…“

„Du hast deine Oma g´hört.“

„Aber…“

„Bist ja nur neidisch, weilst nimma der fescheste Mann im Haus bist.“

„Ab…“ Dieses Mal unterbrech ich mich selbst. Hat meine Oma vielleicht recht. Bin ich in den letzten Jahren ein wenig verwöhnt und eingebildet worden? Hab ich mich gehen lassen? Ich geb zu, auf die letzte Frage gibt´s eine eindeutige Antwort, da brauch ich nur probieren, meine Zehen zu sehen. Meine Statur hat sich schon vom Cornetto zur Birne verwandelt. Ich hab die Muskeln ja noch alle, aber die sind schon zur Hüfte gerutscht und vom Gürtel gestoppt worden.

Und bin ich eifersüchtig auf meinen Stiefdackel?

Hilflos schau ich zur Annelise. Die kann aber nicht reden. Sie ist vollauf damit beschäftigt, nicht lauthals rauszulachen und an einem Lachkrampf zu sterben.

Ich bin wirklich auf den Hund gekommen.

KAPITEL 15

Nachdem der Lucky versorgt, geherzt, geschnuddelt, gebusselt und ihm die Zähne geputzt wurden (mit MEINER neuen Zahnbürste. Ich soll meine alte halt noch bis zum nächsten Mal einkaufen verwenden), werden meine Drei Mäderl überraschend schnell wieder ernst.

Bedeutungsschwangere Blicke werden zwischen ihnen geworfen wie… na, eben wie bedeutungsschwangere Blicke halt. Es ist klar, sie wollen mir was sagen aber keine scheint anfangen zu wollen.

Letztendlich trifft´s meine Uroma. Als die Älteste hat sie nicht nur Rechte (unglaublich!).

Sie räuspert sich und beginnt: „Hrmpf. Also, Bua, du hast ein Problem."

Ich schau zum Lucky und mein: „Ja, das seh ich."

„Nicht den Hund. Nein. Die Toten."

„Ach, das sind nicht meine Leichen. Die Annelise", ich nicke in ihre Richtung, „wird sich schon um den Fall kümmern und den Täter schnappen. Da braucht´s euch keine Sorgen machen. Der Täter bringt anscheinend eh nur junge Frauen um." Gemein, ich weiß.

Aber Lucky verzeih ich ihnen nicht so schnell.

„Das ist es nicht. Es ist nur… wenn wir recht haben, wird´s noch weitere Tote geben. Mindestens Fünf um genau zu sein.“

Nicht schon wieder. Bitte nicht.

„Euer Hexensinn sagt euch das?“

Du musst nämlich wissen: die Ebner Frauen stehen in einer langen Tradition von Hexen. Sagen die Drei halt. Wir haben sogar eine Kristallkugel, in der steht aber ein Haus und der Schnee drinnen rieselt leise. Sie sind eher von der bodenständigen, altmodischen Sorte. Keine Pentagramme, Athames, Windspiele oder so ein Zeugs. Ich hab meiner Mama zum Geburtstag einmal einen Traumfänger besorgt. Ich glaub, Oma hat irgendwann den Herd damit angezündet (genauer: Das Holz im Herd, nicht den Herd selber. Den gibt´s noch). Für New Age sind sie zu alt – meinen sie, nicht ich. Zumindest sag ich´s nicht laut.

Früher sind sie angeblich nackig wie Gott sie schuf durch den Wald getanzt. Aber das ist schon lange her. Wenn die Männer am Stammtisch sich das vorstellen ist mittlerweilen das Glitzern in ihren Augen durch Grauen abgelöst worden. Aber das war auch schon das Exzentrischste, was sie gemacht haben. Sie haben´s mehr mit den Kräutern. Und statt den verschnörkelten Zeremonienmessern moderner Hexen verwenden die Drei lieber ihre alten, abgeschliffenen Gemüsemesser. Mit denen holen sie sich beim Kräuter abschnippseln nicht so schnell Blasen an den Fingern.

Ich hab allerdings früh gelernt, dass ich von nix nasch, was so am Herd brodelt oder grad abkühlt. Und auch Erkältungen und die Grippe hab ich selten gehabt. Ich führ´s auf die Wunderwirkung von Kaspappeltee zurück. Eine Tasse und du bist geheilt – du traust dich nämlich nicht mehr zu husten und wenn´s dich zerreißt. Alles, solang du keinen Kaspappeltee mehr trinken musst. Ich meide seither generell Tee wie die Pest. Seit ich frei entscheiden kann (also in den Jahren zwischen 18 und 38 als ich wieder daheim eingezogen bin) hab ich keinen Tee angerührt. Keinen einzigen Tropfen. Absoluter Kaffeejunkie. Einmal hab ich als Erwachsener aus purer Verzweiflung den Kaspappeltee gegen Sodbrennen probiert. Hat funktioniert. Hab mir eine Tasse gemacht, vor mich hingestellt und das Sodbrennen war schon alleine von dem Geruch weg. Zum Einreiben soll er ja auch gut sein, aber sicher nur mit einer Klammer auf der Nase.

Das schlimme ist auch, dass Hexerei keine einheitliche Religion oder auch nur Wissensbasis hat. Es ist echt nicht lustig, wenn du mit Husten und Fieber halb krepierst, während deine Drei Mäderl daneben stehen und darüber streiten, ob der Linden-, der Holunderblüten- oder doch der gute alte Kamillentee die richtige Wahl ist. Dann einigen sie sich auf Eibischtee und füllen dich damit ab. Und dann kommt jede einzelne von ihnen heimlich mit ihrer vermeintlichen Wunderwaffe und schüttet nach. Aber meine Blase hat nur ein gewisses Fassungsvermögen. Ich bin bei Grippe mehr gelaufen, als wenn ich gesund war.

Und was sie geliebt haben, waren Rituale. Also nicht so sehr die großen, bei denen viel Feuerholz und so gesammelt werden muss. Mit dem haben sie aufgehört, als ich zum Bundesheer bin und sie niemanden mehr dafür hatten. Ich mein die kleinen. Salz über die Schulter. Auf Holz klopfen. Solche Sachen halt, die ein vernunftbegabter, aufgeklärter Mensch unter der Kategorie ‚Aberglaube' ablegt.

In unserm Garten gibt's mehr Salz als in den Salzseen und meine Knöchel waren wund vom gegen Holz klopfen. Fluchen – genauer Verfluchen – durften nur sie, die Erwachsenen, ich hab meinen Mund mit Seife gewaschen bekommen.

Glaub mir, eine Zeitlang hätt ich mir gewünscht, dass

sie sich auf ihre Besen schwingen und gegen einen Jumbojet krachen! Echt. In einem Hexenhaushalt zu leben, ist anstrengend. Und wenn der Haushalt aus drei Hexen besteht, potenziert sich das! Kein Kartenspielen, ohne das es früher oder später mit einer Weissagung geendet hätt. Mit jedem Teeblatt wurde eine Vorhersage gemacht (meistens ‚Bald bist wieder g´sund'). Dazu wirst noch in Tee ertränkt, darfst Feuerholz schleppen und, wenn das Lagerfeuer dann brennt, darfst in´s Bett gehen (Letztes Jahr hab ich mich erfolgreich dagegen gewehrt: Sowohl gegen das Lagerfeuer als auch gegen das zu Bett geschickt werden. Blöderweis hat mich meine Oma dafür verflucht und die nächsten drei Tage hab ich am Klo verbracht. Vielleicht war aber auch der Fisch zum Abendessen nicht mehr ganz gut).

Zugegeben: Es hatte auch Vorteile. Wenn mich die anderen Kinder geärgert haben, hab ich nur meine Drei Mäderl in´s Spiel bringen müssen. „Die verhexen euch", waren meine magischen Worte, nicht „Bitte hört auf". Selbst die Erwachsenen haben Angst vor ihnen gehabt. Nicht mal die Lehrerin wollt, dass eine von ihnen zum Elternsprechtag kommt. „Du kannst ihnen sagen, dass du eh brav warst. Sie brauchen nicht extra herkommen", hat meine Volksschullehrerin, die Frau Wagner, jedes Jahr ausrichten lassen. Zum Elternsprechtag sind sie trotzdem, weil sie nicht glauben konnten, dass ich brav war.

Und als ich mit 14 den Joschi für einen Abend loswerden wollt, damit ich mit seiner Schwester… reden hab können, hab ich ihm nur erzählt, dass meine Mama an dem Tag irgendein Ritual im Wald macht. Und dann tanzt. Die ganze Nacht hat er versteckt auf Lauer gelegen, um sie nackig tanzen zu sehen und ich hab meine Ruhe (und seine Schwester) gehabt. Die ganze Nacht und dann noch zwei Wochen, die er braucht hat, um seine Lungenentzündung auszukurieren. Naja, damals war meine Mama ja auch noch jünger.

Aber die Vorteile waren insgesamt gesehen eher rar und haben die Nachteile nicht aufgewogen.

Vor allem der Aberglaube… also, sie sagen natürlich, dass sie nicht abergläubisch sind, sondern auf bewährte Rezepte und Traditionen zurückgreifen. Für mich – und den alten Herrn Pfarrer, Gott hab ihn selig – war´s halt doch Aberglaube. Wenigstens war der Herr Pfarrer keiner, der gleich Scheiterhaufen errichtet hätt. Sonst hätt sicher ich das ganze Holz schleppen müssen.

Ich hab nie gesehen, wie sie – außer unfreiwillig die Stiege runter – irgendwie geflogen sind. Nicht mal im Flugzeug. Der Teufel, mit dem die Hexen ja bekanntlich im Bunde sind, den hab ich bei uns daheim auch nicht gesehen. Erst als Polizist ist mir der Teufel mehrfach erschienen. Und kann ich dir sagen: der Teufel wohnt nicht im Detail sondern in anderen Menschen.

Selbst meine Hoffnung auf einen Hexenzirkel – so einen, wo die drei alten… meine Drei Mäderl Junghexen in meinem Alter Tanzunterricht geben – haben sich nicht erfüllt. Hexen scheinen nicht so von der geselligen Art zu sein. Zumindest meine Drei.

Allerdings muss ich schon sagen, dass die Drei einen Respekt im Dorf genossen haben und teilweise immer noch genießen. Mit ihnen legt sich keiner freiwillig an. Nicht einmal der alte Bürgermeister, dem ich meinen Job verdanke. Wenn der ein umstrittenes Projekt durchbringen wollt, hat er meine Drei Mäderl besucht. Dann hat´s ein Gespräch gegeben, die Zukunft wurde vorhergesagt und nachdem ein halber Hirsch oder so bei uns eingefroren war, hat´s keinen Widerspruch mehr gegeben. Wegen solcher „Geschenke“ hat keine von ihnen je arbeiten müssen. Deshalb und wegen der dreifachen Witwenpension. Und was meine Mama in jüngeren Jahren bei ihren privaten Sitzungen sonst noch so gemacht hat… ich will´s lieber gar nicht so genau wissen.

Ich selbst bin ein Mensch der Wissenschaft. Studiert habe ich zwar nicht, aber nach der Matura hab ich nie aufgehört, Wissenschaftsmagazine zu lesen. Und ich hab lange genug in der Stadt gelebt, in der das Zeitalter der Aufklärung auch wirklich stattgefunden hat. Sowas prägt. Mit dem altmodischen Aberglauben meiner Drei Mäderl will ich nichts am Hut haben. Als Polizist brauchst ja auch eher die Logik als ein Wunschdenken. Aber sag das mal dem Prohaska.

Als mich aber die drei weißen Eulen durch ihre dicken Brillengläser so anschauen, kann ich nicht anders. Ich frage also, um sie nicht zu enttäuschen: „Warum noch fünf?"

„Sagt dir der Name Paul Reininger was?" fragt meine Uroma zurück.

„Nicht, dass ich wüsste. Ist er ein Zuagraster oder hat er was ausgefressen?"

„Beides. Erstens ist er nicht von hier, sondern hat unten in Kindberg gelebt. Und ausgefressen… das kannst du laut sagen!"

„Was hat… warum hat gelebt?"

„Na, der ist schon lange tot. Ist – ich glaub 1784 – in Graz gestorben."

„1786", wirft meine Mama ein. Sie hat ein gutes Zahlengedächtnis.

„Also 1786 in Graz in Haft gestorben", verbessert sich Uroma.

„Dann kann ich ihn ja schlecht als Hauptverdächtigen verhaften. Was hat er denn ausgefressen?"

„Eine grausige G´schicht. Frauen hat er umbracht und ihre Herzen rausgeschnitten. Gefasst haben sie ihn, nachdem er die Magdalene Angerer umbracht hat. Das Herz hat er ihr rausgschnitten. Und den Kopf ab."

„Wir haben aber bislang einen Kopf ohne Körper und eine Leiche ohne Herz aber mit Kopf. So ganz passt das dann aber nicht", meint Annelise.

„Abgesehen davon: Wie soll ein toter Mörder der vor…", ich rechne schnell nach und runde ein wenig, „ähhh… rund 250 Jahren hingerichtet worden ist, heut bei uns Leichen verstecken. Und es sind keine Mumien, die solang niemand g´funden hat. Die beiden waren ziemlich frisch. Relativ halt", stell ich klar.

„Hingerichtet ist der Reininger nicht worden. Der Kaiser, der Josef II, hat ihn begnadigt. Naja… 300 Stockhiebe und lebenslang am Grazer Schlossberg im Gefängnis. Bei ihm war Lebenslang auch eher kurz, er ist noch im gleichen Jahr gestorben. Woran… Tja, das weiß keiner so genau."

Da Uroma offensichtlich zur Sprecherin der drei ernannt worden ist, nicken die beiden anderen nur zustimmend.

„Aber ich glaub, ich sollt die ganze Geschichte mal von Anfang an erzählen. Soweit wir sie halt wissen. Ein Mörder war der Reininger schon vorher, musst wissen. Aber was er dann noch getan hat…" Hier unterbricht Uroma und schüttelt den Kopf.

Nach einer kurzen Nachdenkpause beginnt sie zu erzählen.

KAPITEL 16

Der Fronleichnamstag im Jahr 1779 wurde in Kindberg wie immer mit großem Tamtam begangen. Selbst von den umliegenden Dörfern sind sie gekommen. Der Pfarrer, im vollen Ornat, führte die Prozession an, die langsam durch die Straßen zog. Hinter ihm die ganzen Leut, mit gemessenem Schritt. Eine bunte Mischung war das. Einige murmelten Gebete, erfüllt von religiöser Inbrunst. Andere murmelten ebenfalls, aber weniger Gebete als den neuesten Tratsch. Selten bot sich damals die Möglichkeit, den monotonen, harten Alltag zu durchbrechen und Neuigkeiten auszutauschen.

Oder auch ein wenig Spaß zu haben. Der sollte nach der Prozession in den umliegenden Wirtshäusern beginnen. Die Leut hätten besser daran gedacht, wie Fronleichnam noch genannt wird – Das Blutfest.

Ein passender Name für den Tag – aber das hat sich erst nachher herausgestellt. Der 3. Juni war sonnig und warm, die Mägde und Knechte hatten frei, um bei der Prozession mitzumachen. So auch der Reininger Paul. 25 Jahre war er damals, ein recht fescher Bursch, aber wankelmütig. Nicht nur seine Arbeitsgeber wechselte er öfter als seine Unterhosen. Auch bei den Frauen legte er eine stete Ungebundenheit an den Tag. Schnell war eine Magd sein neues Liebchen, ebenso schnell aber auch wieder eine andere. Unsterbliche Liebe schwor er ihnen, nur um am nächsten Tag mit einer anderen das Stroh zu teilen.

Geld hatte er nie viel und das wenige, das er hatte, gab er beim Zechen und Spielen aus. Kein Wirtshaus war vor ihm sicher. Oft trank er mehr, als gut für ihn war. An jenem besagten Tag aber konnte er nicht lange dem Müßiggang frönen, zu schnell war sein letztes Geld durchgebracht. Als er dann am Heimweg ‚seine' Constanzia traf, schien ihm das wie eine glückliche Fügung. Mit Liebesschwüren und Versprechungen überredete er seine Liebste zu einem heimlichen Stelldichein im Wald. Es sollte ihr letztes sein. Als er gehabt hat, was er wollt, hat er ihr sein Messer in den Hals gestochen. Nachdem er ihren toten Körper mit Laub und Gestrüpp abgedeckt hat, ist er nach Hause gegangen, als ob nichts gewesen wär. Später, bei der Gerichtsverhandlung, hat er dann gesagt, dass er Angst vor einem unehelichen Kind gehabt hat. Zahlen hätt er dafür müssen, von seinem hart erarbeiteten Geld.

Der Reininger war ja selber ein uneheliches Kind. Das war damals zwar nicht selten, die Kinder und die Eltern waren aber trotzdem gebrandmarkt. Seinen Vattern hat er kaum gekannt. Als Hirte war der selten daheim und außerdem ist er gestorben, als der Reininger grad mal drei Jahre alt war. Seine Mutter hat ihn dann zu seinem Taufpaten gegeben. Der wiederum hat ihn seinen Dienstboten zur Erziehung anvertraut. Nichts Ungewöhnliches, so haben die Jungen damals gelernt. Fünf Jahre haben die ihn erzogen, mit acht hat er dann angefangen, selber als Hirte zu arbeiten. Immerhin fünf weitere Jahre hat er das durchgehalten. Aber mit 13 ist er dann zu einem anderen Bauern gegangen. Warum – das hat er nie wem erzählt.

Du musst wissen, damals herrschte noch ein Vertrauen zwischen Herr und Gscherr. Die Dienstboten haben fast zur Familie gehört. Man hat für seine Angestellten gesorgt, wie auch die für ihre Herren gesorgt haben. Man hat sich aufeinander verlassen. Umso schlimmer, dass der Reininger ab dann fast jedes Jahr seinen Herrn gewechselt hat. 16 hat er insgesamt gehabt, als er dann endlich geschnappt worden ist. Aber vorher hat er noch mehr Frauen abgestochen.

Knapp drei Jahre nach der Constanzia hat er seine zweite Frau ermordet. Im Fasching war´s, g´soffen hat der Reininger und sein Geld war natürlich wieder mal schnell aus. Tanzen war ihm zu wenig, also wollt er sich schnell noch Geld besorgen. Er hat sich an eine alte Frau erinnert, die gar nicht weit entfernt gelebt und eine Badestube betrieben hat. Um Mitternacht ist er dann vom Wirtshaus los und war eine halbe Stunde später vorm Haus der Alten. Die hat ihn aber gehört, wie er die Tür aufgebrochen hat. Als sie angefangen hat zu schreien, hat der Reininger sie erwürgt. Einen ganzen Gulden hat er so erbeutet. Lang hat der aber auch nicht gereicht.

Spielen, Zechen und die Frauen... das war, was den Reininger interessiert hat. Und im gleichen Jahr, wie er die Baderin umgebracht hat, auch eine neue Hose. Das war für die Elisabeth, grad mal sieben Jahre alt, das Verhängnis.

Die Elisabeth hat an jenem Fronleichnamstag nämlich die Schafe und den Ziegenbock von ihrem Dienstherrn gehütet. Und Ziegenleder ist gut für Lederhosen. Also hat der Reininger dem Mäderl erzählt, dass er den Ziegenbock von ihrem Herrn gekauft hat. Die hat ihm das geglaubt. Schließlich war er ja schon ein Erwachsener. Aber der Reininger wollt auch nicht mit einem Ziegenbock bei seinem Herrn auftauchen. Das hätt zu viele Fragen bedeutet. Also hat er den Ziegenbock kurze Zeit später abgestochen und angefangen, ihm die Haut abzuziehen. Die Lisi aber, der der Erwachsene doch nicht so ganz geheuer war, ist dem Reininger gefolgt. Wie er das bemerkt hat, hat er auch der Elisabeth sein Messer in den Hals gestochen. Sie sollt niemandem erzählen, wer den Ziegenbock gestohlen hat. So hat er´s zumindest erzählt. Und weil ihm ein Weibsbild vorher im Wirtshaus erzählt hat, dass man Glück im Spiel hat und unsichtbar wird, wenn man die Herzen von Jungfrauen isst, hat er der Lisi das Herz rausgeschnitten. Zuckt hat´s noch, als er eine Hälfte gefressen hat.

Die Leiche und den gehäuteten Bock hat er dann in einer Höhle in der Nähe versteckt. Drei Wochen hat sie niemand gefunden und als das Verbrechen dann entdeckt worden ist, hat man Zigeuner verdächtigt. Wieder ist der Reininger davongekommen.

Ganz sicher war er sich ja nicht, der Reininger, wieviel Herzen er fressen muss, um Glück im Spiel zu haben oder unsichtbar zu werden. Eins? Zwei? Sieben oder gar Neun? Als er die Geschicht erzählt bekommen hat, hat er schon ordentlich was getrunken gehabt. So genau hat er sich nicht mehr erinnern können. Für's Glück im Spiel war ja offensichtlich, dass er mehr Herzen braucht. Er hat immer noch verloren. Aber dass die Obrigkeit ihn nicht verhaftet hat… vielleicht war er in bestimmten Situationen ja wirklich schon sowas wie unsichtbar!

Am Leonhardstag im November 1783 hat dann wieder zugeschlagen. In einem Buchenwald hat er Holz geschlagen, als eine Dienstmagd vorbeigekommen ist. Sie wollt in Seewiesen in die Kirche. Der Reininger hat sie überredet, ihm ein wenig Gesellschaft zu leisten. Die Dirn, ein wenig schwach im Geist, ist ihm tiefer in den Wald gefolgt. Dort hat er sie dann umbracht. Wieder mit dem Messer. Wegen ein paar Kreuzern hat sie ihr frühzeitiges Grab in einem Graben mit Reisig zugedeckt gefunden. Das Herz hat er ihr nicht rausgeschnitten, die Dienstdirn war schon über 50 und keine Jungfrau mehr - wie er gewusst hat.

Das hat er dann bei seinem nächsten Opfer fünf Tage später nachgeholt. Am Martinstag, dem 11. November, hat er in Turnau eine Hochzeit besucht und dort die Barbara kennengelernt. Der Reininger war gleich Feuer und Flamme für das fesche Madl, die aber wollt von dem bekannten Nichtsnutz nichts wissen. Darum hat er ihr mitten in der Nacht aufgelauert. Lang hat er warten müssen, aber nachdem er eh wieder kein Geld gehabt hat, hätt er ja eh nichts anderes zu tun gehabt. Um drei in der Früh ist auch das Dirndl dann am Heimweg gewesen. Der Reininger hat sie abgepasst und wollt sie noch zu ein bisserl Spaß überreden. Die Barbara war inzwischen selbst schon ein wenig angeheitert und hat sich mit dem Reininger auch wirklich auf einen Acker in der Nähe niedergelassen – um zu reden. Dem Reininger hat das nicht gereicht. Als sie gestritten haben, hat er ihr sein Messer in den Hals gerammt. Einfach so. Als sie tot war – sagt er – hat er ihr das Herz rausgeschnitten. Dann hat er die Tote noch zu einem überwachsenen, alten Zaun gezerrt und dort versteckt, damit sie nicht so schnell gefunden wird. Er hat sich das Blut abgewaschen und wollt heim zu seinem Dienstherrn, um sich dort ganz unschuldig schlafen zu legen. Der Herr aber war schon auf und da hat's der Reininger mit der

Angst zu tun bekommen. Mit dem ganzen blutigen Gewand konnt er sich ja schlecht zeigen. Ein paar Tag hat er sich herrenlos in der Gegend rumgetrieben. In Stadeln und Heuschobern hat er geschlafen. Und er hat die Leiche nochmal und noch besser versteckt. Ein halbes Jahr hat die Barbara niemand gefunden. Erst dann hat man ihre Leiche in der Nähe von Göriach, schon total verwest entdeckt und im April begraben. 17 Jahr alt ist sie worden, bevor sie dem Reininger über den Weg gelaufen ist.

Und wieder ist der Reininger davongekommen. Keiner hat ihn verdächtigt. Keiner hat was gesehen. Und auf Fürbitte von einem befreundeten Bauern hin hat ihn sein Dienstherr sogar wieder aufgenommen.

Der Reininger hat sich unbesiegbar gefühlt. Außer beim Kartenspielen und Kegelscheiben. Da hat er immer noch verloren. Mehr, als er gewonnen hat. Aber lassen konnt er´s auch nicht. Vielleicht muss er ja einfach nur noch mehr Herzen fressen?

Nach dem Gottesdienst am Sonntag, den 15. Jänner 1786, hat sich ihm eine neue Gelegenheit aufgetan – die Magdalena. Die wollt heiraten und hat mit ihrem Zukünftigen auch den Gottesdienst besucht. Nachher sind sie noch zusammen zum Essen gegangen und sie hat – alleine – ihren Brautkranz abgeholt. Der Reininger, der vor dem Gottesdienst schon zwei halbe Wein getrunken hat, hat in der Zwischenzeit schon fast sein ganzes Geld verspielt gehabt und den Rest mit Wein versoffen. Pleite ist er dann in der Kälte von Kindberg aus in die Richtung getaumelt, in der er seinen Dienstherrn vermutet hat. Am Weg ist er aber eingeschlafen. Die Magdalena hat ihn dann in der Dämmerung gefunden und wollt ihn nicht erfrieren lassen. Hätt sie es nur getan, ihre Mildtätigkeit hat ihr der Reininger nämlich nicht vergolten.

Sie hat ihn aus Herzensgüte eingeladen, mit ihr in´s Warme zu gehen. So einem feschen Mädel hat der Reininger natürlich nicht widerstehen können. Also sind sie zusammen weitergegangen. Dem Reininger ist da die runde Holzschachtel aufgefallen, in dem die Magdalena ihren Brautkranz heimgetragen hat. ‚Vielleicht ist da auch Geld drinnen', hat er sich dann noch dacht. Und als sie an einer einsamen Viehweide vorbeigekommen sind, hat er sie ins Unterholz gezerrt und ihr sein Messer in den Hals gerammt. Bis an´s Heft. Sie war laut ihm sofort tot. Dann hat er ihr das Gewand ausgezogen, sie von Bauch bis Brust aufgeschlitzt und das immer noch zuckende Herz rausgeschnitten. Aber damit nicht genug…

Zwei Wochen, bis Maria Lichtmess, hat´s gedauert, bis ein Bauer am Heimweg vom Gottesdienst durch Raben den Leichnam gefunden hat. Der Kopf, die rechte Hand und der linke Fuß haben gefehlt. Die Rippen hat der Reininger ihr auch noch eingetreten. Die Eingeweide rausgeschnitten. Die haben sie auch nicht mehr gefunden, der Kopf aber lag ein paar Meter weiter in einem Graben. Wer die Tote war haben die Bauern nur am roten Haar erkannt. Der Wald lässt nichts verkommen und der Winter war auch für die Tiere hart. Aber so haben sie die Magdalena wenigstens gefunden und beerdigen können. Der Reininger aber… der hat da einen Fehler gemacht. Das Herz war ihm nämlich zu blutig. Er hat´s nicht gefressen. Hätt er es getan… wär er dann unsichtbar geworden und davongekommen? Wer weiß. So aber haben sie ihn dann doch noch erwischt.

Die Bauern haben natürlich gleich in Wieden beim zuständigen Landesgericht Anzeige erstattet. Als erstes ist der Sohn des Bräutigams verdächtigt worden. Der war aus erster Ehe und mit seiner neuen Mutter, die auch nicht viel älter als er selber war, nämlich nicht einverstanden. Aber der hatte ein Alibi. Dann haben sie Räuber verdächtigt. Was ja nicht ganz falsch war, aber die Leut haben geglaubt, eine der berüchtigten Räuberbanden hätte die Magdalena umgebracht. Dass der Räuber der Reininger war, das hat ein anderer Dienstknecht bemerkt. Dem Joseph ist nämlich aufgefallen, dass der Reininger am Abend von der Magdalena ihrem Verschwinden wieder in´s Wirtshaus in Kindberg gekommen ist und sein ganzes Geld verspielt und versoffen hat. Schon wieder. Zum zweiten Mal am selben Tag das ganze Gel durchbringen – wie geht das? Das ist dem Joseph eben aufgefallen und er hat´s in mehreren Wirtshäusern weitererzählt. So auch dem Johann und dem Laurenz. Die haben sich dann ein Herz gefasst und sind zum Gericht. Damals war man der Obrigkeit gegenüber nämlich noch ein bisschen vorsichtig. Außerdem ist 1780 die Kaiserin gestorben. Ihr Sohn, der Joseph II, war zwar seit ´65 Mitregent, aber dann alleiniger Herrscher. Und der hat Ideen gehabt! Gotteslästerliches Zeugs zum Teil. Den Klappsarg etwa. Nach der Mess wird ein Hebel gezogen und der Leichnam fällt durch den klappbaren Boden einfach so, ohne Sarg, in sein Grab. Kein anständiges Begräbnis. Wie sollten da die Verstorbenen in ihren Gräbern bleiben? Angst vor Wiedergängern hat man gehabt. Aber so wollt´s halt der fortschrittliche Sohn der Maria Theresia. Es war ja auch nicht alles schlecht, was er gemacht hat. Dass er die Leibeigenschaft aufgehoben hat etwa. Oder, dass er Schönbrunn, den Prater und den Wiener Augarten für das Volk geöffnet hat. Dass er neben der katholischen Kirche auch die evangelische und sogar die Juden erlaubt hat, war schon wieder gotteslästerlich. Und dass er sogar Kirchenfeste abgeschafft hat, um die Arbeitstage zu erhöhen, haben die meisten auch nicht gern gesehen. Sowas kann Gott ja nicht gefallen.

Aber so ganz sicher war man sich nicht, was das Ganze soll und hat halt die Behörden nur eingeschaltet, wenn´s nicht mehr anders gangen ist. Und dem Joseph – also dem Herrscher-Joseph, nicht dem Wirtshaus-Joseph - hat der Reininger letztendlich auch sein Leben zu verdanken. Oder zumindest, dass es länger gedauert hat.

Das Gericht hat nach der Aussage vom Johann und dem Laurenz natürlich den Reininger verhaftet und seine Habseligkeiten durchsucht. Da haben sie in seiner Kiste neben dem blutverschmierten Kleid und dem Brautkranz der Magdalena auch was Schauerliches gefunden. Nämlich das halbe Herz der Elisabeth. Den Beamten war gar nicht wohl, wie du dir vorstellen kannst. Der Reininger ist dann auch recht schnell verurteilt worden, er hat´s gar nicht mehr abgestritten.

Dementsprechend hätt auch seine Hinrichtung aussehen sollen. Gebrandmarkt mit dem heißen Eisen, Riemen aus dem Rücken geschnitten und als Dreingabe gerädert hätt er werden sollen. Aber der Joseph (der Herrscher) hat ja die Folter und die Todesstrafe abgeschafft – grad rechtzeitig für den Reininger. Na, geholfen hat´s dem Reininger aber auch nicht viel. Je 100 Stockhiebe hat er bekommen. An drei Tagen hintereinander. Was fast schon ein Todesurteil war. Und damit er sein Verbrechen nicht vergisst, alle Viertel Jahre 50 weitere, sein Leben lang, das er in Eisen gekettet, bei Wasser und Brot im Grazer Schlossbergkerker verbringen sollte. Das kommt einem Todesurteil auf Raten nahe. Mehr tot als lebendig hat er zur Überraschung aller die 300 Stockhiebe aber trotzdem überlebt. Das war im Juli 1786. Am 11. November ist er dann in Ketten gestorben.

KAPITEL 17

„Eine schaurige und tragische Geschichte, Urli. Aber beim besten Willen, ich kann mir nicht vorstellen, wie uns die weiterhelfen soll. Der Paul Reininger kann´s ja schwer gewesen sein“, meine ich, nachdem meine Uroma die Geschichte erzählt hat.

„Ich muss Franz rechtgeben. Für unsere Ermittlungen dürfte das nicht relevant sein“, springt Annelise mir bei.

„Dass es der Reininger nicht direkt g´wesen sein kann, ist uns schon klar. Aber das Böse… es muss nicht immer an eine Person gebunden sein. Es kann von Mensch zu Mensch springen. Wie ein Funke. Oder eine Idee“, zeigt sich Uroma von uns unbeeindruckt.

„Macht´s auch nicht besser. Soll diese… Idee – und zwar eine echt besch… eidene, wenn ich das mal so sagen darf - 250 Jahre lang in Kindberg eine Art Winterschlaf gehalten haben und ist jetzt auf einen Wanderer aufgesprungen, der dann zufälligerweise bei uns in der Buckligen Welt gelandet ist?“

„Stell di net dümmer als du bist, Bua.“

Ein gemurmeltes „Fällt ihm sicher schwer…“ ignorier ich mal großzügig.

„Die meisten Ideen und Wissen sind weder gut noch

böse. Sie sind einfach und es hängt von den oder dem Menschen ab, ob sie das eine oder andere werden. Aber manche.... manche Ideen sind einfach nur böse." Uroma hat anscheinend ihre philosophische Ader entdeckt. „Aber selbst das wär noch halb so schlimm. Denn neben der Idee, dem ‚Was', brauchst du auch das Wissen für das ‚Wie'. Hast du zum Beispiel die Idee, einen Dämonen zu beschwören, brauchst du auch das Wissen über das richtige Ritual. Aber außer für den Beschwörer ist das meistens nicht weiter gefährlich. Dämonen lassen sich nämlich nicht gerne beschwören und die Idee stellt sich als dumm heraus – sie ist meistens die letzte Idee, die so ein Beschwörer hat. Anders schaut die Sache aus, wenn so eine Idee auch für andere gefährlich wird. Entweder – wie beim Reininger – weil für das ‚Wie' Menschen sterben müssen oder, weil die Idee dann in die Realität übertragen wird und Menschen dadurch zu Schaden kommen. Wenn zum Beispiel ein erfolgreicher Beschwörer den Dämon auf andere loslässt."

„Und die Idee, sieben Herzen von Jungfrauen zu essen ist... eine dumme, böse Idee? Oder doch einfach nur ein großer Patzen Schmarrn, den ich mir da auftischts?"

Hier hilft meine Oma der Urli: „Genau das ist das Problem. Mit dem entsprechenden Ritual... sie funktioniert. Aber wie jede Idee braucht sie einen Träger."

Ich schau ein wenig ratlos in die Runde: „Jetzt wollt´s ihr mich aber verscheißern, oder? Der ganze Hexenkram gut und schön. Eure Kräuter und so... ist sogar schon wissenschaftlich bewiesen, dass manche Kräuter eine Heilwirkung haben. Vor allem bei der richtigen Zubereitung. Der ganze Hokuspokus drum herum... jeder oder jede, wie er oder sie will. Aber das geht mir jetzt doch a bissal zu weit. Erzählt´s das net zu laut, sonst holt euch die grüne Minna."

Kopfschüttelnd schau ich zur Annelise rüber und will

grad was zur Entschuldigung sagen, da fällt sie mir in den Rücken.

„Aber selbst wenn, dann würde es bedeuten, dass diese Idee einen aktuellen Träger, ein mehr oder weniger lebendes Medium braucht. Ansonsten würde sie ja vergessen werden und keinen Schaden mehr stiften können“, steigt Annelise in den Zug ein. Ein Zug, der in eine Richtung geht, die mir nicht gefällt.

„Diese Medien, wie du sie nennst, können vieles sein. Überlieferungen, Bücher, Seelen, Menschen… Ideen sind in dieser Hinsicht sehr anpassungs- und überlebensfähig. Sie sind nicht wählerisch. Sie sind ein wenig wie Geschichten. Nur müssen sie genauer ‚erzählt‘ werden, sonst wirken sie nicht.“

Ich nehm mein Handy und tu so, als ob ich wählen tät: „Hallo, Prohaska? Ja, du ich hätt den Täter. Es ist eine böse Idee. Genaue Beschreibung: eine dumme böse Idee. Kannst du sie mal schnell verhaften? Nein? Hmmm… Na, kann man nix machen.“ Nachdem ich das imaginäre Gespräch beendet habe, schau ich in die Runde und meine: „Tut mir ja leid, aber anscheinend reicht das noch nicht. Der Prohaska will einfach keine Idee verhaften und vor Gericht bringen. Der sture Hund. Vertraut einfach nicht eurem Wort.“

Dem Schlag auf den Hinterkopf entgeh ich nur, weil ich damit gerechnet habe. Manchmal kann meine Mama verflixt schnell sein. Leider ist Annelise noch schneller, außerdem kommt ihr Schlag unerwartet. Also reib ich mir wieder mal den Oberarm. Langsam aber sicher könnt ich mit meinen blauen Flecken als blaublütiger Adeliger durchgehen. Franz Ebner I, Herzog von Brand und Durst. Weil, ein Bier könnt ich jetzt schon brauchen. Und ein Schnapserl. Ein doppeltes.

„Brav sein“, tönen Mama und Annelise im Chor. Als sie es merken, schauen sie sich an und beginnen zu lachen.

Ich kann nur sprachlos den Kopf (heil) schütteln und meinen Bizeps (lädiert) reiben.

„Annelise, du wirst den Blödsinn doch net glauben, oder?"

„Ich weiß nicht. Natürlich wurden die Morde nicht von einer Idee begangen, sondern von einem Menschen. Aber vielleicht auf Grund einer Idee. Von wo auch immer diese kam. Oder nenne es Zweck, wenn dir das lieber ist. Wir sollten es aber nicht außer Acht lassen. Immerhin bietet sich uns hier ein Ermittlungsansatz: Gibt es hier in Brand jemanden, der sich mit okkulten Themen beschäftigt?"

Ich deute auf meine Drei Mäderl, die versuchen, möglichst unschuldig dreinzuschauen. Gelingt ihnen so gut, wie dem Fuchs, der im Hühnerstall überrascht wird.

„Angenommen, ich würd euch glauben, die Sach mit den Ideen und so… Wovon ich aber noch nicht überzeugt bin! Aber mal angenommen… Der Reininger war unten in Kindberg. Nicht so weit weg, aber weit genug. Und sowohl von der G´schicht als auch von dem… Irrglauben hör ich jetzt zum ersten Mal. Dürft also, wenn überhaupt, eher eine lokale Überlieferung sein. Wie kommt sie dann grad zu uns?"

„Irgendwer dürft sie halt aufg´schnappt haben", gibt sich meine Uroma nach dem ganzen Redeschwall plötzlich recht einsilbig und vermeidet es, mich anzuschauen. Da brauchst keinen Lügendetektor, um zu wissen, dass da was faul ist. „Vermutlich aus diesem Internet oder so". fährt sie fort.

„Urli?"

„Hmm?

„Was?"

„Nix."

„Nix nix. Was ist los? Habt´s ihr was angestellt?“

„Nix haben wir angestellt.“

„Ach, sag´s ihm“, fordert meine Mama die Urli auf.

Diese blickt nachdenklich zuerst zu mir, dann zur Annelise. „Na gut. Auch wenn wir nicht vor Außenstehenden darüber reden sollten.“

„Wenn ihr was wisst, kann ich auch den Prohaska holen“, drohe ich. Obwohl ich mir eher einen Arm abschneiden würd. Vor allem den mit den ganzen blauen Flecken. „Außerdem habt´s gegen die Annelise bis jetzt ja auch nix g´habt. Also?“

„Da unten in Kindberg… da ist es nur mehr eine Überlieferung. Grad mal gut genug, um kleine Kinder damit zu erschrecken. Wenn überhaupt. Aber der Reininger ist nicht von selbst auf die Idee gekommen. Es könnte sein, dass vielleicht eine unserer… Vorfahrinnen dabei nicht ganz unschuldig war.“

„Selbst wenn, was würd das machen?“ Manchmal dauert es bei mir, bis der Groschen… Verzeih, der Cent fällt.

„Sie meint damit, dass es nicht nur in diesem Kindberg eine Überlieferung, also ein Medium gibt. Oder, Frau Ebner?“ ist Annelise schneller. Ich find´s aber übertrieben, ‚Frau Ebner‘ in einer Runde zu sagen, in der drei von ihnen sitzen.

Alle drei nicken.

„Wir sind Hexen. Unsere Familie ist in der Gegend ansässig, länger als es Aufzeichnungen gibt. Als die Habsburger noch jung waren, waren wir schon alt. Und Franzl, sag jetzt nix über´s Alter, sonst gibt´s keinen Gugelhupf mehr für dich.“

Ich muss mich echt zurückhalten, keinen Witz über das

Alter und meine Drei Mäderl zu machen. Das hat Urli wohl bemerkt. Die Drohung, keinen Gugelhupf mehr zu bekommen, hilft mir beim Zurückhalten aber sehr.

„Und Hexen…“, erzählt Uroma weiter „… treffen sich. Und haben auch Aufzeichnungen. Sogar ziemlich viele. Die Hexenverfolgungen haben uns gezeigt, dass wir mehr aufschreiben müssen.“

Hier unterbricht Annelise: „Wäre es nicht sinnvoller, möglichst wenig aufzuschreiben? Je weniger, desto weniger Beweise?“

„Bei der Hexenverfolgung war es egal. Wenn du verpetzt wurdest, änderten nicht vorhandene Aufzeichnungen auch nichts mehr an deinem Schicksal. Aber es bestand die Chance, dass die Aufzeichnungen nicht vernichtet, sondern weitergegeben wurden. Somit ging das Wissen für Eingeweihte nicht verloren. Wie bei den Alchemisten. Auch sie haben seit Jahrhunderten verschlüsselte Aufzeichnungen geschrieben. Bei denen ist das Problem allerdings, dass das Wissen zur Entschlüsselung verloren gegangen ist. Wir Hexen waren da schon eindeutiger und damit im Nachhinein schlauer bei den Aufzeichnungen. Zugegeben, es waren damals nicht allzu viele, das meiste wurde mündlich weitergegeben. Die wenigsten konnten ja schreiben. Aber die Aufzeichnungen existieren noch. Nicht nur Klöster konnten Wissen horten. Außerdem gibt es natürlich Treffen von uns Hexen, da werden auch Rezepte und anderes ausgetauscht. Das kannst du dir ja nicht alles auf einmal merken.“

„Es gibt noch mehr als euch drei alt.. ähh… Hexen?“ muss ich nachfragen

„Sicher doch. Damit meine ich nicht die selbsternannten, die du im Internet findest. Die verzapfen meistens nur Schmarrn. Einige der Rezepte sind zwar wirklich wirksam, das meiste ist aber ausgemachter

Blödsinn", klärt Oma auf.

Ich weiß nicht, worüber ich mehr überrascht bin: dass es noch weitere „wirkliche" Hexen geben soll oder dass meine Oma wie selbstverständlich vom Internet spricht.

„Du bist im Internet?" frag ich deshalb in Richtung Oma.

„Wir alle. Wir sind auch auf Facebook, damit wir mit den Bekannten in Kontakt bleiben. Und wir skypen regelmäßig mit den anderen Hexen. In unserm Alter sind auch kurze Reisen ja schon ziemlich beschwerlich. Nicht jeder ist so technophob wie du, Franzl."

„DAS macht ihr also am Abend hinter verschlossenen Türen!" Ein weiteres Familiengeheimnis gelüftet.

„Was dachtest du denn? Das wir nackt tanzen oder Ziegen opfern?"

Über diesen Punkt habe ich bisher vermieden, genauer nachzudenken und will das jetzt auch nicht nachholen. Daher wechsle ich schnell das Thema – vielleicht gibt´s ja noch andere „Verdächtige" in unserer Gegend.

„Und die anderen Hexen? Wer ist noch so eine? Die Walli etwa?"

Du musst wissen, die Walli ist bei uns sowas wie... wie... ach, da gibt es gar keine Bezeichnung dafür. Dorfdepp trifft es nicht, das ist schon der Karli. Einsiedlerin passt auch nicht genau. Sie lebt zwar am Ende einer Forststraße, mitten im Wald, ist aber öfters im Dorf unterwegs. Meiner Meinung nach total gaga. Haare, die ausschauen, als ob eine ganze Vogelkolonie darin nistet. Dürr bis zum Umfallen, die kann sich hinter einem Schistecken verstecken. Trägt auch im Winter maximal Sandalen und umarmt Bäume. Hab ich zumindest gehört. Und sie redet mit den Viechern. Ich mein... das ist ja nix besonderes. Das macht jeder. Unsere Bauern reden mit ihren Kühen, Jäger mit ihren Hunden und Katzenbesitzer reden eh die ganze Zeit von und mit ihren Stubentigern. Aber keiner erwartet einen Dialog. Die Walli schon. Und bei den Viechern hört sie noch nicht auf. Sie redet auch mit Elfen, Bäumen, Geistern und was weiß denn ich, mit was sonst noch.

Die ernsten Mienen meiner Drei Mäderl sprechen Bände.

„Nein. Doch net die Walli. Die ist ja total weich in der Marille", mein ich. Zu Annelise sage ich noch in meiner Funktion als Dolmetscher: „Sie hat nicht mehr alle Tassen im Schrank. Oder einen – eigentlich mehrere Sprünge in der Schüssel." Ob das letzte so ganz hochdeutsch ist… Auch egal, Annelise hat den Sinn dahinter begriffen: Die Walli ist durchgeknallt. Außerdem wuselt sie dauernd wie ein Eichhörnchen auf Kokain rum. Wenn du sie triffst, hat sie dir schon ihre Lebensgeschichte erzählt, bevor du mit ‚Hallo, Walli' fertig bist.

„Außerdem hab ich gedacht, die ist keine Hexe sondern Schamanin. Steht zumindest auf ihrer Homepage." Nicht, dass ich den Unterschied wüsst, aber es gibt sicher einen.

„Ja, aber aus der Not heraus hat sie von uns gelernt. Und wir auch einiges…"

„… a bissal was!" unterbricht Uroma.

„… a bissal was von der Walli", korrigiert sich Oma. „Stell´s dir als überkonfessionelles Austauschprogramm vor."

Ich will noch mehr sagen, da klingelt aber das Handy von der Annelise. Der Prohaska. Während sie telefoniert, steht sie auf und geht ein paar Meter.

Als sie zurückkommt, ist ihre Miene ernst: „Das war der Kurt. Der vorläufige Bericht der Gerichtsmedizin liegt vor. Ich muss los. Deine Aussage habe ich ja, und wir können am Abend weiterreden.“ Nach kurzem Zögern fügt sie noch hinzu: „Wenn ich mich so frech einfach selbst einladen darf. Aber der Schweinebraten war einfach zu lecker“, und lässt ein entschuldigendes Lächeln folgen.

Meine Drei Mäderl sind natürlich hocherfreut.

Wenn´s was Neues gibt, wird´s jemand von uns im Dorf schon wissen. Ich werd also ermitteln gehen und damit der leidigen G´schicht von meinen Drei Verrückten ein Ende setzen. „Ich hör mich mal um, wir sehen uns dann am Abend“, verabschiede ich mich deshalb und stehe auch auf.

„Umhören. In´s Wirtshaus gehst, gib´s zu.“

„Klar, wo sonst sollt ich die neuesten Nachrichten hören? Im Revier steh ich vor verschlossenen Türen, der Prohaska lässt mich sicher nicht rein. Außerdem haben wir da die Annelise drinnen, oder?“ Fragend schau ich zu ihr rüber und sie nickt nach kurzem Zögern ihr Einverständnis.

„Ich habe bereits vermutet, dass du die Ermittlungen nicht dem Kurt überlassen wirst. Ich halte dich - soweit ich kann ohne mir Probleme einzuhandeln - auf dem laufenden.“

Als wir beide Richtung Gartentürl gehen, dreh ich mich nochmal um.

„Eins noch, Urli…“

„Jo, Bua?“

„Hab gar net g´wusst, dass du Hochdeutsch sprichst.“

KAPITEL 18

Während Annelise zum Briefing in den War Room muss, schlendere ich in Richtung ‚Zur Kirche'. Allerdings mach ich noch einen kleinen Umweg zur Frau Wagner. Wenn es Informationen außerhalb des Ermittlungsteams gibt – und die gibt es in einem kleinen Dorf immer – dann werden entweder meine Drei Mäderl es brühwarm erzählt bekommen oder ich werde es im Wirtshaus hören. Aber so unglaublich es auch klingt… nicht mal so bekommen wir alles mit. Aber es gibt ja noch Leute wie die Frau Wagner. Städter denken immer, bei uns am Land da ist es so schön einsam. Da kann man tun und lassen, was man will. Die kennen Dörfer nicht. Während dich in der Stadt die Anonymität bis zu einem gewissen Grad schützt, weiß in einem Dorf jeder ganz genau, wer mit wem, wann, wie oft und in welcher Stellung. Ein Glaserl über den Durst getrunken? In der Stadt freut sich der Wirt und ansonsten kümmert es niemand. Bei uns am Dorf kannst du am nächsten Tag mit Bemerkungen wie ‚Hallo Schluckspecht' rechnen. Da wird alles registriert. Nicht, dass mir so etwas schon passiert ist. Ich trink ja fast nix. Nur ab und an – zum Socializing sozusagen – das eine oder andere Glaserl. Man muss ja seine Schäfchen kennen – hat schon der vorherige Herr Pfarrer, Gott hab ihn selig, gesagt und das gilt auch für einen Dorfpolizisten.

Und meine Drei Mäderl sind die dörfliche CIA, die NSA und der KGB (Uroma, die stammt noch aus der Zeit) unter einem Dach. Die wissen auch, ob du unter Flatulenzen leidest oder geben dir schon mal den Tipp, dass du deine Blase untersuchen lassen solltest. Die Frau Wagner dagegen ist eher sowas wie ein Horch- und Lauschposten. Ihre Ferngläser lassen sogar englische Ornithologen vor Neid erblassen und sie könnt auch dem Team vom Hubble-Teleskop sagen, wo es was Interessantes zu sehen gibt. Wenn´s UFOs wirklich geben würd, würd´s die Frau Wagner wissen. Weil die tät denen schon beim Start zuschauen.

Auf jeden Fall kann die Frau Wagner mir erzählen, dass sie den Karli am Weg zum Hirschgatter gesehen hat. Kurz bevor er mich angerufen hat. Leider sonst keinen. Und auf die Frau Wagner kannst dich in der Hinsicht verlassen.

Allerdings schaut im Wald die Sache schon wieder anders aus. Da funktionieren solche optischen Fernerkennungssysteme wie die Frau Wagner nicht. Da kannst du wirklich alleine sein. Zumindest, wenn das Wetter nicht so toll ist. Ansonsten ist auch immer wer unterwegs. Jäger, Forstarbeiter, Wanderer. Dabei haben wir noch das Glück, nicht so sehr überlaufen zu sein. Schneeberg, Rax und Wechsel... da kannst an einem sonnigen Wochenende schon eine Nummer ziehen. Trotzdem. Irgendwer muss etwas gesehen haben. Oder sogar wissen. Und der Umschlagplatz für die neuesten Informationen ist das Wirtshaus. Die sind sogar frischer, als die von den Kirchengängern. Also mach ich mich nach der Frau Wagner auf, um weitere Informationen zu sammeln.

Im Wirtshaus herrscht am frühen Abend immer Betrieb. Die ersten stehen beim ersten Vor-Feierabend Bier, um dann nahtlos das erste Feierabend-Bier (oder After Work Bier, wie´s neuerdings heißt) zu süffeln. Wer schon in der Früh da war, der ist immer noch da. Der

Karli ist so ein Beispiel.

Und er schaut gar nicht gut aus.

„Karli, was los? Bist nüchtern?" frag ich besorgt.

Der gepeinigte Gesichtsausdruck sagt mir schon ‚Ja', noch bevor Karli meine Vermutung bestätigt.

„Zu Mittag ham´s mich g´holt. Der Wiener. Und erst vor an halben Bier wieder rausgelassen. Nur Schlotterwasser hat´s zum Trinken gegeben." Ich kenn den Automatencafe vom Revier. Irgendwann ist der mal aufgestellt worden. Soll den ach so zahlreichen Besuchern die Wartezeit verkürzen und ein Zeichen sein. Frag mich nicht wofür. Dass wir uns bei der Polizei keinen anständigen Kaffee leisten können? Und daher einen Euro für das Gesöff verlangen? Klar, dass bei mir im Büro eine ordentliche Espressomaschine steht. Außerdem hab ich auch noch eine normale Filterkaffeemaschine. Die French Press hol ich nur zu besonderen Anlässen raus. Und nein, ich bin kein Kaffeejunkie. Ich bin Cafeconnoisseur mit Wachheitsproblemen.

„Armer Karli. Was haben die denn g´sagt?"

Sofort zieht ein verschlagenes Lächeln die Mundwinkel vom Karli hoch: „Ach weißt, Franzl. Bin so ausdörrt, hab gar keine *krächz* Stimm mehr."

„Armer Karli. Da müss ma was dagegen tun! Robert? Hast a Glasl Wasser für den armen Hund da?"

Jetzt bin ich es, der grinst, während dem Karli die Gesichtszüge entgleisen.

„Für den Lucky da", red ich weiter und deut auf den Boden. Also halt auf meine Begleitung. „Und ein Krügerl für den Karli."

Robert, der seine Pappenheimer auch kennt, schenkt bereits das zweite Krügerl fertig ein. Als die blonden

Schönheiten dann vor uns stehen, nehmen wir einen großen Schluck, um die Gurgel zu befeuchten.

Ich stutze.

„Robert?"

„Hm?"

„Hast wieder heimlich selber braut?"

„Warum? Schmeckt´s net?"

„Doch, schon. Aber du weißt, dass das nur für den Eigengebrauch erlaubt ist. Wenn´st es ausschenken willst… da kann ich dir nix dafür zahlen, gell."

„Dann geht´s auf´s Haus. Also sozusagen für den Privatgebrauch. Bin auch neugierig, was der Karli zum Erzählen hat. Und Franzl?" Mann… Zwei angebotene Freibier innerhalb weniger Tage? Muss ich mir sorgen um meinen Wirten machen? Ist er todkrank? Leidet er unter Demenz? Ich bin so perplex von der Freigiebigkeit, dass ich Roberts letzte Frage fast überhör und mich kurz sammeln muss.

„Ja?"

„Willst bei mir wieder a Bier trinken?"

Eine ernsthafte Drohung. „Klar. Und du wirst mir auch eins einschenken. Sonst wär´s ja eine Ungleichbehandlung. Kommt heutzutag gar nicht gut."

„Auch ein Bier, in das dir keiner gespuckt hat?"

„Robert, mein Freund. Hab nix g´sagt. Also, Karli, erzähl mal, nachdem deine Gurgel jetzt mit dem köstlichsten aller Biere befeuchtet worden ist."

Wohlwollendes Nicken bestätigt meinen Themenwechsel, während Karli schnell noch einen Schluck nimmt und sich den Schaum von der Oberlippe wischt. Er scheint es zu genießen, im Mittelpunkt zu stehen.

„Ja, also zu Mittag haben sie mich abgeholt. Der Wiener, Proschasska oder wie der heißt, und zwei in Uniform. Die hab ich nicht kennt. Auswärtige halt. Die fesche Tant war leider nicht dabei.“

Klar, die ‚fesche Tant‘ wie Karli sie nennt, hat mir zu der Zeit ja auch die Hälfte vom Schweinsbraterl weggefuttert. Nicht, dass ich mich beschweren möchte, aber wenn die Annelise öfters zu uns kommen sollt, muss ich meinen Drei Mäderln sagen, dass sie größere Portionen machen müssen.

Natürlich haben sie Karli bei seiner Befragung nicht viel Informationen gegeben – also, nicht freiwillig. Aber eins lernst als Polizist ziemlich schnell: Die Fragen sind fast so wichtig wie die Antworten. Gilt auch für die Fragen der Polizisten.

Denn wenn er danach gefragt wird, was er in den vergangenen zwei Wochen gemacht hat, wen er getroffen hat und so, dann sagt mir das schon was. Dass sich der Kopf vor zwei Wochen etwa vom Rest des Körpers verabschiedet hat. Für genaueren Todeszeitpunkt wird die Gerichtsmedizin noch länger brauchen. Nur im Fernsehen sagen die dir schon vor Ort auf die Sekunde genau, wann der Tod eingetreten ist. Zwei Wochen wären auch meine Schätzung gewesen. Ich bin zwar kein Experte, aber dass er nicht mehr ganz frisch war, war klar. Keine Leichenstarre der Kaumuskeln mehr. Und wir haben grad eine Hitzewelle, da setzt die Verwesung schneller ein. Mindestens eine, maximal zwei Wochen.

Ich erfahr auch, dass die Spurensicherung den Rest vom Körper gefunden hat. Und zwar in einiger Entfernung. Haben extra Leichenhunde rangeschafft. Das erklärt auch das ganze Hundegebell, dass den Lucky so aufgeregt hat.

Leider sagt mir das auch, dass der Prohaska wie befürchtet den Karli verdächtigt. Ihn jetzt schon zu verhaften wär zwar sicher zu früh, selbst für unseren Oberkriminaler. Andererseits… wenn ich so zur Tür schau… Und den Prohaska mit dem Handy am Ohr reinkommen seh, im Kielwasser die zwei Uniformierten… Zu früh ja, aber offensichtlich doch nicht für den Proschasska, wie der Karli ihn nennt. Den Namen muss ich mir merken. Die Annelise hält sich im Hintergrund und zuckt nur entschuldigend mit den Schultern.

Als der Herr Kriminaler näherkommt, hör ich, wie er am Telefon säuselt: „…wird soeben von mir verhaftet!". Ein Nicken in Richtung Karli und die beiden Uniformen setzen sich in Bewegung. Allzu glücklich schauen sie unter ihren Käppis nicht grad aus. „…rascheste Aufklärung dieser abscheulichen Verbrechensserie…" Ah… der Prohaska in Höchstform. Eins muss man ihm aber lassen: Auf Sauberkeit dürft er Wert legen. Ansonsten müsst man das braune Ringerl vom Arschkriechen an seinem Hals sehen.

Als er auflegt, mein ich noch „Und, riecht´s im Hintern vom Chef nach Rosen?" und dreh mich wieder meinem Bier zu. Der Prohaska wirft mir nur einen stinksauren Blick zu und beginnt mit der Prozedur, den Karli zu verhaften. Na, eigentlich steht er nur daneben und lässt die beiden Uniformierten die ganze Arbeit machen.

Der Karli ist fertig mit Gott und der Welt. Er schaut aus, als ob er gleich umkippen würde. Ein wiederholtes „I woas jo ned", ist alles was er rausbringt.

Als sie ihm Handschellen anlegen, frag ich den Prohaska: „Warum wird denn der Karli verhaftet? Habt´s irgendwelche Beweise?"

„Er wurde am ersten Fundort gesehen."

„Eh klar, er hat die Leich ja gefunden. Sag mir, dass du

noch was hast, sonst krieg ich einen Lachanfall."

„Die Frau mit dem herausgeschnittenen Herzen wurde zwischen drei und vier Uhr morgens ermordet. Für die fragliche Zeit kann uns der Tatverdächtige kein Alibi nennen. Und er kann auch kein Alibi für die erste Tat nennen."

„Wann war denn die erste Tat?"

„Der Gerichtsmediziner ist der Meinung vor mindestens acht Tagen, höchstens allerdings 13."

Ich hätte Gerichtsmediziner werden sollen, frag aber – weil ich eben Polizist geworden bin – nach: „Und echt? Er kann dir niemanden sagen, der ihn für sechs Tage nicht aus den Augen gelassen hat? Sag mir, wo warst denn du während der Zeit? Vielleicht bist du ja zu uns gekommen, ist ja nur eine Stunde von Wien entfernt, um dem Karli was anzuhängen?"

„Du spinnst ja, Eiserner. Warum sollte ich das tun?"

„Sag´s du mir. Oder besser: Sag mir dein Alibi. Wennst nicht grad im Ausland im Urlaub warst, schaut´s aber auch dumper aus für dich. Oder bürgt meine Ex für dich? Hat sie dich die ganze Woche net rausgelassen?"

Zugegeben, das Ganze war ein einziger Tiefschlag. Meine ehemalige Holdenschlampe hat ihn, nachdem er doch nicht ganz die erhoffte Karriere hingelegt hat, auch einfach fallen gelassen.

Dem giftigen Blick zufolge goutiert er meine Meldung wie erwartet – mit einem Magengeschwür.

Bevor´s durchbricht, korrigiere ich ihn noch: „Und der Karli hat ein paar Zeugen."

„Das kannst du der Frau Holle erzählen."

„Hast du ihre Telefonnummer? Ich würd ihr dann erzählen, dass der Karli ab zwei da drüben..." ein Nicken

Richtung Stammtisch „… eingeschlafen ist. Ein paar von uns waren zu dem Zeitpunkt noch da herüben an der Schank. Privatveranstaltung von unserm Verein." Als Wirtshaus hat der Robert eigentlich früher Sperrstunde. Aber ab dann ist´s eben eine Privatveranstaltung des Vereins ‚Der kirchlichen Freunde'. Oder heißen wir ‚Die Freunde der Kirche'? Ach, wurscht.

„Das kannst du der…"

„Hast mir die Telefonnummer noch nicht gegeben. Aber vielleicht sollte ich das dem Chef erzählen."

„Und wie lang warst du da bei dieser… Vereinsversammlung?"

„Puh, man verliert ja leicht die Zeit, aber so vier wird´s schon gewesen sein, oder Robert?"

Der legt nachdenklich die Stirn in Falten. „Ja, du wirst so gegen vier gangen sein. Vielleicht halb fünf. Die Kogler sind dann um fünf, halb sechs los. Ich hab dann noch alles abdreht und bin dann selber in die Hapfen. Wird so gegen sechs gewesen sein. Da hat der Karli noch den Regenwald abgeholzt."

„Und kurz vor sieben hat die Frau Wagner den Karli am Weg zum Wildgatter gesehen. Allein. Hat auch keine Leiche geschleppt. Und glaub mir eins: So ein Frauenmagnet ist der Karli auch nicht, dass der in nicht mal einer Stund eine Frau, die ja gar nicht da war, kennenlernt, sie überredet mit ihm da rauf zu gehen, sie umbringt, ihr das Herz rausschneidet, so versteckt, dass es keiner findet, heimrennt, sich umzieht, duscht, um das Blut abzuwaschen, um dann wieder den unverkennbaren Duft einer durchzechten Nacht herzustellen, und dann wieder rauf zum Hirschgatter rennt, um mich anzurufen. Der hat es in seinen über 40 Jahren ja nicht geschafft, eine Frau abzuschleppen, da schafft er das garantiert nicht in einer Stunde."

„Und warum erfahre ich das erst jetzt?“

„Hättest halt fragen müssen. Oder einfach ordentlich ermitteln.“

„Er hat sie vermutlich erst da oben getroffen und die Umstände ausgenutzt.“

Ich dreh mich um und ruf in den Raum: „Bitte mal kurz aufpassen. Als der Karli vorgestern da am Stammtisch eingepennt ist… ist da jemandem von euch irgendein Riesenmesser aufgefallen? Oder ein Schlachterbeil?“

Kopfschütteln.

„Ich glaub nicht, dass du mit dem stumpfen Taschenfeitel vom Karli einen Brustkorb öffnen und das Herz rausschneiden kannst. Da brauchst schon was g´scheites. Und das hat der Karli nicht dabei gehabt. Oder habt ihr was gefunden?“

„Er könnte es von daheim…“

„Dann sind wir wieder bei dem, was ich grad gsagt hab. Außerdem hätt er dann noch heimrennen müssen, um das Messer zu holen. Hat er das zukünftige Opfer gefragt, ob´s eh auf ihn wartet, bis er mit dem Messer wiederkommt? Und die Frau Wagner ist sicher ab sechs mit ihren… ornithologischen Beobachtungen beschäftigt gewesen und hätte es bemerkt, wenn der Karli da wie ein Verrückter hin- und hergewetzt wär. Außerdem… entgegen dem, was du zu glauben scheinst, haben wir vom Land nicht als einziges Bedürfnis, uns vor Sonnenaufgang irgendwo im Wald rumzutreiben.“

„Eins hast vergessen, Eiserner. Der Fundort ist nicht unbedingt der Tatort. Er könnt sie auch daheim umbracht haben.“

„Und warum hat die Frau Wagner ihn aus der Richtung vom Wirtshaus kommen gesehen und nicht von seinem Haus? Und ganz ohne Leiche über die Schulter oder auf den Armen? Außerdem ist der Karli wie gesagt kein Frauenmagnet. Bei ihm und den Frauen ist das eher wie bei zwei Nord- oder Südpolen. Die stoßen sich ab. Die magnetischen, falls du dich fragst, nicht die aus dem Land.“ Mit dem Abstoßen von Frauen ist der Karli leider nicht der einzige.

„Ich geb dir die Adresse von der Wagner, kannst sie ja selbst fragen.“

„Das werde ich, glaub mir. Und wenn…“

„… es sich rausstellen sollte, dass ich recht habe, gibst du mir ein Bier aus, weil ich dich vor einem Justizirrtum bewahrt habe. Und lass mir den Chef schön grüßen. Musst ihm ja noch sagen, dass er seine Pressekonferenz verschieben muss.“ Wenn´s nach meinem ehemaligen Chef ginge, würde er eine Pressekonferenz einberufen, in der er erklärt, dass er eine Pressekonferenz geben wird. Hat er mit einigen unserer Politiker gemeinsam. Nix sagen, aber davon viel – und oft.

Immerhin, ich mag den Prohaska ja nicht, aber er sieht ein, wenn er verloren hat. Grummelnd schleicht er sich raus, die beiden Uniformen mit ziemlich schadenfrohen Gesichtern im Schlepptau. Selbst die Annelise kann nur mit sichtlicher Mühe eine neutrale Miene beibehalten. Als sie raufgeht, macht sie mit abgespreiztem Daumen und kleinem Finger das anerkannte Symbol für Handy. Ob ich sie anrufen soll? Oder meldet sie sich? Na, zuerst habe ich eh noch genug damit zu tun, dem Karli seine überbordende Dankbarkeit auszutrinken. Die zeigt sich nämlich in der allgemein anerkannten Währung: Bier. Eins nach dem andern steht vor mir. Ich nehm mir aber vor, nicht gierig zu sein und nur zwei oder drei zu nehmen. War ja keine so große Sache, mir hat´s Spaß gemacht, dem Proschasska die Hosen vor versammelter Mannschaft runter zu ziehen und der Karli wär sonst bis an sein Lebensende beim Robert verschuldet. Außerdem wollten meine Drei Mäderl plus Annelise und ich heut ja noch reden.

Der Weg zur Hölle ist ja bekanntlich mit guten Vorsätzen gepflastert, und natürlich bin ich bald der theologischen Sauna einen weiteren Schritt näher. Andererseits... Man soll den Leuten ja Gelegenheit geben, ihre Dankbarkeit zu zeigen. Sonst haben sie immer ein schlechtes Gewissen und glauben, in deiner Schuld zu sein. Ich erleichtere also heroisch dem Karli sein zukünftig schlechtes Gewissen und spiel auch ein paar Runden Schnapsen.

Leider muss ich dabei auch gegen den Herrn Pfarrer antreten. Du musst nämlich wissen, er sammelt Geld für die Renovierung der Kirche. Wie eigentlich eh schon jeder vor ihm. Unsere Kirche befindet sich in einem dauerhaften Zustand der Renovierungsbedürftigkeit. Allerdings ist das mit den Spenden so eine Sache. Wir Österreicher sind ja bekanntlich (zumindest in Österreich bekannt) die Spendenweltmeister. Allerdings... Da gibt es neben der Kirche auch die Freiwillige Feuerwehr, Licht ins Dunkel, den Tierschutzverein, den Musikverein, den um´s Überleben kämpfenden Wirt... für die einzelnen Organisationen bleibt dann nicht viel. Also hat der Herr Pfarrer gemeint, er muss weitere Geldquellen lukrieren. Seitdem schnapst er, was das Zeug hält. Gottseidank (kommt ja immer auf die Perspektive an) ist er nicht gerade der begnadetste Kartenspieler. Heut allerdings spielt er, als ob er mit dem Teufel im Bund ist. Aber vielleicht ist´s ja die göttliche Unterstützung, damit das würdige Haupt beim nächsten Regen trocken bleibt. Oder die Tatsache, dass der Herr Pfarrer der nüchternste von uns ist. So Kirchenleut sind vom Messwein ja eh schon geeicht. Bevor der Herr Pfarrer das Kirchendach auf meine Kosten sanieren kann, beschließ ich, dass ich genug Informationen gesammelt hab und geh dann doch lieber heim.

KAPITEL 19

Für´s eigentliche Abendessen ist es schon ein bissal viel zu spät, aber eines meiner Drei Mäderl stellt mir immer meine Portion in den Ofen. Am Heimweg überleg ich, was es heut wohl zum Abendessen gegeben haben werden wird.

Allerdings erwartet mich eine Überraschung. Meine Drei Mäderl sind noch alle auf und in der Küche versammelt. Und nicht allein. Die Annelise ist auch da. Mist, ja, muss mir irgendwie entfallen sein - Die wollten ja noch mit mir reden. Scheibenkleister. Hektisch taste ich meine Taschen ab, in der Hoffnung einen Kaugummi zu finden. Da ich normalerweise kein Kaugummikauer und Zuckerllutscher bin, ist die Hoffnung vergebens. Aber immerhin rieche ich schon von Weitem die Fleischlaberl. Sehr gut. Mit was Festem im Magen wird´s schon gehen. Muss bis dahin nur versuchen, möglichst wenig zu atmen. Und Fleischlaberl mit Erdäpfelpüree ist eines meiner Lieblingsessen. Du musst wissen, mein Lieblingsessen neben den Allzeitklassikern variiert – je nachdem, was grad da ist.

Mit einem fröhlichen „Wunderschönen Abend, allen z´samm“ betrete ich die Küche und erstarre. Der Anblick ist für mein heute eh schon arg gebeuteltes Nervenkostüm einfach zu schrecklich.

Die Annelise sieht mich, schluckt noch schnell runter und meint: „Franz, gut das du endlich zurück bist. Es gibt Neuigkeiten. Schreckliche Neuigkeiten!"

Ich starre immer noch auf den leeren Servierteller. Rasch huscht mein Blick zum Herd, seh aber auch da nur eine leere Pfanne zum Abkühlen. „Ja, schrecklich", ist alles, was ich rausbring. Immerhin stockt mir der Atem, der Kaugummi hat sich damit eh erübrigt. Andererseits er wär wenigstens irgendwas, was ich mir zwischen die Kiemen schieben könnt…

„Dann hast du es schon gehört? Wer hat dir davon erzählt? Ich dachte, dass außerhalb des Ermittlungsteams keiner davon weiß."

„Hmm? Was?" Ich schließe die Augen und atme tief durch. Wobei ich gleichzeitig versuch, nicht zuviel meines Atems in die Küche zu entlassen. Kniffig.

Bevor Annelise weiterreden kann, wird sie aber von Oma unterbrochen: „Geh, Franzl. Du stehst eh. Schenk uns doch allen an Schnaps ein. Und der Annelise eine doppeltes Verdauungsschnapserl." Und an Annelise gerichtet: „Einen g´sunden Appetit hast. Ist eine Freude, dir beim Essen zuzuschauen. Und du brauchst eh ein wenig mehr Fleisch auf deinen Rippen. Bist ja richtig dürr."

„Wenn wir noch länger hier ermitteln, muss ich mir meine Laufsache nachholen. Solange ich noch hineinpasse."

Dass sogar die Vorstellung der Annelise in engen, kurzen Laufsachen nur langsam zu mir durchdringt, sagt dir wohl alles über meinen Schockzustand.

„Franzl, stehst du auf deinen Ohren? Schenkst uns jetzt den Schnaps ein?"

Wie im Traum geh ich zum Küchenschrank, nehm die

Schnapsgläser raus und gieß mir einen Doppelten ein. Dann erst finde ich die Kraft „Abendessen?“ zu stammeln.

„Ist nichts mehr da. Das Fräulein Annelise hat noch nix zum Abendessen gehabt. Und du wolltest zu Mittag eh nur einen Salat. Da, den haben wir dir aufgehoben. Und jetzt bräuchten wir auch das Schnapserl, wenn Eure Gnaden Zeit dafür finden täten“, drängt Oma.

Alle Fleischlaberl – aufgegessen. Weg. Nix mehr da. Außer ein Patzerl Erdäpfelpüree. Und grüner Salat. Nach einem weiteren Doppelten zittern meine Hände nicht mehr ganz so stark. Ich schaffe es, auch den anderen ihren Schnaps zu bringen.

Nach einem zufriedenen „Ahhh…“ meint Oma: „So, Annelise, jetzt kannst dem Franzl erzählen, was du uns grad g´sagt hast.“

„Wir haben einen Torso gefunden.“

„Hab ich schon gehört. Die Leichenhunde haben ihn entdeckt. Wenigstens hat der Sarg jetzt wieder die Normalgröße.“

„Du hast nicht richtig zugehört. Wir haben EINEN Torso gefunden, nicht DEN. Kopf und Körper passen nicht zusammen. Das heißt, wir haben drei Leichen. Und bei dem neuen Torso fehlt ebenfalls der Kopf – und das Herz. Wenigstens sind Arme und Beine noch am Rumpf.“

„Was?“

„Jetzt hast du richtig gehört. Drei Leichen! Andra, den Kopf und den Torso. Macht drei. Der Kopf konnte inzwischen identifiziert werden. Er gehört zu einer Wanderin, die angeblich hier in der Gegend vor zwei Wochen verschwunden ist. Sie war alleine unterwegs und wurde von ihrem Freund als vermisst gemeldet.“

„Das ist ja wie eine Epidemie. Ermordet werden ist ansteckend.“

„Mach dich nur lustig. Dir wird das Lachen schon bald vergehen“, meldet sich da meine Uroma zu Wort.

„Ich kann jetzt schon nicht mehr lachen. Hat die Gerichtsmedizin bestätigt, dass der Kopf abgetrennt worden ist?“ Zugegeben, eine vage Hoffnung, aber es kann vorkommen, dass Tiere einem Leichnam arg zusetzen. Die können einzelne Teile mehrere Hundert Meter weit verstreuen. Vielleicht haben wir es zumindest beim Fall des abgetrennten Kopfes ja mit einer natürlichen Todesursache zu tun. Ohne Torso können wir ja nicht sagen, ob ihr das Herz herausgeschnitten wurde. Dann hätten wir vielleicht ‚nur‘ noch in zwei Mordfällen zu ermitteln.

„Wurde bestätigt. Ein sehr scharfes Messer. Gerade Klinge, etwa 18 bis 20 Zentimeter lang. Keine Profiarbeit, der Täter musste mehrmals ansetzen.“ Soviel zum Thema Hoffnung.

„Also haben wir einen Serientäter.“ Selbst in meinem benebelten Zustand ist mir klar, dass das nicht gut ist. Schnell schenk ich mir noch einen Doppelten ein.

„Der Torso wurde übrigens letzte Woche zerstückelt. Nach einer ersten Beschau ebenfalls von einem sehr scharfen, langen Messer.“

Vor zwei Wochen ein Kopf, letzte Woche ein Torso und diese Woche eine ganze Leiche. Wie steigern uns. Mir graut schon vor morgen. Da werden der Bürgermeister und der Tourismusverband anklopfen. „Sie werden ihr Herz an die Bucklige Welt verlieren“, dürft in Zukunft als Werbeslogan nicht in Frage kommen. Da muss ich jetzt doppelt aufpassen. Respektive der Karli. Die wollen sicher eine Verhaftung sehen und sagen können, dass unsere heile Welt wieder heil und sicher ist und wir Besucher herzl… halt willkommen heißen. Kann´s ja sogar verstehen, es hängt halt einiges am Tourismus und nachdem die Wiener Hausberge uns schon ein großes

Stück vom Kuchen wegknabbern… Trotzdem kannst bei Ermittlungen nicht hudeln. Die Todesstrafe ist zwar abgeschafft, aber wenn einer fälschlich Verhaftet wird… es bleibt immer was hängen, auch wennst nachher als unschuldig entlassen wirst und der Täter verhaftet worden ist. Aber immerhin kannst noch entlassen werden.

Die Mienen meinen Drei Mäderl drücken tiefste Besorgnis aus. Naja, das von meiner Oma auch schon ein leichtes Spitzerl, so wie die Wangen glühen und die Augen glitzern. So ein Obstler ist ja gesund und meine Oma beugt heut einem Vitaminmangel aktiv vor.

„Franzl, wir haben´s dir ja gesagt. Es wir noch mehr geben. Wennst Pech hast, noch viel mehr Leichen."

„Ach, hörts mir doch mit dem Herzlfresser-Blödsinn auf. Erstens ist der Reininger schon seit langem tot. Zweitens, wer glaubt denn heut schon noch an so an Schmarrn?"

„Franzl, ich bin mir sicher, wenn ihr den Rest von der Schädelbesitzerin findet´s, fehlt da auch das Herz. Damit sind´s dann drei Herzen. Mindestens."

„Ja, aber… ich mein… da frisst wer die Herzen von drei angeblichen Jungfrauen und was dann? Unsichtbar? Schmarrn. Außerdem wissen wir nicht, ob der Täter die Herzen gegessen hat."

„Franzl, du verstehst fast gar nix und weißt noch viel weniger. Aber das wird sich ändern müssen. Letztendlich bis du der letzte Ebner. Zwar keine Frau, aber es hat auch schon Hexer – also männliche Hexen halt - gegeben. Was sein muss, muss halt sein. Aber zu den Herzen: Es müssen keine Jungfrauen sein. Das ist Blödsinn."

„Wär heutzutag ja auch schwer, genügend Jungfrauen zu finden. Richtige, mein ich, nicht vom Sternzeichen."

„Jaja, mach du nur deine Scherze. Aber nach einem

hast Glück im Spiel. Nach drei kannst du dich unsichtbar machen. Nach sieben kannst das Wetter kontrollieren. Und nach neun… na, das weiß keiner, da gibt´s nur Vermutungen. Unsterblichkeit ist die häufigste", meint Urli.

„Und bis zu sieben habt ihr empirische Forschung gemacht? Außerdem… 1, 3, 7, 9… sind das net Zahlen, die mit dem Göttlichen in Verbindung bracht werden? Kann mir nicht vorstellen, dass Gott da seine Finger im Spiel hat."

„Der Teufel hat eine seltsame Art von Humor. Vermutlich will er Gott mit den Zahlen verhöhnen."

„Na klar, weil Mathe ja Teufelszeug ist. Hab ich euch schon in der Schule gesagt, aber trotzdem hab ich sie lernen müssen. Hört mal, das mit eurem Hexenzeug und so… ist ja eh alles harmlos und lieb und ich geb zu, einige von euren Tees helfen ja auch wirklich. Aber wir ermitteln da in einer Mordserie. Also… die Annelise ermittelt. Da hat der Hokuspokus nix zu suchen. Und jetzt noch den Teufel mit in´s Spiel zu bringen… Ist ja grad für Hexen recht gefährlich. Aufpassen, sonst muss die Annelise euch noch nach einem Alibi fragen."

Der Teufel… nach Gott der zweite perfekte Generalverdächtige. Wenn´s nicht Gott war, dann war´s der Teufel. Die beiden könnt man so oft zumindest wegen Mitwisserschaft und Beihilfe vor Gericht zerren… kein Wunder, wenn sie sich ein bissal aus der Öffentlichkeit zurückgezogen haben und es jetzt immer weniger Wunder und brennende Dornbüsche gibt. Und dass ein Mensch seine Seele dem Teufel verschreibt, glaubt dir kein Kriminaler. Wir wissen, dass der Mensch der Menschheit größter Teufel ist. Da brauchst niemanden was überschreiben. Was wir uns gegenseitig antun… da wird selbst der Teufel blass.

Plötzlich fängt der Lucky an zu bellen, kurz darauf

öffnet sich die Tür und ein Waldschrat kommt rein. Erst am zweiten Blick erkenn ich den Prohaska. Als er unsere Mienen sieht, bleibt er stehen und beginnt wie ein kleiner Schuljunge zu stammeln: „Ich komm grad vom Hausberg… Akku leer… Wirt meint, Annelise… bei euch…“ Dann sieht er die schon fast leere Schnapsflasche. Gleich darauf ist sie komplett leer. Mit einem Seufzer meint der Prohaska: „Das habe ich jetzt gebraucht. Danke!“

Fast tut mir der Prohaska leid, wie er da abgerissen vor uns steht, sichtlich fertig mit den Nerven. Das Haar wirr abstehend, die italienischen Lederslipper ruiniert und die Hose zerrissen. Im Hemd hängen noch ein paar Brombeerblätter.

„Was willst, Proschasska?“ Ich hab ja gesagt: Fast tut er mir leid. Aber eben nicht ganz.

„Annelise… die Hunde… sie haben noch mehr gefunden.“

„Haben sie den Kopf oder den anderen Rumpf gefunden?“

„Vielleicht. Weder die Spurensicherung noch der Gerichtsmediziner kann es mit Sicherheit sagen.“

„Wie…“ fang ich an, werd aber vom Prohaska unterbrochen, der einfach weiterredet.

„Drei mehr. Rümpfe. Hinterm Hausberg gibt es eine Senke, ziemlich abgelegen. Da haben die Hunde sie gefunden. Zumindest, was eben zu finden war. Wir müssen da wieder rauf. Außerdem brauchen wir Verstärkung. Das wird zu groß.“

Auch ohne mathematisch eine Leuchte zu sein, zähle ich stumm nach und komm auf fünf oder sechs Tote.

„Alles Frauen?“ frag ich noch, auch wenn ich die Antwort eigentlich schon weiß. Ich bekomm auch nur ein erschöpftes Nicken vom Prohaska.

„Ohne Herz?“ Wieder ein Nicken, gefolgt von einem „Und ohne Kopf.“

KAPITEL 20

Du kannst dir vorstellen, dass keiner von uns an Schlaf denken kann. Wir würden ihn auch nicht bekommen. Der Prohaska hat sogar mich in´s Ermittlungsteam aufgenommen. Zwar mit Widerwillen und Vorsicht, immerhin bin ich noch nicht ganz von der Liste der möglichen Verdächtigen runter, aber für die Fußarbeit reicht das Vertrauen… oder besser gesagt seine Verzweiflung. Auch meine kleine Alkoholfahne scheint ihn da nicht zu kümmern. Ich glaub, er wünscht sich selber eine.

Bei dem Geruch, der einem von der Senke entgegenkommt, ist auch eine Alkofahne eine olfaktorische Verbesserung. Vom Gerichtsmediziner bekommen wir noch eine Salbe, die mich an die Wick Hustensalbe erinnert. Die stark riechende und in den Augen brennende Salbe schmiert man sich unter die Nase, damit gewisse Gerüche übertüncht werden.

Funktioniert nicht. Eigentlich sollten Leichen nach einer Zeit nicht mehr stinken. Entweder sind die noch nicht so alt oder sie haben noch nichts davon gehört. Plötzlich bin ich froh, keine Fleischlaberl im Magen zu haben. Vor allem, als ich seh, dass die Annelise jetzt auch keine mehr in ihrem Verdauungstrakt hat.

Viel können wir da heroben aber nicht mehr machen, außer vielleicht sowas wie eine moralische Unterstützung geben oder ein wachsames Auge auf die Spusi zu haben. Der Prohaska redet daher noch mit dem Gerichtsmediziner, dann gehen wir wieder zum Auto. Meins dieses Mal, nicht seins. Anscheinend lernt der Prohaska doch dazu. Fahren tut trotzdem er, ich bin schon ein bisserl über dem Limit. Trotz der Ernüchterung durch drei Tote. Und das kann dich schlagartig nüchtern machen, sag ich dir. Als Mittel gegen Kater kann ich Leichen trotzdem nicht empfehlen.

Wieder im Dorf überlegen wir, was zu tun ist. Es geht schon auf Mitternacht zu, der Chef wär sicher nicht erfreut, wenn der Prohaska ihn um die Zeit noch stören tät. Bei meinen Drei Mäderl brennt zwar auch noch Licht, ich hab aber genug von ihrem Hexenfirlefanz. Und die beiden Kriminaler haben ja eh ein Zimmer im Wirtshaus. Da bietet es sich an, dort noch die Recherchen zu vertiefen.

Es sind auch noch genug Gäste da. Hinten am Stammtisch wird immer noch fleißig Karten prackt, und wie es ausschaut, hat der Herr Pfarrer eine Glückssträhne. Nur gegen Kogler I gewinnt er nicht. Aber das tut fast niemand. Der spielt seit er klein war bei richtigen Turnieren mit und hat da schon den einen oder anderen Preis eingeheimst. Was Phil Taylor für Darts oder Tiger Woods für Golf ist, das ist der Kogler I für das Schnapsen. Nur nicht ganz so reich. Und welchen Vornamen er bei den Spielen angibt… das frag nicht nur ich mich. Wenn man ihm zuschaut, merkt man, dass Schnapsen wirklich kein Glücksspiel ist. Mit Geschick, Erfahrung und der gelassenen Selbstsicherheit des ungekrönten Königs hält er seine Karten wie Monet seine Pinsel. Ein wahres Vergnügen, einen Meister bei der Arbeit zu beobachten. Zumindest aus der zweiten Reihe, ohne Gefahr, gegen ihn antreten zu müssen. Ich würd mich ja auch nicht freiwillig für einen Kampf gegen Bruce Lee oder Mike Tyson melden.

Allerdings ist die Stimmung bei uns eher gedämpft. Ja, ein langer Tag liegt hinter uns und wir sind allesamt fix und fertig. Aber in´s Bett will keiner, zu frisch sind noch die Bilder der verstümmelten Frauenkörper. Das wühlt auf. Aber für eine eventuelle Zeugenbefragung ist es eindeutig schon zu spät. Wenn ich mir die anderen Gäste so anschau, mindestens um ein paar Promille zu spät. Oder anders gerechnet zwei bis drei Krügerl und ebensoviele Schnapserl.

Also Lagebesprechung an einem eher ruhig gelegenen Tisch. Ich hol die Getränke – auf die Rechnung vom Prohaska, der wird´s eh als Spesen absetzen – und gönn uns auch noch jedem ein Schnapserl dazu. Um die Nerven zu beruhigen. Der Karli drüben bei den Kartenprackern bekommt auch einen Schnaps, der hat heut ja auch einen anstrengenden Tag hinter sich. Und wenn du dir jetzt denkst, dass ich schon ganz spendabel mit dem Geld von Steuerzahlern umgeh: Millionär wird im Polizeidienst keiner. Dafür riskieren wir immer wieder unser Leben (Gut, hier in Brand nicht ganz so oft, aber vom Prinzip her. Zumindest riskieren wir unsere Gesundheit und oft auch unsere Leber). Dafür könnt man uns schon ab und an ein Schnapserl ausgeben. Wir würden dann auch nicht mehr selber fahren. Zumindest nicht zu weit.

Langsam kommen auch die Leute von der Spurensicherung. Die sind schon fast zwei Tage auf den Beinen. Sollt eigentlich nicht sein, dafür gibt´s Schichten, aber wenn du da am Land gefangen bist… Sie sind zwar mit der Arbeit da oben noch nicht ganz fertig, müssen aber auch einmal schlafen. Dafür gibt´s auch ein Schnapserl als Schlummertrunk, das sie dankbar annehmen. Und so fördern wir ja auch die Volkswirtschaft im Dorf. Und wie wir älteren Semester wissen: Geht´s der Wirtschaft gut, geht´s uns allen gut. Erst an diesem Abend wird mir klar, was der Wolferl damals damit gemeint hat. Nach ein paar von den Selbstgebrannten geht´s einem wirklich gut.

Irgendwann nach der Sperrstund beschließen wir statt weiter die „Vereinsversammlung" zu besuchen, trotzdem in unsere Betten zu gehen. Nach einem Fluchtseiterl und einem Abschiedsschnaps wanke ich nach Hause und bemerk zwar noch, dass Licht bei meinen Drei Mäderln brennt, aber das ist mir jetzt egal. In meinem Zimmer fall ich einfach in´s Bett (soweit die Rekonstruktion am nächsten Tag, erinnern tu ich mich daran nicht mehr so richtig).

KAPITEL 21

Grad mal kurz vor acht ist es, wenn ich die Zeiger richtig deut, und unsere Wirtschaft dürft eine Rezession hingelegt haben. Eine richtige Bruchlandung, es scheint ihr hundsmiserabel zu gehen. Zumindest, wenn ich meinen Schädel als Maßstab anleg. Der Wirtschaftsmotor hat dann ziemliche Startschwierigkeiten. Und es dürft sich um einen Explosionsmotor handeln. Wenn mein Schädel nur explodieren würd, dann wären die Kopfschmerzen weg. In noch nicht ganz nüchternem Zustand kicher ich bei der Vorstellung, wie mein Schädel explodiert und der Prohaska dann eine weitere kopflose Leich hätte… sogar wegen Fremdeinwirkung. Die Getränke gestern hab ja nicht ich bezahlt.

Das Lachen vergeht mir allerdings spätestens in der Küche. Da finde ich nicht nur meine Drei Mäderl vor. Auch die Annelise sitzt schon fröhlich mampfend beim zweiten Kaffee, taufrisch wie… wie… wie ein schöner Morgen halt, ohne einem flüssigen Vorabend. Keine Ahnung, wie die das macht. Der Neid könnt mich fressen. Ich schüttel vor Unverständnis ob der weiblichen Konstitution meinen Kopf, was ich noch in derselben Sekunde bereue.

„Der Kurt ist nach Wien. Er muss Bericht erstatten und versucht noch, weitere Kollegen für die Ermittlungen zu bekommen“, berichtet sie mir mit viel zu fröhlicher Stimme. Ich mein, den Umständen entsprechend sollte man ja mit Trauermiene und gesenkter Stimme den unheilvollen Tag beginnen. Vor allem, wenn man mit mir spricht. Vor meinem ersten Kaffee und nach einem feuchten Abend. Alles was ich rausbring ist: „Der kann schon wieder fahren?“

„Die Spusi ist auch schon wieder an der Arbeit. Nur du hast so lange geschlafen, Faulpelz“, feixt die blonde Göttin der Gemeinheit weiter.

Zu ihrem Glück bin ich vor meinem ersten Kaffee zwar in der Stimmung, aber nicht in der Lage, einen Mord zu begehen. Während ich irgendetwas – sehr, sehr leise – murmel, bringt meine fürsorgliche Mama mir dieses schwarze Getränk der Erlösung. Schwarz und stark – kein Platz in meinem Häferl, um das Koffein mit Milch zu verwässern.

Sogar mein Kopfweh lässt durch dieses göttliche Getränk der Ermunterung auf ein erträgliches Maß nach. Ich kann reden, ohne dass mein Schädel in die Luft geht oder die kleine Schmiede darin neues Eisen auf ihren Amboss bekommt.

„Ich habe auch schon in der Datenbank nachgesehen, aber in der Region sind keine weiteren Personen als vermisst gemeldet.“

„Ruf bei den anderen Revieren an. Nicht jeder wird bei uns in die Datenbank eingegeben. Oft kriegen wir ja nicht mal Meldung, wenn wer vermisst wird. Meistens sind es Ehepartner, die durchgebrannt sind. Oder Jugendliche, die in Wien die Sau raus lassen. Die meisten kommen eh wieder, wenn das Geld aus ist. Oder sie wieder nüchtern sind. Was meistens einhergeht. Frag bei den Polizisten persönlich nach, ob sie was gehört haben – erst mal ganz inoffiziell“, rate ich der Annelise.

„Ach, das werde ich nicht machen. Für das haben wir doch jetzt dich“, feixt sie zurück. Viel zu laut.

„Schadenfreude, dein Name ist Weib. Wie machst du das nur? Ich mein, du hast gestern fast gleichviel wie ich getrunken und bist im Vergleich eine halbe Portion. Nicht mal, eine Viertel Portion“, korrigiere ich mich schnell, Mann soll das Gewicht von Frauen ja eher niedrig schätzen.

„Liegt vermutlich an meinem Stoffwechsel. Ich kann essen und trinken was ich will. Nach einem kleinen Dauerlauf ist alles verbrannt.“

„Du warst heute schon laufen?“ stöhne ich alleine bei der Vorstellung. Allerdings nicht so von der wohligen Art, wenn ich an das Holz von der Annelise denk und wie sie beim Laufen… Nein, eher der Kopf. Auf und ab, bei jedem Schritt. Auf und ab. Gerade rechtzeitig lenke ich mich ab, bevor ich zum Klomuscheltaucher werd.

„Nur eine kleine Runde über den Hausberg, um nach dem Rechten zu sehen. Kurt hat mir meine Laufsachen aus Wien mitgenommen. Ich habe übrigens die Streifenpolizisten nach Hause geschickt. Es ist ja jetzt die Spusi wieder oben.“

„Sonst noch was Neues oder kann ich jetzt meinen Kaffee austrinken. Überleg´s dir gut, dann passiert auch keinem was!“

„Ich muss sowieso los. Wir treffen uns dann im War Room. Kontaktiere die anderen Polizisten und höre dich um, ob noch mehr Frauen verschwunden sind.“ Und weg ist die Annelise. Wie ein blonder Wirbelwind rauscht sie aus der Tür, dass diese scheppert.

Ich nehm den letzten Schluck aus meinem Häferl und schenk mir nach. Entgegen vieler anderslautender Gerüchte kann man nicht zuviel Kaffee trinken. Ab fünf Tassen ist er sogar vorbeugend gegen Alzheimer. Hab ich gelesen. Hab nur vergessen, wo.

Bevor ich mich auf den Weg in´s Revier mache – ich fahr, schließlich ist das Dienstauto vor der Haustüre geparkt und wer sollt mich schon kontrollieren? – fangen mich meine Drei Mäderl mit bedeutungsschwangeren Blicken ab. Und zwar wirklich mit den Blicken. Ich kann nicht anders als „Was?“ zu fragen.

„Franzl, wir müssen reden, Bua“, beginnt meine Mama.

„Aber nicht jetzt. Ihr habt´s die Annelise gehört. Ich muss arbeiten.“

„Doch. Jetzt. Dauert auch nicht lange, wenn du ruhig bist. Am Abend bringt´s ja nix, da bist ja immer unterwegs. Und zum Mittagessen ist das Fräulein Annelise wieder dabei. Und wir müssen mit dir allein reden.“

„Na, meinetwegen“, ergebe ich mich gottergeben in das Unvermeidliche. Wenn sich die Drei was in den Kopf gesetzt haben, kämpfen selbst Götter vergebens gegen ihre Sturheit. Und von einem Gott bin ich kilometerweit entfernt. Sogar von einem kleinen. Naja… Ist so eine Redensart halt. Gott ist ja überall, wie dir jeder Pfarrer bestätigen wird. Nur nicht dort, wo Frauen das Herz rausgeschnitten und der Kopf abgesäbelt wird. Da schaut er nicht hin. Wahrscheinlich graust ihm.

Immerhin komm ich so noch zu einem Kaffee und dem letzten Stück Gugelhupf, das der Annelise wie durch ein Wunder entgangen ist.

„Franzl, ich will´s kurz und schmerzlos machen: Du weißt, unsere Familie ist schon ewig in der Gegend da daheim, oder?“

Ich nicke nur zur Bestätigung, hab ja noch den Mund mit Gugelhupf voll. Und mir gegenüber sitzen die Frauen, die mir beigebracht haben, nicht mit vollem Mund zu sprechen.

„Und nicht nur das. Wir sind die älteste Hexenfamilie im weiten Umkreis. Wir kümmern uns um unsern Teil der Buckligen Welt. Normalerweis wird immer die älteste Tochter zur Hexe ausgebildet. Aber da du nix dergleichen in Richtung Tochter getan hast, bist jetzt du dran."

Immerhin… ich red nicht mit vollem Mund – ich spuck´s vorher aus. Und zwar vor Überraschung über den ganzen Tisch. Nur ein Teil steckt mir noch in der Gurgel. Bevor ich überhaupt unter den tadelnden Blicken meiner Drei Mäderl reden kann, nehm ich noch einen Schluck Kaffee.

„Mit was dran?" frag ich, obwohl´s mir eh schon schwant.

„Wir haben dich schon vorgewarnt. Du bist der letzte Ebner. Es muss immer eine Ebner-Hexe hier geben."

„Ähh… Mama, mir ist schon klar, mit dem ganzen Genderzeugs und Intergeschlechtlichkleit und so, das ist ja heut modern… aber ganz ehrlich: Ich werd keine Hexe. Weder biologisch noch anders."

„Doch, du wirst. Also, zumindest bringen wir es dir bei. Ob du dann wirklich ein Hexer wirst... Na, ein paar von uns haben eh ihre Zweifel. Das schafft nicht jede und jeder schon gar nicht."

„Ein paar von euch Drei?" Trotz allem kratzt das an meinem Stolz.

Mama seufzt: „Eigentlich eh wir alle, aber du bist mein Bua, ich muss es dir zutrauen."

Kennst du so Situationen, in denen du dir wünscht, nie gefragt zu haben?

Unbeirrt redet… droht meine Mama weiter: „Solltest trotzdem zuschauen, dass du noch Nachwuchs kriegst. Wir haben dich ja nicht verkuppeln dürfen"

Wenn du glaubst, es kann nimma peinlicher werden, dann kommt meine Mama daher.

„Das geht euch gar nix an!“ grolle ich zurück.

„Doch schon. Aber das könn ma auch später noch klären. Also, wie versprochen: Ich halt mich kurz. Ab morgen fangt deine Lehre als Hexe an.“

„Ihr spinnt´s doch.“

„Wenn wir´s dir doch sagen.“

„Träumt´s weiter. Ich werd keine Hex und damit basta. Wenn, dann werd ich Hexenmeister und ihr wisst, wie ihr mich dann anreden dürft´s! Außerdem muss ich arbeiten.“

„Deine Kollegen kannst vom Handy aus anrufen. Die restliche Rennerei können andere übernehmen“, bestimmt meine Oma.

„Du wirst eh genug rennen“, setzt Urli nach.

Bevor ich frag kann, was sie mit der kryptischen Meldung meint, fängt meine Mama an: „Detox soll ja jetzt sehr modern sein. Richtig ‚in‘, oder?“

Verblüfft von dem Themenwechsel weiß ich gar nicht, was ich sagen soll. Dass meine ähh… Hexenausbildung vom Tisch ist, glaub ich keine Sekunde. Dazu kenn ich die drei Furi... Mäderl zu gut.

„Hab ich schon immer g´sagt: Was reinkommt, muss auch wieder raus. Ist gesund“, erklärt Urli.

„Regelmäßig ordentlich durchputzen hält jung und gesund“, stimmt Oma zu. „Aber die Tees… da gibt’s besseres.“

„Ich find die Rhabarberwurzel wirkt am besten. Dazu ein paar Flohsamen… und ab geht die Post“, erklärt Urli in meine Richtung. Ob das schon Teil der Ausbildung ist?

„Ich mag ja die Rinde vom Faulbaum. Allerdings muss

man die mit anderem mischen, sonst stinkts zu sehr“, entgegnet Oma und lässt einen bedeutungsvollen Blick auf den Rest vom Gugelhupf in meiner Hand folgen.

„Stinken tut´s auf jeden Fall“, kichert Mama nur.

Perplex muster ich den Rest vom Restgugelhupf in meiner Hand.

„Braucht gar nicht viel. Ein bissal reicht. Vor allem, wenn alle drei Kräuter und noch ein paar andere richtig zusammengemischt werden. Und wirkt schnell.“ Das liebenswürdige Lächeln meiner Oma wird durch ein schelmisches Funkeln in ihren Augen verraten. „Schmeckt der Gugelhupf? Den haben wir extra für dich g´macht. Der Rest steht noch in der Speiß. Solltest aber nicht zu viel davon essen. Nicht auf einmal…“

Während ich noch den Gugelhupf vorsichtig mustere und daran rieche, spüre ich, wie in meinem Inneren einiges in Bewegung kommt. Ich schau auf und seh in das liebenswürdige… nein, inzwischen versuchen die Drei Mäderl gar nicht mehr, liebenswürdig zu lächeln. Schelmisch. Hinterhältig. Das Lächeln von einem irren Giftmörder. Das umspielt ihre Lippen und der Schalk in ihren Augen macht mir Angst.

Das Rumpeln in meinen Innereien wird drängender – und lauter.

„Kommt da ein Erdbeben?“ fragt Urli jetzt wieder mit einer Miene reinster Unschuld.

„Na, ist nur ein Lastwagen.“ Oma.

„Bei uns? Kann net sein. Vielleicht ist´s ja ein Vulkan vorm Ausbruch? Wär wahrscheinlicher.“

Inzwischen steht mir der Schweiß auf der Stirn und das Rumpeln lässt sogar den Tisch beben.

„Ich glaub, wir sollten dem Franzl aus dem Weg

gehen“, meint Mama kurz bevor ich aufspring und in Richtung Klo renn.

Durch die Tür hör ich noch: „Und das kannst jeden Tag, bei jedem Essen haben, wennst nicht machst, was wir dir sagen. Und verwend dann den Raumspray.“

Die meisten Herzinfarkte gibt´s angeblich am Klo. In der Früh, der Kreislauf ist noch nicht so richtig oben, hart gepresst – Zack. Vorbei ist´s. Ziemlich beschissener Tod, und entwürdigend. Grad mit runtergelassener Hose gibt´s schönere Tode. Der Tod ist auch mein ständiger Begleiter in den nächsten Stunden. Nicht meiner. Ich stell mir vor, was ich mit meinen Drei Mäderl mach, wenn – falls – ich wieder vom Porzellanthron runterkomm. Ich schaff grad noch, meine Kollegen anzurufen und sie zu bitten, mir Infos zu vermissten Frauen auf meine Mailadresse zu schicken. Dabei muss ich aber immer wieder auf Stumm schalten.

Zu Mittag kommt auch die Annelise wieder vorbei. Ich hör durch die Tür, wie die Oma mich entschuldigt und meint: „Der muss was Schlechtes gegessen haben.“ Ich schwör dir, ich bring… ich… wär jetzt gern kurz allein.

Nach Mittag beruhigt sich der brodelnde Vulkan, der meine Innereien in Brand gesetzt hat wieder und ich kann zumindest bis in die Küche. Weiter trau ich mich noch nicht, ich bin kein begnadeter Sprinter.

„Ihr alten Hexen, ihr… ihr…“, fang ich an zu schimpfen, mir fehlen aber die Worte. Stundenlang hab ich mir was überlegt, aber jetzt ist´s weg.

„So alt bin ich auch noch nicht“, meint Mama in aller Seelenruhe, Oma setzt mit „Zumindest nicht zu alt“ nach und Urli meint nur: „Stimmt, und?“

Kopfschüttelnd will ich ihnen eine Moralpredigt halten, leider setzt sich das Schütteln im Bauch fort und löst was aus.

Kann sein, dass meine Moralpredigt durch die Klotür nicht ganz die Wirkung hat, die sie haben sollte. Vielleicht sind die Drei Mäderl auch einfach fortgegangen, statt sich meinem berechtigten Zorn zu stellen. Als ich wieder – mal – in die Küche komme, scheinen sie von meinem Leid nicht sehr berührt und auch nicht vor Schuld am Boden zerknirscht zu sein.

Stattdessen werd ich von Mama mit „Die Annelise war da. Es gibt anscheinend Neuigkeiten. Du sollst in euren War Room kommen, sobald es dir besser geht. Also, reiß dich z´samm und ab mit dir. Ich schreib dir keine Entschuldigung." Als ob sie mir jemals eine Entschuldigung geschrieben hätt. Die musst ich mir in der Schule immer alle selber fälschen.

Ich unterdrücke den Impuls, bald vom Prohaska als Muttermörder verhaftet zu werden, heroisch und schmeiß mich in frische Unterwäsche.

KAPITEL 22

Im War Room am Revier herrscht eine rege Betriebsamkeit. Zumindest für die normalen Verhältnisse von meinem Revier. Zum Beispiel sind mehr als drei Leute gleichzeitig anwesend, was wohl den Personenrekord aufstellt. Richtig kuschelig ist es. Was mir gar nicht recht ist. Aus der Bauchregion dringen immer noch verdächtige Geräusche und ich würd keinem raten, zwischen mich und die Klotür zu kommen. Deshalb postier ich mich auch in der Nähe vom Ausgang, da ist´s im Notfall nicht so weit. Außerdem – auch wenn der Prohaska und ich gestern ein Bier miteinander getrunken haben, ohne uns die Gurgel zu zerfleischen, heißt das noch lange nicht, dass unser Kriegsbeil begraben ist. Er fühlt sich sicher sicherer, wenn er – genauer gesagt, seine Nase – außer Reichweite von mir ist. Vor allem zur Zeit zu Recht, wie ich gestehen muss. Und ich fühl mich sicherer, wenn er wieder in Wien ist.

Der Herr Kriminaler gibt uns das Briefing. Wie sich herausstellt, haben die Leichenhunde noch mehr gefunden. Die Hinterseite von unserm Hausberg ist zu einem richtigen Massengrab geworden. Zu den drei mir bisher bekannten Leichen sind ja noch zwei weitere dazugekommen. Alle weiblich, alle ohne Herz und drei auch ohne Kopf.

„Warum war bei der letzten noch der Kopf dran?" fragt einer der Uniformierten.

„Wir vermuten, dass der Täter gestört wurde. Es gibt Anzeichen, dass der Täter versucht hat, den Kopf abzutrennen. Auch der einzelne Kopf konnte inzwischen einem Körper zugeordnet werden. Es dürfte sich nach bisherigem Wissensstand um das erste Opfer handeln. Der Täter scheint sein Vorgehen bei ihr noch… äh… erprobt und anschließend verfeinert zu haben. Bei Serientätern nicht ungewöhnlich."

„Heißt das, dass der Karli nicht mehr unter Verdacht steht? Der hätt sich ja nicht selber gestört und mich erst später angerufen", vergewissere ich mich.

„Nicht zur Gänze. Er könnte auch durch jemand anderen gestört worden sein und hat dich angerufen, damit du ihm ein Alibi gibst. Er konnte ja nicht wissen, dass er nicht gesehen wurde", dämpft Prohaska meine Hoffnungen. Allerdings fügt er mit einem Seufzen dazu: „Aber es ist unwahrscheinlich. Wäre der Herr Karli von jemand anderem gestört worden, hätte sich diese Person bereits gemeldet. Unsere Aufrufe waren nicht zu übersehen." Kurz frage ich mich, ob dem Prohaska klar ist, was er da mit den zu sehenden Aufrufen verzapft hat, beschließe allerdings das Kriegsbeil begraben zu lassen. Vorerst. Außerdem sind die Aufrufe vom Prohaska eh untergegangen – ich hab keine gesehen oder gehört. Ist auch nicht nötig, wir haben unser Wirtshaus.

„Drei kopf- und herzlose weibliche Leichname, zwei weitere, bei denen nur das Herz fehlt. Soweit der Gerichtsmediziner es bisher sagen kann, liegt aber kein sexuelles Motiv vor. Auch die Todesursache ist nicht immer eindeutig. Einige Blutwerte und Würgemale an den gefundenen Köpfen deuten auf Ersticken hin. Strangulation, das konnte aber noch nicht endgültig verifiziert werden. Ein Stich in das Herz wäre natürlich auch eine Möglichkeit, ich vermute aber, dass der Täter das Herz unbeschädigt haben wollte. Laut Gerichtsmedizin deutet die Anordnung der Schnitte darauf hin. Warum… darauf haben wir – noch – keine Antwort. Ich habe allerdings vor, unseren Täter persönlich zu fragen. In mindestens einem Fall geht die Gerichtsmedizin davon aus, dass der Frau die Kehle durchtrennt wurde. Aber auch hier ist es nicht mit Sicherheit zu sagen, da das Abtrennen vom Kopf eventuelle Hinweise verdeckt. Genauso bei der Strangulation.“

Der Prohaska lässt seinen Blick durch den Raum wandern. „Ihr könnt euch vorstellen, dass die oberen Etagen in Wien und der Staatsanwalt nicht gerade erfreut sind. Vor Ort haben wir noch Glück, da der Bürgermeister von Brand gerade im Urlaub ist. Auch ist bisher nichts zur landesweiten Presse durchgesickert. Was für sich alleine genommen schon ein mittleres Wunder ist. Es wird aber nicht lange dauern und dann wird nicht nur die lokale Presse auf der Matte stehen. In Abstimmung mit Wien verhängen wir daher ein Auskunftsverbot. Nur der Staatsanwalt informiert gegebenenfalls bei Pressekonferenzen, ansonsten heißt es ‚Maul halten‘. Haben das alle verstanden?“ Beim letzten Satz verweilt sein Blick auf mir. Als ob ich ein Plappermäulchen wär. Ich gebe mir daher auch alle Mühe, entsprechend entrüstet aus der Wäsche zu schauen.

Über die Identität der Toten können wir bisher nur Folgendes sagen: Das erste gefundene Opfer ist eine gewisse Andra Fehr aus Rumänien. 24 Jahre alt, 24-Stunden Pflegekraft. Wurde das letzte Mal gesehen, als sie von ihrem Patienten, einem Herrn Kollowitz, aufgebrochen ist, um noch die Kirche zu besuchen. Sie scheint gläubige und praktizierende Christin gewesen zu sein. Dann haben wir noch die Wanderin, Alexandra Herzog, 29 Jahre, aus Wien. Sie wurde zum letzten Mal gesehen, als sie vom örtlichen Wirtshaus, in dem sie sich gestärkt hat, wieder aufgebrochen ist. Ich habe heut bereits mit dem Wirt gesprochen, er hat sie zweifelsfrei wiedererkannt. Sie wollte über den Hausberg zum Türkensturz, weiter nach Seebenstein um von dort den Zug zurück nach Wien nehmen. Genaueres steht im Bericht. Die restlichen Toten konnten noch nicht identifiziert werden."

Das ist jetzt der Zeitpunkt, an dem ich das Briefing verlassen muss. Dringend. Unter den missbilligenden Blicken von Prohaska versuche ich, mich möglichst leise aus dem War Room zu schleichen. Auf das Leise verzichte ich allerdings fast Augenblicklich zugunsten von schnell.

Als ich zehn Minuten später wieder einigermaßen einsatzbereit bin, ist das Briefing immer noch im Gange. Bevor ich mich wieder anschließe, checke ich meine Emails. Tatsächlich haben die Kollegen von den umgebenden Revieren schon zurückgeschrieben.

Zurück im War Room bemerkt Annelise meine besorgte Stimmung als erste: „Was ist passiert?"

„Wie ausgemacht, hab ich mich in den benachbarten Revieren umgehört, ob noch mehr Frauen vermisst werden. Ich hab auch nachgefragt, ob es Meldungen von Spannern oder Belästigungen gegeben hat."

Damit hab ich die Aufmerksamkeit vom ganzen War Room. Ich atme tief durch.

„In den letzten zwei Monaten sind zwei Frauen im Raum Kirchschlag vermisst worden. Und eine aus Schwarzenbach."

Prohaska wird blass: „Sind das unsere Leichen oder drei weitere mögliche Opfer? Verdammt, wie kann das sein? Warum hat keiner was mitbekommen?

„Verschiedene Zuständigkeiten. Außerdem sind in zwei Fällen die Vermisstenanzeigen zurückgezogen oder auf Eis gelegt worden. Es sind nämlich noch SMS gekommen, in denen die Vermissten erklärt haben, dass sie einfach die Nase voll hatten und abgehauen sind." Ich seh, wie der Raum aufatmet. Es kommt nicht so selten vor, dass gerade junge Leut einfach den Hut drauf schmeißen und im Ausland, wie etwa Wien, ihr Glück versuchen. Leider kann ich meinen Kollegen es nicht ersparen: „Schon komisch, wenn jemand zum Joggen geht und mit total verschwitzten Klamotten und ohne alles das Weite sucht, oder?"

„Das… wäre wirklich ungewöhnlich. Und der andere Fall?" klammert sich Prohaska an einen Strohhalm.

„Eine Wanderin. Die hat immerhin auch ihr Geldbörsl dabei gehabt. Aber wenn so ein Handy nicht gesperrt ist… Wer weiß denn, wer die SMS gesendet hat?"

„Das klingt gar nicht gut, Eiserner. Gar nicht gut."

Annelise schaut auch schockiert und mit einem unheilvollen Blick in meine Richtung meint sie: „Das wären dann fünf bestätigte Tote und eventuell acht." Sie hat auch mitgehört, was meine Drei Hexen zu Haus über die Herzlfresser erzählt haben. 1-3-7-9 – Heilige Zahlen. Spielglück, Unsichtbarkeit, Wetterkontrolle und dann? Unsterblichkeit? Wenn…. Ich denke ganz bewusst, wenn… es denn stimmen würd, dann könnten wir ein leichtes Problem haben. Also… ein noch größeres, als wir eh schon haben. Aber wir müssten nur mehr mit einer Leiche rechnen. Vier, genau genommen, drei müssten ja erst gefunden werden. Zumindest, wenn die drei… Ich merk selbst, wie makaber meine mathematischen Gedankenspiele sind und konzentrier mich wieder auf den Prohaska.

Der hadert immer noch mit dem Schicksal.

„Prohaska, wir brauchen noch die Bestätigungen. Vielleicht bekommen wir ja die Genehmigung, die Handys der Vermissten zu... tracken." Leicht fallen mir solche

Worte nicht und nur langsam erinner ich mich, was ich in den verschiedenen Fortbildungskursen darüber gelernt hab. Das Handy verfolgen und Handy am Steuer lässt bei mir gewisse Bilder entstehen. Wilde Verfolgungsjagd durch die Straßen von Wien, im vorderen Auto ein Handy, das mit kleinen Armen lenkt und versucht, mit der Kamera über das Armaturenbrett zu sehen. Hab ja selbst keines dieser Dinger, die dir sogar dein Backhenderl braten und dein Bier mit dem Korkenzieher aufmachen. Smartphones. Ich bin der Meinung, das Smarte sollt zwischen den Ohren sitzen und nicht ausgelagert werden.

„Gute Idee. Ich werde mich sofort mit dem Staatsan... Wenn ich es mir genauer überlege… Liserl, übernimmst du das? Ich denke, da sind die Chancen höher, dass wir die Genehmigungen bekommen.“ Kaum zu glauben, dass der Prohaska zu solch taktischen Überlegungen fähig ist. Oder hat er Angst vorm Staatsanwalt?

„Sind die Leichenhunde noch da?“ frag ich. „Wenn ja, sollten wir das Suchgebiet erweitern.“

„Die ganze Bucklige Welt ist zu groß für die Leichenhunde, wir müssten eingrenzen. Aber erst morgen, sie sind jetzt schon fix und fertig und brauchen Ruhe. Wir können sie frühestens morgen gegen Mittag wieder einsetzen“, erklärt ein mir Unbekannter. Wie sich herausstellt ist er einer der Hundeführer.

„Können wir nicht einen Hubschrauber mit Thermoskamera anfordern?“ wagt einer der Uniformierten zu fragen. Der Prohaska wechselt nur einen Blick mit mir.

„Du meinst Thermo. Thermos ist ein Unternehmen. Markenrechtlich geschützt. Und denk mal nach… Leichen und Wärmebilder?“ putzt ihn Prohaska nieder. Der Uniformierte bekommt einen roten Plutzer und sagt für den Rest des Briefings kein Wort mehr.

Dann werden noch die Aufgaben verteilt. Schon

interessant, aber auch wenn die Ermittlungen hektisch verlaufen… irgendwie gibt´s gar nicht soviel zu tun. Vor allem wenn keine Zeugen befragt werden müssen, weil´s keine gibt. Wenn gewartet werden muss, was die Gerichtsmedizin oder die Spurensicherung noch findet. Wenn du die Laufarbeit an Uniformierte abgeben kannst, die dann Klinkenputzen gehen. Gut, eigentlich bin ich einer der Uniformierten für die Laufarbeit, aber nachdem ich erklärt habe, wie meine Laufarbeit am Vormittag ausgesehen hat, werde ich noch ein wenig geschont.

„Steck uns nur nicht an", meint der Prohaska.

Vielleicht sollt ich ihn auf ein Stück Gugelhupf einladen?

Annelise setzt sich mit dem Staatsanwalt wegen der Handyüberwachung oder genauer gesagt der Bewegungsdaten der Vergangenheit in Verbindung und gemeinsam mit dem Prohaska fahr ich sie dann nach Kirchschlag. Sie wollen sich vor Ort ein Bild machen und mit den Kollegen reden. Vielleicht findet sich ja im Umfeld der Vermissten irgendein Hinweis. Strohhalme…

Ich gesteh, normalerweis würd ich die Fahrt mit der Annelise genießen. Wenn erstens der Prohaska nicht mit wär und zweitens mein Bauch eine Ruh geben tät. Kirchschlag ist eine wunderschöne Ortschaft, idyllisch gelegen. Der Weg dahin wird aber zum Höllentrip. Zumindest für den Prohaska und die Annelise. Auch wenn sie alle Fenster weit aufmachen, so schaut der Prohaska aus, als ob er gleich aus dem fahrenden Auto springen würd. Ich denk, er bereut schon, dass er mich zum Fahrer ernannt hat. Naja, hätt er halt gestern weniger saufen sollen. Bei mir ist der Alkohol – wie alles andere auch – schon lange durch. Rhabarber und was weiß ich sonst noch sei Dank. Die Dankbarkeit empfinden meine Mitfahrer aber nicht. Mir ist es ja selbst schon ziemlich peinlich, vor allem vor der Annelise und so. Aber was soll ich machen? Und um ehrlich zu sein… das befreiende Gefühl, wenn so… na, du weißt schon… da bleibt nur wenig Platz für Peinlichkeit.

Grad als wieder eine waffenfähige Duftwolke von mir aufzusteigen beginnt, biegen wir um die letzte Kurve und sind endlich in Kirchschlag.

Ich hab noch nicht ganz gehalten, da springt der Prohaska schon raus und meint nur noch: „Mensch, Eiserner. Du solltest deine Ernährung umstellen. Das ist ja…"

Selbst Annelise, die die ganze Fahrt über verdächtig ruhig war – vielleicht hat sie die Luft angehalten? – meint, ich sollte mich mal von meinen Mäderln untersuchen lassen. Die würden sich doch mit Kräutern auskennen, vielleicht könnten sie mir was gegen…. Äh… ja… halt was dagegen geben.

Ich verschweig ihr, dass die Drei mir was dafür gegeben haben. Sonst handelt sich unsere Familie noch eine Anzeige wegen schwerer Körperverletzung und versuchten Gift(gas)mord ein.

Wir werden schon von den Kollegen erwartet. Als sie sehen, wie Prohaska und Annelise aus dem Auto springen, wandern ihre Hände unwillkürlich Richtung Holster, verharren aber, als sie die Gesichtsfarbe der beiden sehen. Klugerweise treten sie auch nicht näher an unser Auto, sondern warten, bis wir ihnen entgegenkommen.

Manche sagen ja, Kirchschlag ist der südlichste Ort Niederösterreichs. Naja, ich kann nicht behaupten, dass ich mich dadurch irgendwie besonders oder privilegiert fühle, wo ich da so rumsteh. Ist ja nicht so, dass dahinter die Welt zu Ende wär oder zumindest die Zivilisation (Ja, ich weiß, da streiten noch die Experten drüber. Ich aber mag die Steirer. Außerdem weiß jeder, das Ende der Zivilisation liegt im Norden, die Grenze heißt Donau.

Weiter wollten ja nicht mal die Römer!).

Leider können die Kollegen uns auch nichts Neues sagen. Zwei Frauen werden vermisst, seit vier beziehungsweise sechs Wochen. Die Frauen haben einfach ihr Zuhause verlassen. Die Eine, um zu joggen, die Andere, um in die Kirche zu gehen. Beide sind sie nicht mehr gesehen worden. Natürlich haben ihr Ehemann, beziehungsweise ihr Freund (zwei unterschiedliche Personen, möchte ich da noch anmerken!), nach ihnen gesucht und waren auch bei der Polizei. Allerdings sind in beiden Fällen kurz nach dem Verschwinden SMS gesendet worden. Da kann dann die Polizei nicht viel machen. Die Kirchschlager Kollegen haben uns auch die Texte besorgt. Im Prinzip lauten beide gleich: Ich halt´s hier am Ende der Welt nicht mehr aus. Ich halte es mit dir nicht mehr aus. Ich versuche mein Glück in der Stadt. Gott mit dir. Die Angehörigen haben natürlich versucht, zurückzurufen. Aber ohne Erfolg. Ist keiner rangegangen beziehungsweise waren die Handys aus.

Abgesehen von der stilistisch grauenhaften Angewohnheit, jeden Satz mit „Ich“ zu beginnen, sind mir die beiden Texte zu gleich. Es wird auch nichts Persönliches mitgeteilt. Und Gott mit dir? Ich glaub nicht, dass sowas junge Menschen noch sagen, geschweige denn schreiben. Bei uns halt. In Bayern kann die Sach schon anders ausschauen. ‚Gott mit dir, du Land der Bayern, deutsche Erde, Vaterland!‘ sag ich nur.

Wir beratschlagen mit den Kollegen, entscheiden aber, dass eine Suchaktion ohne das Gebiet eingrenzen zu können, sinnlos ist. Ich hoffe, du verstehst, dass wir von der Polizei in vielen Fällen einfach machtlos sind. Kaum zu glauben, oder? Aber es stimmt. In manchen Fällen binden uns die Gesetze selbst die Hände, in manch anderen Fällen das Budget oder technische Möglichkeiten. Es ist einfach nicht möglich, mit genügend Leuten und Ausrüstung die gesamte Bucklige Welt zu durchsuchen.

Klar werden auch in Wien Kollegen nach den Vermissten suchen, jetzt gibt´s ja auch einen akuten Anlass. Aber dass sie die finden werden... Naja, daran glaubt bei uns keiner mehr so recht.

Aber wir haben jetzt doch einige Telefonnummern und werden unser Glück bei den Mobilfunkanbietern versuchen. Die können uns hoffentlich sagen, wo die Handys der Vermissten zum letzten Mal im Netz waren. Dass der Täter sie immer noch hat und sie immer noch aktiv sind und wir so die Adresse des Täters bekommen – darauf wagt eh keiner von uns zu hoffen. Jedem, der ein paar Filme schaut wird schnell klar, dass sogar der Akku raus sollt, wenn man nicht gefunden werden will. Allerdings möchte ich da auf ein kleines Problem hinweisen. Hast du gewusst, dass drei bis vier Punkte reichen, um ein Bewegungsprofil einem Menschen zuordnen zu können? Wenn du also jeden Tag so deine üblichen Besorgungen machst, und damit unterschiedliche Handymasten passierst und dort eingeloggt wirst… dann reichen den Ermittlern drei Punkte, um den Rest ebenfalls dir zuordnen zu können. Da nützt dir auch ein Wechsel auf ein Prepaid-Handy nix mehr. Bei Fingerabdrücken brauchst du 11 Punkte, um den Abdruck eindeutig einer Person zuordnen zu können. Irre, oder? Wenn man als Ermittler nur an die Daten rankommen würde. Und ob es uns was helfen würde? Ich vermute, das funktioniert vielleicht in der Stadt. In Brand haben wir zum Beispiel Empfang von einem einzigen Mast (und den nicht überall). Mein Bewegungsprofil schaut da sicher nicht sehr agil aus – und ich fahr noch regelmäßig rum. Und das von meinen Drei Mäderl… Da kommt nur ein einziger Bewegungspunkt z´samm. Aber vielleicht funktioniert es auch mit Empfang-kein Empfang-wieder Empfang–Mustern. Ich finde, es ist auf jeden Fall einen Versuch wert. Wenn die Bewegungsmuster der Handys der vermissten Personen zu sehr übereinstimmen, können wir immerhin davon ausgehen, dass sie wirklich zu Opfern wurden.

Dass der Vorschlag von mir kommt, scheint alle Anwesenden zu überraschen.

„Was? Habt´s ihr das nicht gewusst?“

„Ich bin nur überrascht, dass du dich damit auskennst. Wenn ich mir dein… ist das ein Handy oder ein Kohlebrikett?“

„Nur, weil ich nicht jeden Firlefanz mitmach, muss ich ja nicht von gestern sein. Warum ein voll funktionstüchtiges Handy wegschmeißen, nur um dann einen Haufen dieser Apps, die ich eh nicht brauch, zu kriegen. Mein Akku hält locker über eine Woche.“ Sowohl der Prohaska als auch die Annelise müssen ihre Dinger, die aus einem Science-Fiction Film stammen könnten, jeden Tag aufladen. Und die Annelise scheint mir mit ihren Kabeln ein bissal schusselig zu sein.

„Wenn du´s auch nie bei dir hast…“ Autsch, da hat der Prohaska nicht ganz unrecht. Ich geb zu, da könnte ich mich ein wenig bessern. Aber was solls: Wenn ein Notfall eintreten sollt, wissen die Leut eh wo sie mich finden. Am Revier, zu Haus oder beim Robert. Und unser Dorfklatsch funktioniert schneller als der Verbindungsaufbau beim Handy. Von wegen, nichts ist schneller als das Licht. Ich glaub ja, dass wir von Brand ein Quantensystem sind und untereinander verschränkt – mit unlimitierter Bandbreite am Informationskanal. Aber nicht weitersagen, sonst wird unser Dorf von Physikern überrannt. Und Physiker… das sind die schlimmsten. Ich mein, Mathematiker wissen, dass sie unbeliebt und nutzlos sind, aber Physiker glauben, sie können dir die Welt und das Universum erklären. Dabei weiß doch jeder: Sowas kann nur ein ordentlicher Wirt. Und mit jedem Bier erklärt er dir´s einleuchtender.

„Sei mir bitte nicht bös, Franz, aber eigentlich dachte ich... naja, du wärst sowas wie ein Technologie-

Neandertaler.“

„Bald ausgestorben?“ frag ich die Annelise mit einem Zwinkern zurück.

„Technologisch gesprochen… nur technologisch gesprochen. Irgendwann wird auch dein Riesenteil da kaputt werden.“

„Mit meinem Teil ist alles in Ordnung und ich bin ein Mann in den besten Jahren. Aber lieb, dass du dir um mein Teil Sorgen machst.“

Während die übrigen Anwesenden nur mühsam ein Lachen unterdrücken können, schaut die Annelise etwas verwirrt drein. Interessiert beobachte ich sie.

„Was? Was grinst ihr…“ Plötzlich verstummt sie und ihre Gesichtsfarbe ändert sich in Richtung Hummer. Jetzt ist der Groschen… Cent bei ihr gefallen.

„Ähh... Nein, ich mein… dein ‚Teil‘... ist mir… ach, ihr seid blöd.“

Mit der immer noch rosig ausschauenden Annelise und weit geöffneten Fenstern fahren wir wieder nach Brand.

Unterwegs besprechen wir die nächsten Maßnahmen. Die örtlichen Kollegen sollen versuchen, von den Vermissten Genmaterial zu bekommen. Dann können wir eindeutig feststellen, ob es sich bei den Opfern um die vermissten Frauen handelt. Dabei können sie auch gleich nochmal die Angehörigen befragen – vielleicht hat sich ja eine gerührt. Fotos haben wir danke der Vermisstenanzeigen und unserer Kollegen schon. Die werden wir auch in Brand rumzeigen, anscheinend sind wir das Zentrum der Morde. Irgendwer muss ja irgendetwas gesehen haben. Und der Prohaska wird versuchen, die notwendigen Beschlüsse für die Beschaffung der Handydaten zu bekommen.

Als wir ankommen, hat sich die Gesichtsfarbe von der

Annelise wieder normalisiert, die vom Prohaska dagegen ist ziemlich blass.

„Das war das letzte Mal, dass ich mit dir im Auto gefahren bin, Eiserner. Ich schwör dir, ich habe gesehen, wie einige Vögel tot vom Baum gefallen sind.“ Während er spricht, saugt der Prohaska gierig unsere gesunde Landluft ein.

Blöd, dass grad heut die Felder rund um Brand gedüngt worden sind.

KAPITEL 23

In Brand stürzen sich dann auch gleich drei Abfangjäger auf mich. Wie unsere Abfangjäger, die Draken und Eurofighter, verbringen sie zwar die meiste Zeit am Boden, aber wenn sie auf ihren Besen abheben, dann sind meine Drei Mäderl eine furchteinflößende Erscheinung. Natürlich fliegen sie nicht auf Besen daher, auch wenn sie Hexen sind. Haben wahrscheinlich keine Flugerlaubnis.

„Du kommst mit, Bua", sagt meine Mama einfach.

„Auweia, Eiserner, was hast denn angestellt? Soll ich dich in Schutzhaft nehmen?" frotzelt der Prohaska.

„Du hoit´st schön dei Papp´n", schnauzt Urli ihn an, während sie alle Drei ihn anstarren wie altersschwache Eulen. Ohne zu blinzeln. Das ist echt nicht schön. Ich war schön öfters am anderen Ende von den Blicken, da machst du dir fast in´s Hoserl. Jetzt tut mir der Prohaska wirklich leid.

„I hob goa nix g´mocht", rutscht mir raus und seh den Prohaska nicken.

„Wir reden. Jetzt!" ist alles, was mir meine Mama als Erklärung gibt. Ihre Miene verspricht dabei für die nahe Zukunft ein äußerst unerfreuliches Erlebnis für den hochverehrten Herrn Franz. Siehst du, ich brauch gar keine Hexenausbildung… ich kann auch so in die Zukunft sehen. Ganz ohne Teeblätter oder Karten. Und nutzen tut´s mir nix.

„Ja, Mama“, erscheint mir als am unverfänglichsten und damit bleibt meine geringe Hoffnung am Leben, mit dem Leben davonzukommen.

„Ach, Fräulein Annelise… wenn Sie möchten, können Sie gerne später vorbeikommen. Wir haben da einen Apfelkuchen… sogar mit Vanillesauce.“ Der plötzlich liebenswürdige Tonfall irritiert nicht nur mich.

„Na, da komm ich doch gleich freiwillig mit. Ist der Apfelstrudel eh von der Urli?“ freu ich mich über den plötzlichen Stimmungswechsel.

„Kuchen, Bua. Und ja, von der Urli. Und der ist für das Fräulein Annelise, du lässt deine Finger davon, verstanden?“

Ich bin perplex. Soll ich etwa verhungern? Der Schock lässt mich auch vergessen, dass ich zu einer Standpauke zitiert bin. Die plötzlichen Stimmungsschwankungen meiner drei holden Vorfahrinnen tun ihr übriges. Wechseljahre können´s bei ihnen ja nimma sein.

„Steh net rum und halt Maulaffen feil. Du kommst mit. Auf der Stelle.“ Auch Oma muss sich zu Wort melden. Und auch ihr Tonfall mir gegenüber ist ebenfalls nicht gerade von überschwänglicher Freundlichkeit geprägt.

Krampfhaft überlege ich, was ich angestellt oder falsch gemacht haben könnt. Aber eigentlich… mir fällt nix ein. Und um jetzt was zuzugeben… da bin ich schon zu lang Polizist. In so einem Fall ist es am besten, einfach Klappe zu und mal auf die Anschuldigung warten.

Die kommt aber erst, nachdem wir stillschweigend den Weg heim zurückgelegt haben und die Tür geschlossen ist. Anscheinend soll nicht jeder hören, was mir meine Drei

Mäderl zu sagen haben. Oder sie wollen keine Zeugen, wenn sie mir den Kopf abreißen. Allerdings… eigentlich ist das, was kommt, nicht mal eine Anschuldigung.

„Wir haben das mit den weiteren Vermissten gehört“, erklärt Mama und ich frag besser nicht, woher sie es wissen.

„Die Zeit drängt, wir fangen gleich mit deiner Ausbildung an.“

„Jetzt spinnt´s ihr schon total. Holt´s mich von den laufenden Ermittlungen weg, um mir euren Hokuspokus beizubringen? Was glaubt´s ihr denn, was das ist? Ein Spiel? Und was soll das für den Fall bringen, wenn ich nackert durch den Wald hüpf? Hm?“

„Ach, das nackig Tanzen machen wir schon lange nicht mehr“, klärt Uroma mich mit einem sehnsüchtigen Glanz in den Augen auf. „Die Knochen… und ganz ehrlich Franzl, du bist ein stattlicher Mann, aber zum Tanzen hast so viel Talent wie ein Nilpferd auf Rollschuhen. Das könn ma den Bäumen net antun.“

Ich bin mir nicht sicher, ob ich beleidigt oder erleichtert sein soll. Um meiner Magengeschwüre willen entscheid ich mich für erleichtert. Mit einem kleinen Teil sauer. Schließlich verlieren wir durch den ganzen Mumpitz wertvolle Zeit.

Also ob Mama meine Gedanken lesen könnt, sagt sie: „Die Annelise wird sich schon drum kümmern. Du hast Wichtigeres zu tun.“

„Mama, ich weiß nicht, wie ich´s dir sagen soll… aber auch wenn ich nicht nackert wie ein wildgewordener Goasbock durch den Wald springen muss… wir haben immer noch einen ganzen Haufen von Morden aufzuklären. Da gibt´s nix wichtigeres.“

„Und das sollst auch. Aber nach dem was wir wissen,

wirst mit deinem ganzen kriminaltechnischen Zeugs nicht viel weiterkommen."

„Aja, hab´s vergessen… der Täter ist ja schon unsichtbar. Da brauch ich aber nur ein Sackerl Mehl und der wird schon wieder sichtbar."

„Und außerdem kann er das Wetter beeinflussen…"

„Dann darf ich den Regenschirm net vergessen. Danke für die Erinnerung. Aber um ehrlich zu sein… des glaub ich auch nicht. So a lange andauernde Hitz haben wir ja noch nie gehabt… Vielleicht könnt ma mit ihm reden und er macht uns a bissal an Regen?"

„Bleib ernst Bua. Das ist net witzig."

„Ach Mama, du musst schon zugeben, dass eure Gschicht a bissal… ah… unglaublich ist!?"

„Es gibt mehr zwischen Himmel…"

„Jaja, hab auch von Shakespeare g´hört. Hab ich aber nie gelesen. Aber das? Schaut´s. Solang´s ihr nur eure Trankeln braut und dem einen oder anderen ein paar Kräutln zugsteckt habt´s, war ja nix dabei. Ja, klar, die Lebensmittelbehörde würd das anders sehen, aber wir brauchen ja net christlicher als der Papst zu sein. Aber wenn´s ihr euch in laufende Ermittlungen einmischt´s und wenn die Ermittlungen wegen eurer Spinnerei behindert werden, dann schaut die Sach schon anders aus. Und wenn´s wegen euren Spinnereien zu noch an Mord kommt…" Ich lass den letzten Teil wirken.

„Franzl, dass, was du als Spinnerei bezeichnest, ist blutiger Ernst. Glaubst, irgendein Verrückter kommt einfach daher und frisst ein paar Herzen? Weil´s so gut schmecken? Nur im Film und da auch nur mit Chianti. Aber da bei uns… Da steckt ein Ziel dahinter. Und wir wissen welches. Und glaub mir… uns… wenn wir dir sagen, dass an der Sach wirklich was dran ist. Der

Herzlfresser von Kindberg ist auch nicht einfach so auf die Idee kommen, weil halt grad Fronleichnam und er b´soffen war. Es hat damals mehrere von denen gegeben. Den Reininger hat´s erwischt. Der Rosegger beschreibt auch einen, den haben´s unschädlich g´macht. Aber erst nach der sechsten Frau. Das war schon knapp. Außerdem hat der Rosegger auch nur die Hälfte gewusst. Das waren nur die Fälle, die bekannt worden sind. Viel ist damals totgeschwiegen worden. Naja, net nur damals. Aber unsere Vorfahren… Unser Gedächtnis reicht weit in die Vergangenheit. Vor allem, weil wir nicht ganz unschuldig dran waren. Angefangen hat´s damit, dass eine deiner… Vorfahrinnen zu viel plaudert hat. So ist überhaupt erst mal bekannt worden, dass man mit den Herzen von Frauen mächtige Sprüche wirken kann. Herzen und Blut. Herzblut. Ob´s auch mit Männerherzen funktioniert… das hat nie wer ausprobiert…" belehrt mich Urli.

„Die müsst man ja erst mal finden", murmelt Oma.

Ein giftiger Blick von Uroma bringt ihre Tochter zum Schweigen.

„Naja, jedenfalls hat die eine deiner Vorfahrinnen eine Schwäche für den Reininger gehabt. Und da kann´s sein, dass sie ein bissal zu viel ausgeplaudert hat. Oder er hat ihr Hexenbüchlein gefunden. Ich weiß nicht ob er lesen konnte, aber möglich wär´s. So genau hat sie es selber nicht gewusst oder verdrängt. Kein Wunder, war ja keine Ruhmestat, vor allem nach dem, was dann noch passiert ist. Auf jeden Fall hat sie zu lange gewartet. Nix unternommen. Das war ihr schwerster Fehler. Die Liebe hat sie blind gemacht." Uroma schüttelt den Kopf. Für sie als selbsternannte Oberhexe ist sowas vermutlich unvorstellbar. Für mich als Mann, der sich für seine Exfrau auch schon zum Kasperl gemacht hat und zu viele Augen zugedrückt hat… Im Vergleich zur Urli bin ich ein emotionaler Tränensack. Sie ist schon ein harter Knochen.

„Traurige Geschichte. Liebe macht blind. Urli, das sehen wir als Polizisten jeden Tag. Und auch, was passiert, wenn Liebe nicht erwidert wird und umschlägt in Hass. Was du mir da so erzählst, vor allem, dass der Reininger eine umbracht hat, weil er Angst vor einer Schwangerschaft hatte… das klingt nicht grad nach Hexen, Magiern und Übernatürlichem sondern nach Menschen. Bösen, abartigen Menschen, aber nichtsdestotrotz – Menschen."

„Natürlich werden die meisten der sogenannten bösen Taten von Menschen begangen. Die Dämonen – selbst der Teufel – sind da sehr zurückhaltend geworden. Und sogar am Anfang ihrer Karriere haben sie selten ihre eigene Hand angelegt, sondern Menschen dazu gebracht, Böses zu tun."

„Äh… Mama… Ich glaub, der Teufel hat und legt immer noch selbst Hand an…", beginnt Oma.

„Du kennst ihn doch, er verführt die Menschen. Um selbst was zu tun ist er viel zu faul und hat auch nicht genug Zeit", kommentiert Urli.

„Das schon… aber du weißt doch, wie… nur… du weißt doch… ich mein… wenn nix in der Nähe ist, das einen Rock trägt, und in seinem Fall auch kein Astloch oder sowas… dann…"

Oma hat schon die Farbe einer überreifen Paradeis und ich mach mich bereit, notfalls bei Urli eine Herzdruckmassage durchzuführen. Die aber scheint nicht sonderlich berührt von der unabsichtlichen Doppeldeutigkeit. Vielleicht kennt sie aber den Ausdruck „selbst Hand anlegen" nicht.

„Ach, kein Grund so rot zu werden. Ja, da hast schon recht, der ist ein kleiner Wixer, wenn´s nicht anders geht. Aber so bleibt er im Training…" Hmm… vielleicht kennt sie den Ausdruck ja doch.

Ich merke, wie mir die Situation schön langsam unangenehm wird. Sachen, die mit Sex zu tun haben, möchte man nicht aus dem Mund seiner Vorfahren hören. Vor allem, wenn der Mund 100plus Jahre am Buckel hat und ein schmutziges, zahnloses Lächeln zeigt, dass einem an einen verrunzelter Katzenhintern erinnert.

„Also, ich find das Sexleben von diesem Herrn Teufel ja unglaublich faszinierend, aber – BITTE! – können wir von was anderem reden? Wir waren beim Reininger…“ versuche ich das Thema zu wechseln.

„Ach Bua, sei net so g´schamig. Vom Teufel könntest in der Hinsicht noch was lernen. Was der alles kann… und vor allem wie lang…“ Urlis Blick wird verschwommen träumerisch, meiner etwas starrer, aber ebenfalls verschwommen.

„Du… Du… Ich mein… also… du warst… mit dem Teufel… Bett?“ höre ich mich selbst stammeln. Interessant, analysiert ein letzter logisch denkender Teil meines Gehirns. Du glaubst zwar den ganzen Schmarrn nicht und schon gar nicht an den Teufel, aber dennoch löst der Gedanke bei dir Schockstarre aus. ‚Hattest du es denn nicht auch grad noch ziemlich eilig?‘, fragt eben jener Teil von meinem Hirn, aber sein Aufruf wird verdrängt von… von… Ich schüttle mich, um das innere Bild meiner Urli mit… Arg. Ich fürcht, das war´s für mich. Sexleben Ade. Nicht, dass ich bisher ein so ausuferndes g´habt hätt, aber nach der Vorstellung möchte ich mein Gehirn mit Seife waschen, in Waschmittel einlegen und zur Sicherheit mit Bleiche tränken und dann jeden dieser Gedanken sorgfältig auswringen, auf das kein Tropferl von dem Bild mehr da oben drin bleibt.

„Ja klar. Einer der Vorteile als Hexe“, meint Urli nur immer noch verträumt und ich sehe – mit wachsendem Entsetzen, sofern das überhaupt noch möglich ist – meine anderen Zwei der Drei Mäderl ebenfalls mit einem silbrigen Blick zustimmend nicken.

„Was glaubst denn, warum es fast nur Hexen gibt und keine Männer den Beruf erlernen? Und nein, ich weiß was du jetzt glaubst. Hexerei stammt nicht vom Teufel. Wir stehen mit beiden Seiten in Kontakt. Nur denen da oben… fehlen ein paar wichtige Teile. Oder sie setzen sie nicht ein. So genau weiß ich nicht, was die da oben unter ihren Kutten haben. Aber wenn´s da dauernd so kalt ist, ist´s eh keine Verschwendung."

„Aber das allein ist ja schon eine Sünde!"

„Denkst du, wir glauben dir, dass du mit deiner Exschlampe bis zur Hochzeitnacht gewartet hast? Für wie dämlich hältst du uns denn? Also komm uns nicht so!" weist Urli mich streng zurecht.

„Aber… der Teufel?"

„Netter als deine Ex. Bei ihm gibt´s Frühstück..." fängt Urli an, wird aber von Oma unterbrochen „…oder Mittagessen."

„Oder Mittagessen…"

„…und was Leichtes zum Dinner UND Lunch… was man mit Obst und Gemüse so machen kann…", weiß meine Mama lächelnd. Die beiden anderen starren sie nur an und ich fürcht auch mein Mund steht ein bisschen offen.

„Wieviele Mahlz… ach, vergiss es. Ich will´s lieber gar nicht wissen", bremse ich mich gerade noch rechtzeitig ein. „Wo waren wir?"

„Das wir Hexen uns mit dem Teufel – und auch Dämonen um genau zu sein – die Zeit vertreiben können. Männern steht die Möglichkeit meistens nicht offen. Ihr müsst Succuben beschwören. Da finden sich aber mehr Beschwörungsformeln bei den Magiern. Die haben da mehr Aufwand reingesteckt, als wir Hexen."

„Succuben?“ frag ich trotz besseren Wissen.

„Ach, das sind wunderhübsche, lüsterne, weibliche Dämonen. Ihr Zweck besteht nur darin, dir das Hirn rauszuv…“

„Urli!“ unterbrech ich schockiert.

„Was denn. Könntest es mal brauchen. Vielleicht sollten wir dem Buam so einen Succubus zum Geburtstag schenken?“ fragt diese alte Lustmölchin die zwei anderen.

„Nur, wenn ich dafür auch einen Incubus bekomm“, meint Mama trocken.

Ich glaub, ich will nicht wissen, was oder wer ein Incubus ist… und bekomm trotzdem eine Antwort.

„Ein Incubus ist der männliche Gegenpart zum Succubus. Aber mit ein paar Nachteilen: Erstens ist er schüchtern. Er probiert es nur, wenn die Frauen schlafen. Außerdem ist er nur nachtaktiv. Was aber auch wieder ein Vorteil ist, weil Drittens: Besonders fesch sind sie nicht. Aber in meinem Alter darf ich auch nicht mehr zu wählerisch sein“, seufzt Mama.

„Aber zurück… wo waren wir?“ fragt Urli.

„Beim Teufel, der selten selbst die Hand…“ Sch… manchmal wünsche ich, ich würd nachdenken, bevor ich zum Reden anfang. Gottseidank ignoriert Urli die Steilvorlage und kommt wirklich wieder zum Thema zurück.

„Aja… Also, das Böse machen die Menschen. Manche bereitwilliger, manche nicht. Und ganz selten gibt´s jemanden, der nie böses tut. Wobei auch, was als böse gilt, von Kultur zu Kultur und von Zeit zu Zeit unterschiedlich ist. Das musst du verstehen, Bua. Wir Hexen haben uns selten von den wechselnden Moralvorstellungen leiten lassen. Wir haben unseren eigenen Moralkodex. Der, wie ich schon mit Stolz sag, weit rigoroser ist, als der der restlichen Menschheit zu den meisten Zeiten. Wir haben zu keiner Zeit andere getötet – egal, welche Hautfarbe oder welchen Glauben sie hatten. Wir haben versucht, sowas zu verhindern. Aber wir sind auch keine Polizisten. Wir versuchen, den Menschen zu helfen. Allerdings nicht auf Kosten anderer Lebewesen."

Langsam schwirrt mir der Kopf, aber wenigstens ist die Vorstellung von Urli mit einem dreihörnigen Teuf… grad wieder gekommen. Mist. Solche Bilder picken mehr als ein Kaugummi in den Haaren.

„Was meinst du damit?" frag ich daher mit nur teilweise geheucheltem Interesse. Alles, was mir das Bild aus den Kopf hämmert (aber ihn intakt lässt) ist mir grad willkommen.

„Schau, wir könnten manche Menschen vor dem Tod bewahren. Oder sie sogar wieder zurückholen. Aber bei der Hexerei – und auch bei der Magie – ist es so: Du musst was geben. Quid pro quo. Hol einen Menschen zurück, und viele andere Lebewesen müssen sterben – oder ein anderer Mensch. Im Endeffekt kann es sich nicht ausgehen, die Menschheit durch Magie unsterblich zu machen. Rein mathematisch. Genauso verhält es sich auch beim Heilen. Auch Heilung kommt nicht umsonst. Aber die Heilpflanzen sind nett, sie verlangen nur ein paar Kleinigkeiten, oft nur ein bisschen Kupfer. Düngt den Boden. Oder dass man mit ihnen spricht. Sie kommen nicht viel rum und sind für Neuigkeiten immer dankbar. Manche brauchen auch nur ein bissal Anerkennung. Du siehst – was man geben muss, hängt einerseits von der Größe der Magie und andererseits von den Ingredienzien ab. Wir Hexen versuchen uns hauptsächlich auf die Arbeit mit Kräutern zu beschränken. Das, was du als Magie aus den Filmen kennst, überlassen wir lieber den Zauberern."

„Was für einen Preis zahlt man für so einen Zauberspruch leicht?"

„Das hängt vom Spruch und noch ein paar anderen Faktoren ab. Aber meistens einfach mit Energie. Zauberer essen nicht, sie fressen. Zumindest die aktiven unter ihnen. Sie bauchen jede Kalorie. Das beschränkt auch die Macht der Zauberei. Irgendwann ist der Energievorrat erschöpft und dann bleibt nur eine abgemagerte Hülle übrig, die noch dazu nie Sport gemacht hat. Wenn du vorher die falschen Leut verärgert hast… Magie ist selbstregulierend." Achselzuckend blickt sie aus dem Fenster.

„Und was hat das jetzt mit dem Reininger und den Herzlfressern zu tun? Was müssen die denn geben?"

„Die Herzen. Früher… ja, da mussten es auch noch Herzen von Jungfrauen sein. Heute sind die entsprechenden Entitäten auch mit Herzen ehemaliger Jungfrauen zufrieden. Sonst würden sie verhungern. Nicht ganz so wirksam, funktioniert aber auch."

„Mit Entitäten… da meinst Dämonen, oder?"

„Nicht nur. Es gibt schrecklicheres, als die Dämonen. Himmel, Hölle… das sind christliche Vorstellungen. Machtvoll, ja, aber es gibt ältere Entitäten. Es sind keine Lebewesen, wie wir sie kennen. Sie sind auch nicht böse in dem Sinn… wir sind für sie nur ein Mittel, ihr Verlangen zu stillen."

„Jungfrauenherzen etwa?" Ganz kann ich den Sarkasmus nicht aus meinem Ton heraushalten.

„Unter anderem", fährt Urli aber mit entwaffnendem Ernst fort. „Aber die mit den Herzen sind noch nicht mal die Schlimmsten. Aber das führt jetzt zu weit. Was du wissen musst ist einfach: Nimm die Sach nicht auf die leichte Schulter. Wer auch immer die Herzen rausgeschnitten hat, den solltest auf keinen Fall unterschätzen. Wie wissen einfach zu wenig über ihn. Könnt ja auch einer der ganz Mächtigen sein. Dann hast ein noch größeres Problem. Und nicht nur du… wir alle."

„Ich unterschätz sicher keinen Saukerl, der Frauen die Herzen rausschneidet. Das kannst du mir schon glauben."

„Gut. Der Reininger war ja keine Gefahr. Ich mein, für die Frauen schon. Aber er hat zu viel falsch gemacht. Das hat nicht funktioniert. Wie gesagt, er war nicht der hellste. Aber fesch." Der Blick von Urli zeigt mir, dass sie schon wieder in der Vergangenheit ist. „Er hat nicht alles gewusst. Dass er die Köpfe auch braucht, damit der Zauber überhaupt initiiert wird zum Beispiel. Das hab ich ihm damals nicht verraten."

Sowas lässt einen Polizisten natürlich aufhorchen: „Wie? Du ihn nicht verraten? Willst mir jetzt erzählen, dass du den Reininger gekannt hast? Oder das er doch unsterblich worden ist? Dacht, das hat noch niemand ausprobiert. Komm schon, Urli, jetzt wird´s entrisch."

Die hingegen taucht grad erst wieder an die Oberfläche, die sich Gegenwart nennt. Sie schaut mich an und erkennt, dass sie sich nicht mehr rausreden kann. Polizistenblick sag ich nur.

„Wie, ja, der Paul. Ein fescher Mann. Und charmant hat der sein können – auf seine Art halt. Alle Frauen sind ihm zu Füßen gelegen. Mir ist´s da halt auch nicht anders gangen."

„Urli, ich weiß ja, dass du ein Dinosaurier bist. Aber so alt?"

„Der Fluch und Segen von uns Hexen. Wirst auch noch merken. Und nicht frech sein."

„Was? Das ich Zeithalluzinationen bekomm?"

Urli seufzt und fährt im schulmeisterlichen Tonfall fort: „Es ist so, Franzl. Ja, ich hab den Reininger gekannt. Ich war damals für einige Zeit unten in Kindberg, weil eine der dortigen Hexen… ausgefallen ist. Aber das tut jetzt nix zur Sache. Ich hab mich auch blenden lassen. Und ich hab mir sogar eine gemeinsame Zukunft vorstellen können. Dumm und Naiv, wie ich war. Mit der Zeit bin ich aber draufkommen, was der für ein Halodri war. Aber ich hab zuviel geplaudert. Nach einem Jahr oder so bin ich dann wieder zurück in unser Brand. Als ich erfahren hab, was da unten vor sich geht, war es schon zu spät. Ich bin wieder runter, hab nochmal mit ihm geredet. Mein Herz hat er schon gehabt, auch wenn´s noch in meiner Brust war. Das hat er aber versucht zu ändern. Es war knapp. Ich hab dann dem Joseph erzählt, wer die Frauen umgebracht hat, der hat´s wieder an den Johann und Laurenz weitergesagt und so… ist dann der Paul verhaftet worden. Damals hab ich mir geschworen, mich niemals mehr mit einen Mann einzulassen. Was a bissal blöd war, deine Oma war da ja noch nicht auf der Welt. Und es muss immer eine Hexe in der Buckligen Welt geben. Eine Ebner, um genau zu sein. Und dann ist dein Uropa auf einmal aufgetaucht. Schneidig war er. Furchtlos. Ich geb zu, ich war ein bissal älter als er, aber das hat ihn nicht gestört. Den Rest… naja, den kennst ja, bis vielleicht auf die genauen Jahreszahlen. Kann sein, dass auch deine Oma ein bissal älter ist, als du glaubst."

„Eine schöne G´schicht. Ganz ehrlich. Aber willst mir erzählen, du hast ein Pantscherl mit einem Serienmörder gehabt, der vor 250 Jahren gelebt hat? Wenn du das ernst meinst, hol ich die grüne Minna."

„Klein Grund, die Irrenanstalt anzurufen. Aber ja… wir Hexen sind sozusagen unsterblich. Oh, wir werden älter. Vielleicht ein bissal langsamer als ein normaler Mensch, aber nicht viel. Merkt man kaum. Vor allem heutzutag. Hollywood und Botox sei Dank. Da glaubt jeder, man lasst sich was spritzen und schaut deswegen ein bissl jünger aus."

„Aja… unsterblich. Klar, warum bin ich da nicht draufgekommen."

„Weil wir nicht wissen, ob wir wirklich unsterblich

sind, wenn ich ganz ehrlich sein soll. Hat noch keine ausprobiert. Und naja… unsterblich ist das falsche Wort. Extrem langlebig vielleicht? Wir können sterben. Man kann uns zum Beispiel umbringen – das war ja bei der Hexenverfolgung zu sehen. Oder wir entscheiden uns, unsere Körper hinter uns zu lassen, was man auch als sterben deuten könnt."

„Und der Tod hat da nix dagegen?"

„Mit dem haben wir eine Sondervereinbarung."

„Urli, du solltest hauptberufliche Verschwörungstheoretikerin werden. Aber einen Fehler hab ich doch gefunden: Wenn ihr eh unsterblich seid´s: warum braucht´s ihr dann Nachfahren? Warum muss ich eine Hexe werden. Gibt ja euch."

„Franzl, ich bin jetzt seit fast 300 Jahren da in der Buckligen Welt. Vor lauter Pflichtbewusstsein. Als deine Oma gekommen ist… Bis ihre Ausbildung vorbei war, und dann deine Mama auf die Welt kommen ist… dann du… ja, ich wollt euch aufwachsen sehen. Aber das ist der Fluch: Unsterblichkeit ist echt bescheuert, wenn du in einem über 100jährigen Körper steckst. Die Knie bringen mich um, die Hüfte lässt auch keinen Tango mehr zu, und weißt du, wann ich zum letzten Mal so ein richtig knuspriges Stückerl Fleisch oder Kuchen gegessen hab? Und selbst wenn die Haftcreme hält… weißt du, was das Alter mit dem Verdauungssystem macht…"

„DAS weiß ich nur zu genau. Ich hab´s täglich vor – eigentlich in der Nase", stichel ich.

„Und der letzte Sex liegt auch…"

„Aus! Schluss! Ende der Fahnenstange. Will nix mehr davon hören. Hab´s verstanden. Älterwerden ist Mist." Zur Sicherheit halt ich mir auch die Ohren zu. Die Augen lass ich offen, ich fürcht mich davor, welche Bilder ich seh, wenn ich sie zu mach.

„Und selber die Zehennägel schneid…"

„Aus hab ich g´sagt. Oder ich geh zum Wirten und versuch, die letzte Stund zu ertränken." Das werd ich auf jeden Fall versuchen, ist nur die Frage wann… Und wie gut die Stunde schwimmen kann. Ich fürcht, ja, sie hat zusätzlich zur Olympiamedaille im Dauerschwimmen auch noch einen Schwimmreifen angelegt.

„Naja, um ehrlich zu sein… Ich mag einfach nicht mehr. Und es ist ja nicht so, dass ich dann gar nicht mehr da wär."

Auch Oma nickt zustimmend mit leidtragender Miene. Diese Entwicklung find ich besorgniserregend. Wer macht denn dann den Gugelhupf und Apfelstrudel? Klar kann man von Wurstbrot alleine leben… aber was ist das für ein Leben?

„Ihr seid´s doch alle spinnert. Und ich erlaub keiner von euch, einfach so das Bankel zu reißen. Nur damit des klar ist."

„Ich fürcht, Franzl, das liegt nicht in deiner Hand. Und ich bin dann ja eh nicht ganz weg. Nur der Körper. Das, was du Seele nennen würdest, wird eh noch rumgeistern. Wie die der anderen Hexen."

„Kannst dann deinen Apfelstrudel machen?" schrei ich fast.

„Das nicht, aber du wirst mich - nachdem du selbst eine Hexe geworden bist - sehen können. Kann dir ja dann das Rezept geben."

„Urli. Und Oma – und auch gleich du, Mama – glaubt mir… Wenn ihr einfach so über den Jordan schwimmt, dann kommt´s vielleicht als Geister wieder… aber ihr tätats euch wünschen, dass ihr nimma da seids." Ja, dieses Mal schreie ich eindeutig. Aber es war ja auch ziemlich viel für einen Tag.

„Siehst, Franzl. Noch ein Vorteil für nachher… du brauchst nimma so zu schreien, ich brauch dann kein Hörgerät mehr“, grinst mir die Urli frech und zahnlos entgegen.

„Verflixt nochmal, seid´s jetzt alle ruhig! Ihr spinnt´s doch! Total gaga seid´s ihr!“ schrei ich vor lauter Frust.

„Störe ich? Ich habe geklopft, aber…“

„Ruhe hab ich g´sagt! I will von den ganzen Spinnereien nix mehr hörn!“ schrei ich immer noch, während ein Gedanke verzweifelt versucht, durch den Nebel aus Frustration und aufkeimender Verzweiflung meine Aufmerksamkeit zu erregen.

„Ich kann auch wieder gehen…“

„AUS! RUHE! Was?“ Der Gedanke hat mein Reptiliengehirn K.O. geschlagen und gewinnt so meine Aufmerksamkeit. Das hat keines deiner Drei Mäderl gesagt, meint er. Du könntest dich umdrehen und – ruhig – bei der Annelise entschuldigen… oder falls du wirklich zaubern kannst, kannst auch versuchen, im Boden zu versinken… Manchmal bin ich wirklich ein kleines Arschgeigerl. Ich sag dir, in dem Moment hätt ich mir wirklich gewünscht, hexen zu können. So einen Vergessenstrank zu brauen. Oder einfach auf Nimmerwiedersehen auf meinem Besen (extrastarkes Sondermodell in Baumstammgröße) wegzufliegen.

Ich entscheide mich dafür, nicht im Boden zu versinken, obwohl mir die Option eigentlich lieber wäre. Aber der alte Holzboden wirkt recht robust.

„Äh…“ stammle ich eloquent wie immer.

„Ja?“

„Äh…“

„Ach, kommen´s doch rein, Fräulein Annelise. Sie

stören doch nie. Der Franzl wollt sich eh grad wieder beruhigen, gell Franzl!“ Kein Fragezeichen. Jahrzehntelange Konditionierung bringen den gewünschten Erfolg: Urli´s Tonfall hat die gleiche Wirkung wie ein Kübel mit Eiswasser auf raufende Hunde – ich steh betropetzt in der Gegend rum und weiß nicht so recht, wie mir geschieht. Aber ich schrei nicht mehr.

„Ähh…“

„Ja, das sagtest du bereits. Ich wollte dir eigentlich nur sagen, dass wir noch nichts relevantes herausfinden konnten. Aber ich komme anscheinend ungelegen“, zeigt sich Annelise meiner Beredsamkeit gewachsen.

„Nicht du… Ich mein, ich hab nicht dich gemeint. Sondern die.“ Damit deut ich auf drei grinsende Harpyien der Schadenfreude.

„Das ist aber nicht nett. Du solltest zu deinen Eltern und Verwandten höflicher sein.“

„Hör auf das Mäderl“, hämt Urli, während Mama schon fragt: „Haben Sie schon was g´essen?“

Ich stürme empört aus dem Haus.

Wollt ich zumindest.

„Stopp!“ werd ich von der befehlsgewohnten Stimme meines Feldweb… meiner Mama zurückgepfiffen. Wie schnell sich die moralische Überlegenheit doch in eine traurige Niederlage verwandeln kann…

„Der Lucky muss noch raus. Da hast seine Leine. Dann kriegst vielleicht auch ein Stückerl Kuchen.“

„Wenn er so gut schmeckt, wie alles bei Ihnen, dann wird wohl nichts mehr übrigbleiben, Frau Ebner“, droht diese… diese Göttin mit drei Mägen mir indirekt.

Und jetzt geh ich wirklich. Nicht weil ich muss. Nicht weil ich flücht.

Nein, weil ich will.

KAPITEL 24

Nach den ersten „Ermittlungserfolgen“ der heimischen Wirtshausmannschaft – immerhin haben sie den Namen von Andra als erste rausgefunden – setzte ich gewissen Hoffnungen in Robert. Manche Menschen haben ja Hemmungen, mit der Polizei – selbst mit mir – zu reden. Viele denken, dass das, was sie gesehen oder gehört haben irrelevant ist. Und sie wollen unsere wertvolle Zeit nicht verschwenden. Was sollen da die Nachbarn denken? Und was, wenn ihr Verdacht nicht stimmt? Als Denunziant will ja keiner verschrien sein. Tratsch ist ja was ganz Anderes. Ist ja nix offizielles.

Aber selbst Robert – der seine Augen und Ohren offengehalten hat – hat nichts Neues erfahren.

Da ich ja schon mal da bin, berichte ich Robert von meinem familiären Elend.

Der aber zeigt sich überraschend uneinfühlsam, als ich ihm mein Leid klage.

„Dass eure Familie nicht ganz richtig im Kopf sind, weiß doch eh jeder. Also erzähl mir was Neues.“

„Was meinst mit ‚eure Familie‘? Willst damit sagen, dass ich auch ein wenig… übergeschnappt bin?“

„Franzl, wer geht denn heut noch freiwillig zum Heer?

Und dann zur Polizei? Wer geht denn freiwillig nach Wien?“

„O.K., das letzte lass ich gelten. Aber solltest du als Barkeeper nicht ein einfühlsamer, geduldiger und weiser Zuhörer sein? Betonung möchte ich jetzt auf das ‚einfühlsam‘ legen.“

„Ja eh. Genau deswegen bin ich kein Barkeeper, sondern Wirt. Als Wirt kann ich dir in´s Glasl spucken, dein Schnitzerl aus Papierservietten machen und dich raushauen, wennst mir nicht passt. Und das beruht dann auf meiner weisen Entscheidung, die wie die vom Schiedsrichter unanfechtbar ist. Hier in der Schank bin ich der Kaiser.“

‚Da gibt´s aber schon längst den Videobeweis‘, wollt ich meinen hochverehrten Wirt auf die nicht mehr ganz so unfehlbare Unfehlbarkeit der Schiedsrichter hinweisen, eine hochgezogene Augenbraue belehrt mich aber eines Besseren. Ich nehm also den letzten Schluck von meinem Bier und stell das Glasl dem Robert zum Nachschenken hin. Der hat aber heut einen Fernlerngang im Sadomaso belegt, wo er den Sado Part übernimmt.

„Du kriegst jetzt nix. Erst gehst mit dem Hund. Der hat ja schon ein Knopf in die Haxen. Wenn er mir reinpischt hetz ich dir den Tierschutzverein wegen Tierquälerei an die Gurgel.“

„Aber i verdurscht. Es ist so heiß draußen, da muss ich mich vorher noch hydrieren, wenn ich mich schon so anstrengen muss.“

„Kannst einen Schluck vom Lucky sein Wasser haben, das du ihm hinstellst, wennst wiederkommst – falls er dir was abgibt.“

„Du wirst auch mal in meine Straße kommen. Dann kriegst einen Strafzettel, der sich g´waschen hat.“

„Hab keinen Führerschein und wennst dir das wirklich traust… Beiß nie die Hand, die dir dein Bier reicht. Du weißt nie, was beim nächsten drinnen ist." Er wirft einen bedeutungsvollen Blick in Richtung seiner Chilis.

„Das ist eine Morddrohung!" empör ich mich.

„Nö, nur die Sorge um deinen Vitaminhaushalt und dein Wohlergehen. Du weißt ja, wie sehr mir das am Herzen liegt."

„Und das zeigst du, indem du mich mit Chilis umbringen willst – wenn ich vorher nicht verdurscht?"

„Indem ich dich bewahr, einen großen Fehler zu begehen. Wie etwa, dich mit mir anzulegen."

Auch als Polizist muss man erkennen, wo die Grenzen seines Machtbereiches liegen. Meiner hat aufgehört, als ich durch die Tür in den Schankraum gekommen bin. Da hat er schon irgendwie recht, der Robert. Auch wenn sich die Kaiser und die Kirche immer wieder darum gestritten haben, wer denn jetzt das Sagen hat… mit den Wirten haben sie sich nie angelegt, da bin ich mir sicher.

Ein taktischer Rückzug ist jetzt wohl angesagt. Sonst wiegelt sich das immer weiter auf. Und Robert hat noch eine Geheimwaffe. Ich mein, selbst WENN ich es schaffen würde, dass der Robert schließen muss, indem ich ihm die Lebensmittelbehörde oder was-weiß-denn-ich-Behörde auf den Hals hetz… Was denkst du passiert, wenn du der Schuldige daran bist, dass der einzige Wirt im Dorf zumachen musste? Wir teeren und federn zwar keine Leut mehr, aber ich bin mir nicht sicher, ob das nicht humaner wär, als das, was die anderen dann mit mir anstellen täten.

„Ah, ja. Gut, ich seh grad, der Lucky muss dringend raus. Schenkst mir noch eins ein, während ich mit ihm seine gewohnte Runde geh?"

Robert seufzt: „Wenn du mit ihm seine gewohnte Runde gehst, ist das Bier verdunstet, bis du wieder da bist. Sein Frauchen ist mit ihm immer die Runde übern Hausberg gegangen. Ich schenk dir nachher ein frisches ein“, zeigt sich mein liebster SM-Wirt versöhnlich. Ich nehm mir aber vor, das Bier auf verdächtige Schoten und Samen hin zu kontrollieren. Trotz allem häng ich an meinem Leben.

KAPITEL 25

Ich frag mich, wie Hunde so lang überleben haben können und wie sie es geschafft haben, des Menschen bester Freund zu werden. Diese Knackwurst auf vier Haxen wuselt von einem Wegrand zum anderen und es ist nicht zu glauben, wieviel Kraft in dem kleinen Ding steckt. Ein, zweimal schafft er es fast, mich umzuhauen, so sehr zerrt er an seiner Leine. Immer grad dann, wenn ich einen Schritt mach und eh schon unsicher mit einem Bein in der Luft ‚steh'. Timing hat er…. Und nachdem ich entscheide, dass er jetzt lang genug Zeit gehabt hat, sein Stummelhaxerl zu heben, und zu meinem Bier zurückzukehren, was macht er? Er entscheidet, dass es noch lang nicht Zeit dazu ist. Wie kann sich so ein Zwerg mit einem vergleichsweisen Riesen wie mir anlegen? Wenn diese Eigenschaft allen Hunden angeboren ist, dann müssten sie doch schon längst ein Archiveintrag der Evolution mit dem Vermerk „Ungeeignet“ sein.

Aber dann merk ich ihre Geheimwaffe: Erdnussstrahlen. Wie er mich da so aus seinen großen Dackelaugen mit seinem Dackelblick anschaut… Ich beschließe, dass ich ihm noch ein wenig Zeit gönne. Ist in letzter Zeit ja wirklich nicht viel rausgekommen – wenn ich den riesigen Garten nicht mitzähl.

Während die unerbittliche untergehende Sonne also auf

mein arg geplagtes Haupt strahlt und ich dem Lucky dabei zuschau, wie er in olfaktorischer Verzückung von einem Hauferl zum nächsten wuselt um daran zu schnofeln, lass ich meine Gedanken treiben.

Mich beschäftigt schon so einiges. Klar, der Herzlfresser. Wen würd das nicht beschäftigen. Aber auch die Spinnerei meiner Drei Mäderl, mich zu einer Hexe zu machen. Schwarz macht ja schlank, aber ein Spitzhut? Na danke. Und der Besen, der mich trägt, der muss erst noch gebaut werden. Und dann ist da noch die Annelise. Mir ist schon klar, dass ich nicht grad wie der Traumprinz ausschau. Eher wie der Frosch und bei der Verwandlung ist was in die Hose gegangen. Aber immerhin schau ich noch stattlicher aus, als der Prohaska mit seinem schiefen Zinken. Naja, eigentlich schau ich ja eh nicht so schlecht aus, nur ist bei mir halt ein bissal zuviel zum Anschauen da. Und die Chance, dass ich jemals wieder ein Sixpack krieg (am Bauch, nicht im Supermarkt) ist etwa so ungefähr… mal rechnen… ja, eindeutig Null. Selbst wenn ich wieder Laufen gehen würd. Aber träumen wird man ja noch dürfen. Dann könnt ich mir auch gleich noch eine dichte Haarmähne dazuträumen. Aber immerhin… die Annelise hat nicht vor Abscheu oder Mitleid von mir weggeschaut. Manchmal ist mir vorgekommen, als ob sie mich mustern würd. Positiv mein ich. Nicht so wie ein Aasgeier den Verdurstenden. Oder Katzen einen potentiellen Futterlieferanten. Nein, durchaus positiv. Aber vielleicht ist das ja auch nur Wunschdenken und ich war wieder mal in einem meiner Tagträume. Die hab ich nämlich ab und an. Ansonsten wird die Realität ja unerträglich. Frag lieber nicht, wie ich da in meinen Träumen ausschau.

Und der Herzlfresser… Wir sind in Wirklichkeit keinen Schritt weiter. Die Spusi hat zwar jede Menge gefunden, aber nix, was auf den Täter hinweisen tät. Keine Visitenkarte, keine Zündhölzer (wobei die eh nix nutzen würden, bei uns im Dorf hat jeder welche vom Robert´s ‚Zur Kirche'), keine Fingerabdrücke und der Täter hat sich auch geweigert, irgendeinen persönlichen Gegenstand liegen zu lassen. Auf die Handyortung setz ich auch nicht allzuviel Hoffnungen. In unserer Gegend ist die Ortung zu ungenau und der Täter ist ja offensichtlich kein Idiot. Der wird die Akkus entfernt und die Handys irgendwo entsorgt haben. Die Zeugenaussagen sind auch mehr oder weniger nutzlos. Alle Opfer sind spurlos verschwunden. Niemand hat Schreie gehört. Ich mein, das sollt man ja vermuten, oder? Wenn dir jemand mit dem Messer in der Hand das Herz rausschneiden möchte… würdest du da nicht anfangen zu schreien? Und es gibt fast keine Abwehrverletzungen an den Opfern. Die unhörbaren Schreie und die fehlenden Abwehrverletzungen sind wahrscheinlich auf die Strangulation zurückzuführen. Wenn jemand von hinten kommt, dir eine Schlinge um den Hals wirft und zudrückt… das geht schnell. Aber wie hat er die Opfer überraschen können? Soweit wir wissen, waren sie alle ganz gut in Form. Heißt das, der Täter ist selbst Sportler? Oder hat er Alkohol oder Betäubungsmittel verwendet? Wenn ja – wie hat er sie verabreicht? Nachweise davon im Blut werden schwer, es gibt Mittel, die einfach zu schnell abgebaut sind. Oder hat er eine Methode gefunden, wie er sich an die Opfer ranschleichen konnte, ohne, dass sie ihn bemerkt haben? Normalerweise dreht man (oder frau) sich ja um, wenn man hinter sich Schritte am Weg hört. Schon allein um aus Höflichkeit ausweichen zu können. Und weil´s auch nicht so oft vorkommt, wie in der Stadt. Außerdem… wie sollt ma sonst Grüßen können. Oder haben sie alle Kopfhörer getragen? Ohne die Köpfe schwer zu sagen. Und auch wenn nicht alle der Opfer aus der Gegend waren… Gibt´s einen Zusammenhang? Einen gemeinsamen Liebhaber? Irgendwer müsst irgendwas wissen –zumindest was gesehen oder gehört haben. Und haben die Frauen – außer, dass sie tot sind – Gemeinsamkeiten?

Tätowierungen? Hobbies? Weder Haarfarbe noch Größe weisen da auf ein Muster hin. Andere Gemeinsamkeiten haben wir auch noch keine gefunden, aber vielleicht müssen wir tiefer graben?

Ein Rätsel. Und davon haben wir in der Buckligen Welt schon genug.

Eine Hundedame erregt Lucky´s amouröse Ambitionen. Anscheinend hat er die relevanten Teile doch noch dran. Und dass die Dame – ein Retriever – dreimal so groß ist, scheint ihn nicht zu kümmern. Liebe überwindet alle Hindernisse? Oder ist er einfach ein unverbesserlicher Optimist. Ich fühle, wie eine Welle der Sympathie für den kleinen Kerl durch mich flutscht. Beide haben wir scheinbar unerreichbare Ziele… und Gemeinsamkeiten verbinden. Denn die attraktive Blondine dürft sich nicht für ausgestopfte Socken mit Stummelbeinen interessieren. Sie ignoriert ihn. Im Wirtshaus wird er von mir was Feines bekommen, um seinen Liebeskummer zu dämpfen.

Und ich ein kühles Bier. Bei der Hitze verdorrt man ja. Blumen werden auch gegossen. Aber, wenn ich mich gießen will, hagelt´s. Nämlich Vorwürfe. Von allen Seiten. Aber wenn ich dem Lucky auch eins spendier, kann ich seine Erdnussstrahlen vielleicht für mich einsetzen. Dürfen Hunde eigentlich Bier trinken? Von Schokolade weiß ich, dass es Gift für so ein armes Viecherl ist. Aber Vanilleeis oder Bier? Wäre auf jeden Fall eine weitere Untersuchung wert. Denn wer könnt´s dem Herrchen schon verübeln, wenn er sich das gleiche gönnt, wie seinem Hund? Vielleicht sind Hunde doch nicht mal ganz so übel, wie man denken könnt. Ein oder zwei Vorteile werden sie schon haben. Obwohl´s mir immer noch am liebsten wär, wenn der Lucky ins Tierschutzhaus kommen würde. Nicht, dass mir vor ihm ekelt, weil er ein kleiner Naseweis ist. Auch nicht, weil er sich nicht wie ein Hund von Adel benimmt (Wobei Adelige nicht zimperlich waren. Sonst wären sie nie Adelige geworden – die haben sich nicht gescheut, den einen oder anderen Schädel einzuschlagen. Oder einschlagen zu lassen. Nasen waren da noch vergleichsweise harmlos. Früher halt. Heut gibt´s ja keinen Adel mehr bei uns. Außer den ehemaligen Adeligen halt. Und den Beamtenadel. Und den Titeladel. Aber ansonsten keinen mehr).

Aber ich mag halt keine Hunde. Oder überhaupt Tiere, die nicht gegrillt oder gebraten sind. Zur Not noch gekocht. Aber dann hört es sich auf. Wenn ich mir den kleinen Rasenschmuck aber anschau... wie er mit seinen großen, braunen Augen so zu mir aufschaut und mit seiner Rute wedelt wie ein durchgeknallter Ventilator... naja, irgendwie ist er schon... in Ordnung. Nimmt ja nicht soooviel Platz weg. Wird eh auch nicht viel fressen. In so ein kleines Bäuchlein, das er mir grad zum Kraulen präsentiert, geht ja auch nicht viel rein. Außerdem darf man die Wach- und Schutzfunktion von so einem Hund ja nicht vergessen. Meine Drei Mäderl sind ja auch nicht mehr die Jüngsten. Und ich bin auch nicht immer daheim. Da wär so ein Hund sicher nicht schlecht. Wobei... vielleicht könnt er ja die Einbrecher vor meinen drei Hexen beschützen. Wie rum auch immer... Ich beschließe, dass er bleibt.

Meine gnädige Stimmung hat nichts damit zu tun, was ich befürchte, das passieren würde, wenn ich anders entschied... zu entscheiden versucht hätt. Nein, da bin ich mir sicher. Außerdem scheint der Lucky sein Geschäft erledigt, seine vergebliche Liebesmühe eingesehen und Durst bekommen haben. Er will nämlich wieder zurück zum Wirtshaus.

Braver Hund. Und so g´scheit.

KAPITEL 26

Der Spaziergang mit dem Lucky hat doch länger gedauert, als ich gedacht hab. Inzwischen ist der Schankraum gut gefüllt, mir scheint, es drängen alle männlichen Dorfbewohner hier rein, um sich die ausgedörrten Kehlen wohlverdienter Weise zu befeuchten.

Robert hält sein Versprechen. Noch während ich mich zwischen den Leuten hindurchdränge, indem ich sie zur Seite schiebe, schenkt er mir bereits ein Krügerl dieses Gottgegebenen Getränks ein.

„Robert, du als Allwissende Müllhalde… weißt du, ob Hunde Alkohol trinken dürfen?“

„Nur, wenn sie nicht fahren müssen“, erwidert der trocken.

„Ich würd ihn nicht kontrollieren…“

„Dann immer noch nein. Weißt du, Hunde mögen Bier – genauso wie du.“ Ich schenk dem kleinen Knuddel einen liebevollen Blick, den er erwidert.

„Aber sie vertragen es nicht. Noch weniger als du.“ Dieses Mal ist der Blick zweigeteilt… ein bemitleidender Blick zum Lucky, ein giftiger Blick zu Robert, der aber nur „Hör auf zu schielen, ist halt so“, meint. „Für dich verständlich ausgedrückt: Ihre Leber kann den Alkohol nicht abbauen. Sie torkeln, sie lallen beim Bellen… wie wir Menschen. Aber es ist nur ein kleiner Schritt zur Alkoholvergiftung. Und der Rausch, wie auch der Kater, halten bei ihnen dadurch unverhältnismäßig lang an."

Robert bemerkt meinen mitleidigen Blick in Richtung Lucky.

„Aber, wenn du ihm was Gutes tun willst… Malzbier soll sogar gut für Hunde sein. Und es hat kaum Alkohol."

„Hmmm… ich nehm nicht an, du hast ein Malzbier hier irgendwo versteckt, oder?" Ist ja nicht so, dass alkoholfreies Bier oft bestellt werden würd. Für was auch? Und Malzbier… wer bitteschön trinkt denn sowas? Aber Robert ist stets für eine Überraschung gut.

„Kostet sogar ein bissal weniger als dein Krügerl. Aber so ein kleiner Kerl sollt nicht die ganze Flasche auf einmal saufen."

„Hundekater?"

„Kalorien. Sind ziemlich viele von den kleinen Teuferl da drinnen."

„Dann muss er mehr Sport machen", beschließe ich, wobei ich einen bemerkenswerten Mangel an Vorschau beweise. „Gib ihm eine Halbe."

„Auf deine Rechnung?" kommt mit einem Grinsen retour.

„Sag mal… warum hast du Malzbier und warum weißt du das alles? Bist du ein heimlicher Hundebesitzer? Oder Hundekidnapp… Hundnapper? Dognapper? Nein, das klingt zu sehr nach einer Form des Powernappens. Egal. Also? Warum?"

„Weißt du, wie viele Hundebesitzer wir im Dorf haben? Eine ganze Menge. Die müssen jeden Tag raus, egal ob Regen oder Sonnenschein. Was meinst du wie viele der

Hundebesitzer freiwillig am Abend ihre Runde gehen?"

„Ich hab keine Ahnung. Keiner?" Wir haben nicht viele Sportler im Dorf.

„Alle. Zumindest alle Männer. Die melden sich sogar freiwillig. Und weißt warum?"

Sein breites Grinsen ist mir Hinweis genug: „Weil alle zu dir einen Abstecher machen, oder?"

„Richtig geraten. Wenn du dich umsiehst, schau nicht nur auf Kopfebene… schau mal zum Boden."

Das mach ich und ich bin überrascht, wieviel mehr Beine ich plötzlich seh. Damit mein ich nicht nur Sessel- und Tischbeine.

„Die besten Stammkunden. Jeden Tag. Egal welches Wetter. Die Hundebesitzer kommen pünktlich wie die Maurer. Und wenn sie wissen, dass ihr Begleiter auch was Gutes bekommt, dann haben sie ein viel weniger schlechtes Gewissen. Und wenn die Bellos was Gutes kriegen, sind die Hunde sogar noch treuere Kunden und bringen Herrchen gern bei jedem Spaziergang hier vorbei."

Ich schau nochmal zum Lucky runter, dieses Mal ist mein Blick ein Blick der Hoffnung. Ein ganzer Ozean an Möglichkeiten tut sich mir mit dem kleinen Kerl an meiner Seite auf. Außerdem sollen Männer mit Hunden gut bei Frauen ankommen. Vielleicht ein weiteres Notausgangszeichen im langen, dunklen Tunnel meines Liebeslebens!? Aber mein vordringliches Problem… das Bier verdunstet heute zu schnell.

„Robert, ich ziehe meinen Hut. Dein Wissen ist unschlagbar. Aber…" ich leg eine dramaturgische Pause ein… „ich bin mir sicher, eine Frage kannst du mir nicht beantworten. Um ein Bier?"

Robert seufzt und schüttelt den Kopf, als sei ich schon wieder einer, der sein Glück versucht.

„Na gut“, brummt er schließlich. „Aber es sollt ein Bezug zu unserem Gespräch von vorhin haben. Sonst fragst noch, was ‚Danke‘ auf Suaheli heißt.“

„Keine Sorge. Die Frage lautet: Warum heißt es pünktlich wie die Maurer? Schließlich ist unser Baugewerbe ja nicht gerade für ihre pünktliche Fertigstellung bekannt.“

Robert zapft ein Bier und ich freu mich schon auf meinen Gewinn. Und bin am Boden zerstört. Er hebt das Glas an seine Lippen. Und nimmt einen großen Schluck.

„Was…“

„Maurer stehen in dem Ruf, ihre Arbeit auf die Minute genau zu beenden und die Kelle niederzulegen. Unverdienterweise übrigens, wie ich anfügen möchte.“

„Abgesehen davon, dass du recht hast. Warum unverdienterweise?“

„Zum Feierabend haben die meisten die Kelle schon längst gereinigt und sind gewaschen und umgezogen.“

„Robert, ganz politisch korrekt bist du aber auch nicht.“

„Wieso? Ich diskriminiere niemanden auf Grund seiner ethnischen Herkunft, seines Geschlechts, seiner Zugehörigkeit zu einer sozialen Schicht, seiner Behinderung oder sexuellen Neigung. Nicht mal wegen seiner Religion – und das ist bei unseren Kampfkatholiken oft echt schwer. Nur wegen seines Berufes.“

„Hat dir schon wer gesagt, dass du ein richtiger Klugscheißer sein kannst?“

„Schon lange nicht mehr. Der letzte… Ach, den kennt heute keiner mehr.“ Ich versteh seine versteckte… naja, nicht mal so gut versteckte Drohung.

„Kann´s mir auch nicht vorstellen, dass dir jemand

sowas sagt“, murmel ich und quetsche den letzten Tropfen aus meinem Glas. Selbst der optimistischste Optimist an einem sonnigen Tag könnte jetzt nicht mehr sagen, dass das Glas auch etwas Anderes außer Luft enthält.

„Naja, du hast fair gewonnen“, zeige ich mich edelmütig.

„Asante.“

„Was?“

„Danke auf Suaheli. Oder wie es korrekter heißt: Swahili, noch genauer Kiswahili als Eigenbezeichnung. Willst noch eins?“ fragt Robert übergangslos.

„Ist der Papst katholisch?“

Während ich Robert beim Zapfen beobacht, schüttel ich den Kopf und verneige ihn gleichzeitig vor seinem Wissen. Nach dieser orthopädischen Unmöglichkeit hab ich zwar eine mittelschwere Verrenkung im Nacken aber immerhin ein volles Glas vor mir – und Roberts Wohlwollen wiedererlangt. Das versuch ich gleich für meine Ermittlungsarbeit einzusetzen.

„Du, Robert, du hörst und siehst doch so einiges und bist über alles informiert, was so bei uns vorgeht.“ Zustimmendes Brummen zeigt mir, dass Robert mich verstanden hat und für ein wenig Honig um´s Maul schmieren grad empfänglich ist.

„Bei unseren Ermittlungen sind wir noch nicht viel weitergekommen. Um ehrlich zu sein… wir drehen uns im Kreis und könnten deine Hilfe brauchen. Wir haben zwar ein paar neue Ansätze, aber ob die was bringen…“ Ich lass das mal so im Raum stehen. Robert nickt verständig. Also bringe ich ihn rasch auf den neuesten Stand unserer Untersuchung. Ich erzähle ihm von den anderen, verschone ihn aber mit den technischen Details der Handyortung.

„Kannst du dich mal umhören? Haben die Damen vielleicht allesamt einen gemeinsamen Liebhaber? Irgendeine Gemeinsamkeit, die uns bisher entgangen ist?" stell ich einige Fragen sowohl dem Wirten als auch mir selbst.

„Du meinst bis auf die Tatsache, dass sie tot sind und ihnen das Herz fehlt?" feixt er, wir aber gleich wieder ernst. „Aber ja, ich halt meine Ohren offen. Versprechen kann ich dir aber nix, bis zum anderen Ende der Buckligen Welt oder gar nach Wien reichen auch meine Lauscher nicht."

„Na, müssen´s auch nicht. Ich hab so ein Gefühl, dass die Lösung hier in unserm Teil zu finden ist – genau wie die Leichen. Serienmörder verlassen grad am Anfang ihrer Tätigkeit – Karriere find ich einfach falsch - ihr Revier fast nie. Also müsst er bei uns seinen Heimathafen haben, wo er sich sicher fühlt. Wo er die Gewohnheiten der anderen kennt und die Leichen unbemerkt entsorgen kann. Eine geht ja schnell. Aber mehrere? Dazu musst dich in der Gegend ganz gut auskennen. Also ist er einer von uns. Aber behalt das bitte für dich, ich erzähl´s dir im Vertrauen."

Klar, so was will man nicht gern laut aussprechen. Ich mein, niemand hört gern, dass der Nachbar ein Serienmörder sein könnt. Sowas erzeugt Unsicherheit in einer geschlossenen Gemeinschaft, wie wir es hier im Dorf sind. Im schlimmsten Fall kommt es zu wahl- und haltlosen Verdächtigungen und Lynchjustiz. Und bei uns reicht sogar schon verbale Lynchjustiz, selbst wenn sich die Verdächtigungen dann als falsch herausstellen. Normalerweise wär sowas ja nur Verleumdung oder üble Nachrede, aber in dem Fall kannst ruhig von verbaler Lynchjustiz reden. Denn wenn der Ruf wegen sowas (oder wegen Pädophilie) in der Dorfgemeinschaft mal im Arsc... ruiniert ist, hilft nur mehr wegziehen. Ab dann bist der Außenseiter. Wenn was – irgendwas – passiert, bist der erste, dem es angehängt wird. Dauernd wird hinter deinem Rücken getuschelt, manchmal wirst sogar offen angefeindet. Sowas hältst auf Dauer nicht aus. Da wär hängen gnädiger.

Naja, so seltsam es klingt… Aber auf Roberts Verschwiegenheit kann ich mich verlassen.

„Vor allem, ob die Damen in letzter Zeit mal hier bei uns waren. Von der Wanderin wissen wir´s ja. Oder ob irgendjemand irgendwas Verdächtiges bemerkt hat.“ Es soll ja Leut geben, die nicht gerne mit der Polizei reden, aus verschiedenen Gründen. Weil sie selber was am Kerbholz haben. Oder weil sie niemanden falsch verdächtigen wollen – zumindest nicht so offiziell, hinterrücks zu klatschen ist ja viel sicherer. Und solche Informationen finden dann den Weg zum Wirten. Und auch wenn Robert eigentlich dem Verschwiegenheitsgebot der Wirtsleut verpflichtet ist, sichert er mir zu, ein wenig rumzufragen. Und mich am Laufenden zu halten.

Dass der Robert selber der Wahnsinnige Herzensammler sein könnt, kommt mir zwar mal in den Sinn (schließlich bin ich immer noch Polizist), aber nur kurz. Erstens hab ich eine nicht so schlechte Menschenkenntnis aber – viel wichtiger – Robert kann für fast jede Tageszeit zahlreiche Zeugen vorweisen. Irgendwer ist immer im Wirtshaus. Schwer vorstellbar, wie er sich da rausschleichen und Frauen entführen könnt – noch dazu in einem anderen Teil der Buckligen Welt. Soweit ich weiß, hat Robert Brand in den letzten Jahren kaum verlassen. Warum auch? Hier gibt´s alles, was Mensch so braucht.

Bei meinen Ermittlungen bin ich jetzt aber trotzdem keinen Schritt weitergekommen. ‚Naja‘, versuch ich mir selber einzureden, ‚gute Beziehungen zu den Informanten sind für erfolgreiche Ermittlungen relevant und du hast den Grundstein gelegt, Informationen zu erhalten.‘

Genaugenommen hab ich schon oft solche bierigen Grundsteine des Vertrauens gelegt, aber doppelt – oder mehrfach halt – hält besser. Zufrieden mit meiner Erklärung nippe ich an meinem kühlen Bier und schau zu meiner Begleitung runter.

Lucky schlabbert glücklich an seinem Malzbier, ich nippe trotz der verlorenen Wette zufrieden an meinem Krügerl… zu solchen Zeiten ist die Welt in Ordnung. Doch Glück ist bekanntlich wie ein Vogerl. Irgendwann muss ich auch wieder in mein Drei Mäderl Haus und… Mist, wenn ich Pech oder Glück hab - da bin ich mir noch nicht so ganz sicher - ist auch die Annelise noch da.

Ich will ja nicht sudern – dafür haben wir die Wiener – aber manchmal… wünscht ich mir schon fast, wieder in Wien zu sein. Ha, jetzt hab ich dich aber reingelegt! So schlimm ist es noch lange nicht.

Aber auch egal… noch schlabbern wir Männer des Ebner-Haushalts als Brüder im Geiste an unseren Bierchen und die drohende Zukunft ist noch weit entfernt.

Für´s Abendessen wird´s jetzt schon langsam ein wenig spät, aber wie ich meine Drei Mäderl kenn, werden sie mir schon was aufheben. Sie sind ja an meine unregelmäßigen ähh… Arbeitszeiten gewöhnt. Das schwere Los aller Polizisten. Prost.

Selbst der Prohaska beehrt uns mit seinem Besuch. Müd schaut er aus, wie ich mit einer gewissen Befriedigung feststell. Auch wenn sich herausgestellt hat, dass er vielleicht nicht ganz so ein Depp ist, so ist er halt immer noch ein Depp. Nur halt nicht ein ganz so großer. Und er hat mit meiner Ex ein Pantscherl angefangen und im Endeffekt hat er sie mir ausgespannt. Gut – im Nachhinein betrachtet ein Punkt zu seinen Gunsten. Ich lad ihn dafür sogar auf ein Bier ein, das er dankbar in einem Zug runterstürzt. Nicht ganz so eindrucksvoll wie bei Annelise, aber dennoch Aufregung genug, dass jeder ihn beobachtet, wie er mit einem zufriedenen „Das war notwendig. Noch eins bitte, Herr Wirt“ das leere Glas auf die Theke stellt. In den Augen der anderen Stammgäste seh ich sogar sowas wie Respekt aufkeimen. Wer ein Krügerl in einem Zug runterstürzen kann, kann nicht sooo ein schlechter Mensch und Polizist sein.

Ja, was soll ich sagen: Die Regeln bei uns am Land sind manchmal von ergreifender Schlichtheit. Was sie aber nicht unbedingt falsch macht. Wir sind voller solcher Weisheiten. Beispiel gefällig? Kocht die Bäuerin faule Eier, kotzt der Bauer wie ein Reiher. Und liegt der Bauer tot im Zimmer, dann lebt er nimmer. Bauernschläue nennt man das. Schon seltsam, dass keiner von Städterschläue redet, gell. Liegt vielleicht daran, dass die Hirnforschung nachgewiesen hat, dass Natur schlau macht. Und Natur haben wir hier bei uns in Hülle und Fülle. Wundert euch also nicht, wenn einer der nächsten Nobelpreisträger der fesche Ebner Franz aus der Buckligen Welt ist. Ich weiß zwar noch nicht in welcher Sparte, aber da wird sich schon was finden. Allerdings sind wir zu schlau, um uns so kommerzialisieren zu lassen. Wir behalten´s lieber für uns, wie schlau wir wirklich sind. Sollen die Städter uns für einfach halten. Allerdings… wenn ich mir den Karli so anschau… der verdient dann einen Oskar, so überzeugend wie der den Dodel spielt.

Ich lass den Prohaska an meinen Überlegungen teilhaben. Ein wenig Sticheln erhält die Feindschaft. Ich muss aber gestehen, dass ich ziemlich perplex bin, als mir der einfach zustimmt.

„Aber du bist Wiener? Und stimmst mir zu? Ich hab dacht…“

„Denk net, Eiserner, da bist du nicht im Training. Sonst musst unter eine Tanne im Wald ziehen, damit in der Natur dein Hirn wieder regeneriert. Ich bin Waldviertler. Aus der Nähe von Horn. Lebe aber schon lange in Wien. Zu lange."

Naja, auch gut. Die hochzivilisierten Römer sind bis zur Donau kommen, alles nördlich davon ist nur unzivilisierte Natur, barbarischer Urwald. Den Vorsprung, den wir da gehabt haben, haben´s halt nicht mehr aufgeholt. Zufrieden mit meiner Erklärung teil ich sie brühwarm dem Prohaska mit. Der aber meint nur: „Natur macht ja angeblich schlau. Und wenn du recht haben solltest, seid ihr alle da herunten Nachkommen – zumindest im kulturhistorischen Geiste - von den ersten richtigen Städtern. Welchen Schaden rund 2000 Jahre neurologische Degeneration da wohl angerichtet haben, frag ich mich?" Dabei schaut er mich neugierig und abschätzend über den Rand von seinem Glasl hinweg an.

„Du bist deppert", zeige ich mich über so viel Schlagfertigkeit vom Prohaska beinahe sprachlos und versuche, unser Gespräch auf den Fall zu lenken.

Jede Ermittlung kommt früher oder später in´s stocken. Aber bei unserer hab ich das Gefühl, sie will nicht so richtig starten. Klar, die Routinearbeiten sind inzwischen fast alle abgehakt oder zumindest eingeleitet. Aber trotzdem kommen wir nicht weiter. Solche Ermittlungen fürchtet jeder Polizist… wenn du dich auf den Zufall verlassen musst. Dass durch Zufall grad wer aus einem Fenster geschaut hat und sich auch noch daran erinnert. Das eine Polizeikontrolle die Leiche im Kofferraum findet. Hat´s alles schon gegeben, aber darauf verlassen will sich aus verständlichen Gründen keiner.

Das bestätigt auch der Prohaska. „Alles, was wir haben sind nur Ansätze, keine richtigen Spuren. Vielleicht haben die verschwundenen Frauen alle einen gemeinsamen Nenner gehabt – dann würden wir den Täter bald haben. Aber das glaub ich nicht. Und dem Chef kann ich ja auch nicht erzählen, dass wir auf Kollege Zufall setzen."

Während wir uns gegenseitig den Fall erzählen –

manchmal finden sich so neue Ansatzpunkte – rettet uns ein mittelschwerer Aufruhr vom Stammtisch aus unserer ermittlungstechnischen Verlegenheit.

Als Polizist bist du bei einem Aufruhr von Natur aus skeptisch. Und du musst natürlich sofort nachschauen, was die ganze Bahöö zu bedeuten hat, das hat gar nix mit Neugierde zu tun. Neugierig sind immer nur die ganzen Schaulustigen. Wir Polizisten erfüllen unsere Pflicht.

Um den Stammtisch haben die ganzen anderen mittlerweilen eine Traube gebildet. Wir – also der Kurt und ich – nutzen die Gunst der wenig betriebsamen Stunde an der Schank, um uns noch schnell unsere Krügerl frisch auffüllen zu lassen. Entsprechend bewaffnet machen wir uns dann auf den Weg, um nachzuschauen, was da los ist. Mit einem Schritt wie ein Seebär an Land mach ich uns Platz, damit wir gut sehen können.

Der Karli sieht uns kommen und schreit schon ganz aufgeregt: „Ruf den ORF an. Und die Kronenzeitung. Des glaubst net… ein Wunder!“

„Wär dafür net der Vatikan zuständig?“ frag ich in Karli´s Richtung.

„Der ist schon da. Der Herr Pfarrer zieht dem Kogler die Hosen aus!“

Während ich noch überleg, ob das nach §218 StGB oder als Verletzung des öffentlichen Anstands zu verfolgen ist, seh ich, dass der Herr Pfarrer dem Kogler die Hose nur bildlich runterzieht.

Und das ist das viel größere Wunder. Ich bin geneigt, dem Karli zuzustimmen. Der Kogler verliert! Er verliert! Beim Schnapsen! Ich seh´s ohne, dass ich den aktuellen Stand kennen muss. Der Kogler schwitzt und ist nervös. Der Herr Pfarrer starrt mit seinem Glasauge den Kogler an, während er mit seinem gesunden Aug und einem siegessicheren Lächeln seine Karten mustert. Er schwitzt zwar auch, das aber liegt an der Hitze, die immer noch herrscht. Vielleicht ist auch die Schuld, dass dem Kogler seine Konzentration hinüber ist. Oder wird der Kogler krank? Steckt der uns grad alle an? Hat er sich das neumodische Zeugs da eingetreten? Covid? Soll ja auch auf die Konzentration gehen, hab ich gehört.

Nachdem das ungläubige Raunen über den letzten Stich vom Herrn Pfarrer vorüber ist, herrscht andächtige Stille. Jeder von uns ist sich des historischen Augenblicks bewusst. Klar, jeder weiß, dass der Kogler I auch mal verloren haben muss. Aber keiner hat geglaubt, das jemals zu erleben. Der Roger Federer der Karten scheint von Unsicherheit geplagt. Nur zögernd nimmt er eine Karte, lässt dabei seine gewohnte Eleganz vermissen. So sehen Verlierer aus. Das weiß ich genau, so schau nämlich ich immer beim Kartenspielen aus. Klar gewinn ich ab und an… meistens, wenn mein Gegner schon dringend auf´s Klo muss oder ein paar Krügerl Vorsprung hat. Der Kogler aber… der könnt mit verbundenen Augen fünf Simultanspiele machen und ich würd immer noch auf ihn setzen. Der Bobby Fischer des Schnapsen hat ein Gottgegebenes Talent. Was vielleicht der Grund ist, warum es im Kampf gegen einen seiner Vertreter auf Erden beschließt, auf Kurzarbeit zu gehen.

Ein paar Minuten später hat der Kogler I sein letztes Bummerl. Er hat nicht nur verloren, er hat mit so richtigen Schneiderbummerl abgebissen. Das erste in der Menschheitsgeschichte das der Kogler bekommen hat, da sind wir Zuschauer uns einig.

Gut, vielleicht übertreib ich da jetzt ein wengerl, aber oft ist das wirklich noch nicht vorgekommen. Ich frag mich, ob dem Kogler seine Magie jetzt gebrochen ist? Ob ich auch gegen ihn gewinnen könnt. Gerüchten zufolge hat in grauer Vorzeit, als der Kogler noch jung war, irgendein Unbekannter ihn ein Schneiderbummerl angehängt. Wer, da gehen die Überlieferungen auseinander. Die einen wollen wissen, dass es der Teufel höchstpersönlich war, die anderen sind der Meinung, so ein göttliches Spiel konnte nur vom Heiland höchstpersönlich gespielt werden. Und falls du nicht wissen solltest, was ein Bummerl ist: Wir spielen die Partien von sieben Punkte runter. Wer als erster 0 Punkte hat, hat gewonnen, der andere bekommt einen dicken, fetten Punkt notiert – das Bummerl. Und wer als erster drei Bummerl hat, hat das Spiel verloren. Verliert einer, ohne eine einzige Partie gewonnen zu haben, bekommt er zwei Bummerl. Das ist dem Kogler damals passiert. Ein sogenanntes Schneiderbummerl.

Während der Kogler I in Schimpf und Schande das Schandkrügerl holt, das er gegen den Herrn Pfarrer verloren hat, sonnt sich letzterer im Rampenlicht der strahlenden Zuschaueraugen. Schulterklopfen, Händeschütteln und die eine oder andere Spende für die Kirche – also, für die katholische, nicht nur für´s Wirtshaus „Zur Kirche“. Als wir ihn auf den Schultern im Triumphzug durch das Dorf tragen wollen, schreitet Robert ein. Aus einem mir unverständlichen Grund möchte er nicht, dass eine Horde schwerst betrunk… begeisterter Menschen ihren neuen Helden durch das Dorf trägt - und damit raus aus dem Schankraum und weg von seinem Bier. Das kann er bei der Stimmung natürlich nicht zulassen und ist so die Stimme der Vernunft. Oder was in so einer Stimmung halt noch als Vernunft zählt…

„Eine Runde auf´s Haus“, schreit er und mehr braucht es nicht mehr. Wenn Attila in diesem Moment zur Tür hereingekommen wär… er wär umgedreht und hätt sich mit seinen Hunnen verschämt in seine Jurten zurückgezogen. Aber du musst verstehen… zwei Wunder an einem Tag, nämlich der Kogler, der im Schnapsen verliert und eine Hausrunde vom Robert… da können die Gemüter schon mal ein bissal über die Stränge schlagen. Ich als Polizist habe natürlich ein wachsames Auge auf die Vorgänge und erfülle meine Vorbildfunktion mit Bravour.

KAPITEL 27

Meine Vorbildfunktion zur Ankurblung der lokalen Wirtschaft habe ich mit Sicherheit vorbildlich erfüllt. Das Brummen in meinem Schädel stört mich nicht mal so, es sind die Triebwerke eines startenden Düsenjets, der zwischen meinen Augen seine Start- und Landebahn eingerichtet hat.

Der erfahrene Trinker stellt sich nach dem Aufwachen vor allem eine Frage: „Warum? Warum nur?“. Nur mit dem Alkohol unerfahrene - Amateure sozusagen - fragen sich „Wo?“. Der Profi weiß, dass er seinen Weg nach Hause in jedem Zustand findet. Zugegeben, vielleicht hilft es in dieser Beziehung auch, wenn du in einem Dorf lebst, dass im Großen und Ganzen aus drei Straßen besteht. Da werden manche Wege einfach im Autopilot-Modus absolviert.

An diesem Morgen bin ich über beide Fragen weit hinaus und finde meine Religiosität. Allerdings über Umwege über den Teufel. Denn nur der Teufel kann mir diesen Zustand verpasst haben. War gestern ja nur Bier. Und das eine oder andere Schnapserl. Nix besonderes. Und man weiß ja: Der Teufel hat den Schnaps gemacht. Und wenn´s den Teufel gibt, dann muss es ja auch Gott geben, auch wenn der grad woanders hinschaut. Denn kein Gott kann dieses Leid zulassen. Aber vielleicht war auch nur das letzte Bier verdorben.

Kurz bevor mir der Schädel endgültig explodiert, leg ich mich wieder flach hin und mach die Augen zu. Kurz darauf kommt zum startenden Düsenjet noch der Presslufthammer und ein Trommelorchester dazu. Ich find´s zwar toll, wenn meine Drei Mäderl in der Küche hantieren, aber nicht grad jetzt. Ich kann also auch aufstehen, Ruhe hab ich eh keine mehr und die Kopfwehtabletten sind auch nicht in Reichweite. Leider schließen grad jetzt der Kopf und der Magen ein Bündnis gegen mich und ich find mich wieder beim intensive n Studium der Klempnerarbeiten am Klo. Wenigstens geht´s mir dann ein bissal besser. Ich sterb nicht mehr, hab nur mehr den Wunsch nach einem endgültigen Ende – solang das schmerzfrei ist.

Nur knapp eine Stunde später hab ich es wirklich in die Küche geschafft und erkenn an der großen Küchenuhr, dass es so gegen acht sein muss. Meine Mama stellt mir nur wortlos mein Häferl hin und ich nehm erleichtert einen großen Schluck. Und spuck. Das ist kein Kaffee. Nie und nimma. Das ist ein Mordanschlag. Fragend würg ich in Richtung Mama „´asn d´s".

„Brennnesseltee, der entgiftet", gibt mir meine Assassinin auf die Suche nach einem Gegengift mit.

„´rum?" spuck ich aus und versuch mir die Zunge abzuwischen, um den Geschmack loszuwerden. Ob es hilft, wenn ich sie in den Salztopf steck? Oder besser Salzsäure? Aber woher nehmen? Bevor ich dieses Experiment machen kann, fährt der Todesengel, der sich meine Mama nennt, fort: „Ein Teil deiner Ausbildung wird´s sein, die Wirkungen der verschiedenen Kräuter selber zu erfahren. Eines der Abführmittel hast ja schon hinter dir..." Natürlich kann ich mich täuschen, ich seh ja noch leicht verschwommen, aber ich könnt schwören, beim letzten Teil grinst sie mit erwartungsvoller

Schadenfreude. „Außerdem solltest du für deinen ersten Tag spirituell wie körperlich möglichst rein sein. Früher haben sogar wir Hexen zu Beginn der Ausbildung gefastet."

„Erstens werd ich keine Hexe, damit hat sich die Ausbildung auch erübrigt. Und Fasten… ja, klingt nicht schlecht." Da, jetzt weißt du, wie schlecht es mir noch geht. Schon an´s Essen zu denken, bringt mich auf die Idee, mich vorsichtshalber Richtung Bad zu schieben.

„Du wirst. Das haben wir ja schon geklärt."

„Ihr vielleicht, aber ich sicher nicht und meine Antwort ist ganz einfach: Nein."

„Selber Schuld, wollt dich grad fragen, ob du zum Mittagessen wieder ein Schweinsbraterl magst, aber wenn´s nein sagst…" feixt Oma.

„Ihr seid´s deppert." Na, immerhin haben sich meine Zunge und mein Sprachzentrum wieder koordiniert. Meine Reflexe schlafen aber noch und ich fang daher ein Tätscherl mit meinem Hinterkopf ein: „So redet man nicht mit seiner Mama!" sagt Mama, „Aua!" sag ich.

„Ich werd trotzdem ka Hexe, ich bin schon Polizist."

„Franzl", seufzt Mama, „da hast ka Mitspracherecht. Aber keine Sorg, fasten musst nimma. Aber ganz ehrlich… duschen solltest. Und net nur wegen der spirituellen Reinigung. Du stinkst."

„Außerdem haben wir gestern, während du leischna warst, noch was für dich g´macht", lenkt Urli ab.

Typisch, da erfüllt man gewissenhaft seine Pflicht als Polizist und Staatsbürger und was machen die Drei Mäderl? Sie denken, man war nur zum Spaß unterwegs.

„Die Annelise hat uns dabei geholfen. Fleißiges Dirndl, aber so sind´s ja, die Deutschen. Hat eh nach dir g´fragt und wollt noch kurz im Wirtshaus vorbeischauen", verkündet meine Mama in ihrer Funktion als Herold des amourösen Untergangs. Tatsächlich kann ich mich jetzt, da wir darüber reden, dumpa daran erinnern, gestern noch die Annelise gesprochen zu haben. Leider wird die Erinnerung mit jeder verstrichenen Sekunde heller und klarer. Naja, vielleicht nicht wirklich gesprochen. Aber zumindest gesehen. Und zwar gleich zwei von ihr. O Gott… ich hoff, ich hab ihnen nicht wirklich einen flotten Dreier vorgeschlagen. Krampfhaft versuch ich etwas Licht in das verschwommene Dunkelgrau des späteren Abends zu bringen. Vergeblich. Zum ersten Mal bin ich den alkoholindizierten Sprachstörungen dankbar… selbst wenn sie da war und ich soviel Blödsinn geredet hab, wird Annelise mich nicht verstanden haben. Außerdem ist sie ja noch dazu Deutsche, die verstehen mich schon nicht, wenn ich Bucklige-Welt-Hochdeutsch red.

„Blablablabla. Passt eh so, Franzl, oder?" werd ich aus meinen kognitiven archäologischen Grabungen gerissen. Und mach den Fehler, den alle Männer in so einer Situation mach: Ich stimm vorsichtshalber mal zu, bevor mein Überlebensinstinkt sich Gehör verschaffen kann:

„Jaja, passt schon", brummel ich bevor ich doch aufschreck und ein gehetztes „Was?" nachschieße.

„Pass besser auf, ich will nicht alles zweimal sagen", rüffelt mich Urli.

„Sie hat gesagt, dass du heut auch noch dem Hausgeist vorgestellt wirst."

„Was?"

„Wir stellen dich dem Hausgeist vor. Wirst ihn zwar noch nicht sehen können, aber so ist´s Tradition. Und die Hausgeister legen großen Wert auf Traditionen."

„Was?"

„Hast an Schlaganfall? Du sagst nur immer ‚Was'… Schlaganfälle wirken sich auf´s Hirn aus." Besorgt mustert Oma mich. „Er ist ja auch nimma der Jüngste und bei seinem Lebensstil…", erklärt sie ihre Besorgnis den beiden anderen Mäderln.

„Was?"

„Sollen wir den Doktor rufen?"

„Was? Wie? Na, braucht´s nicht. Eher den HNO. Ich muss mich verhört haben, ich hab was von Hausgeist gehört."

„Da hast ausnahmsweis mal richtig gehört. Alle, die in unserer Welt leben oder leben werden, müssen ihren Hausgeist kennenlernen. Bis jetzt hast als Unwissender und Außenseiter seinen Schutz gratis gehabt. Das wird sich in Zukunft ändern. Aber keine Sorg, es ist nicht viel Aufwand", klärt Oma mich im nichtbiologischen Sinn auf. Und ähnlich wie ihre Versuche Bienen mit Störchen in Einklang zu bringen, hinterlässt ihre Erklärung vor allem eines: Verwirrung. Mit ein bissal Peinlichkeit.

„Wa… Wie ‚Eure Welt'? Seid´s Außerirdische? Ich hab´s ja schon immer gewusst!"

„Geh komm, Franzl. Glaubst du, wir sind meschugge? Außerirdische. So ein Schmarrn. Aber es gibt mehrere… Realitäten. Oder besser: Welten. Wir wissen schon, dass wir in der alltäglichen Welt leben. Aber halt nicht nur. Die Iren haben da einen netten Ausdruck, übersetzt wird er mit ‚Anderswelt'. Wir leben einfach in der diesigen Welt und manchmal lüpfen wir den Schleier und schlüpfen in die anderen Welten."

„Andere Welten?"

„Ja, gibt mehrere davon, aber das ist noch zu viel für dich."

„Net nur das", murmel ich, werd aber ignoriert.

„Auf jeden Fall ist uns schon klar, dass nicht jeder das Privileg hat, die Dinge zu sehen, die wir sehen. Und dazu gehören auch Hausgeister. Oder Schutzgeister."

„Sind das die Schutzengerl?" frag ich einfach mal, um auch was zu sagen außer ‚Was'.

„Die Schutzengerl sind die katholische Version davon. Oder von mir aus auch die christliche. Die haben da viel g´fladert und in ihren Kanon aufgenommen."

„Soll ich sie wegen Diebstahls verhaften?" unke ich. Manchmal ist Humor der beste Weg, um nicht den Verstand zu verlieren. Muss nicht immer guter Humor sein, was glaubst du, wie es bei den Spezialeinheiten nach Einsätzen mit suboptimalen Ausgang abgeht.

„Musst nicht, manche sind ja nicht mal so übel. Zumindest, seit sie aufgehört haben mit Streichhölzern zu spielen. Inzwischen wollen viele Katholiken – und nicht nur die - uns nicht mehr Verbrennen, sondern sind neugierig auf unser Wissen."

„Das sie aber nicht so einfach bekommen. Zumindest nicht alles. Heilwissen geben wir ja gerne weiter, das kommt ja jedem zu Gute. Aber das Wissen um Beschwörungen und so… wird nur an Menschen mit einwandfreiem Leumund weitergegeben, so sagt ihr doch bei der Polizei, oder?" präzisiert Mama.

„Ich glaub nicht, dass wir bei der Polizei viel über Beschwörungen reden. Zumindest nicht in meinen Einheiten." Was weiß denn ich, ob die drei Verrückten nicht auch Akte X für real halten und glauben, dass die in Wien Simmering stationiert sind. Dabei ist klar, dass die nicht dort sind – wenn, dann näher am Parlament, da kommt´s ja am häufigsten zu unerklärlichem Verhalten und Sichtungen von Personen und Dingen, die nie dagewesen sind. Reichen Oligarchen etwa. Unerklärliche Gelder, die plötzlich auftauchen oder verschwinden.

Gespräche, die nie stattgefunden haben. Emails, die sich aus unerfindlichen Gründen selbst löschen. Sowas halt. Nur gibt´s da keine Spezialeinheit. Solche Phänomene werden bei uns zu selten untersucht. Die Enttäuschung würd ich meinen Drei Mäderl gern ersparen. Und auch wenn ich nicht glaube, dass meine Drei verrückten Mäderl gewalttätig werden – ich bin lieber vorsichtig. Nicht, dass sie mir wirklich wehtun könnten, aber ich will auch nicht, dass sie sich selbst verletzen. Der Weg in die Geriatrie ist so weit.

„Na, ich denk da bei uns in Österreich bist wahrscheinlich der erste Hexen-Polizist“, mutmaßt Urli.

„Ein Mulder ist er aber nicht grad“, ätzt Mama, während mich Oma in Schutz nimmt: „Der Franzl ist halt die österreichische Version vom Mulder. Net so ein verhungerter Haring.“

„Danke Oma. Rund und g´sund. Und das ist auch mit ein Grund, warum ich mir wegen euch Sorgen mach. Habt´s ihr in letzter Zeit zu viel ab- oder zugenommen? Abgenommen könnt ja heißen, dass euch die freigewordenen Gifte in´s Hirn g´stiegen sind. Und zugenommen… Triple-Hirntumor? Müsst schon ziemlich groß sein…“

„Net frech werden, du schüttelst am Watschenbaum“, warnt Mama mich.

„Ach, kommt´s… was ihr da erzählt´s – Urli schon uralt… also noch älter als sie eh schon ist, Hausgeister, Herzlfresser, Unsichtbarkeitszauber, Beschwörungen, Menschen, die unsichtbar werden oder das Wetter kontrollieren, mit dem Teufel bum… ähh… also, ganz normal ist das nicht. Ihr solltet einen Roman schreiben, Phantasie habt´s ja. Aber wenn ihr rumrennt und erklärt, dass das alles Wirklichkeit ist… Ich fürcht, dann kann ich euch in Gugging besuchen.“

„Nur, weil Normalität als die fade sogenannte Realität von Halbblinden definiert wird, sind wir noch keine Fälle für die Irrenanstalt. Eher umgekehrt“, belehrt Urli mich. „Spätestens seit der Aufklärung haben die Menschen angefangen, sich selbst zu verstümmeln. Sie können viele Spektren nimma wahrnehmen. Für viele Aspekte sind die Menschen blind geworden. Und alles unter dem Mantel der Naturwissenschaften.“

„Aber eh egal. Das wirst schon noch merken. Was heut am Programm steht, ist, dass du eben unsern Hausgeist kennenlernst. Oder ihm zumindest offiziell vorgestellt wirst. Der Rest… wird schon. Nur eins noch… verspott ihn nicht. Das mag er gar nicht. Verärger ihn nicht. Und auf keinen Fall nenn ihn Heinzelmännchen. Oder Kobold. Und schon gar nicht Pumuckl. Am besten… red so wenig wie möglich“, instruiert mich Urli, die anscheinend zum Pressesprecher des Hexenzirkels ernannt worden ist. Oder auch zum Zeremonienmeister, was weiß denn ich, wie das in solchen Zirkeln heißt. Aber immerhin hört es sich nicht so anstrengend an wie ein Zirkeltraining in der Schule.

„Soll ich mir ein weißes Leintuch umhängen, damit er mich sympathisch findet? Muss ich ‚Buh‘ sagen? Und wie lang soll das ganze eigentlich dauern? Ich hab ja auch noch einen Job.“

„Wär bei dir eh nur bauchfrei, also lass es sein. Uns zu liebe. Und seit wann machst du dir wegen der Arbeitszeiten Sorgen? Hast noch nie… bist ja eh dauernd im Dienst, wie du so gern sagst“, neckt Urli. Manchmal weiß ich nicht so recht, woran ich bei ihr bin.

„Aber zuerst… geh bitte Duschen. Du stinkst, als ob ein ganzer Ziegenstall die Brauerei überfallen hat.“

Meine Mama – diplomatisch wie immer.

Aber recht hat sie: duschen sollt ich.

KAPITEL 28

Die Dusche tut gut. Ich werde Zeuge eines regressiven biologischen Prozesses: Der Kater wird zum Kätzchen. Als er nur mehr leise miaut, dreh ich das Wasser ab und kampel mir die Haare. Naja, hab schon besser ausgesehen, aber was solls… für einen Hausgeist wird´s schon reichen. Immerhin… was soll so ein imaginäres Wesen schon gegen einen klein wenig verkaterten, leicht übergewichtigen, stattlichen Mitbewohner haben? Andererseits… meine Drei Mäderl könnten da einiges dagegen haben, wenn ich mich nicht in ordentlicher Sonntagstracht präsentier. Und dann… die Repressalien der Fressalien möchte ich lieber nicht noch einmal erleben. Kochen hab ich nie gelernt und was die Drei Harpyien mir in mein Essen mischen könnten… Mein Auto ist grad erst ausgelüftet. Duftbäumchen haben auch nix geholfen.

Also schau ich, welches meiner Hemden noch einigermaßen unzerknittert ist (Meine Drei Mäderl bügeln mir sogar die – angeblich - bügelfreien Hemden. Aber ein Tag in meinem Schrank und das Hemd schaut aus wie Columbo ohne Botox – da müssen bösartige Zerknitter-Heinzelmännchen am Werk sein. Sind wahrscheinlich mit den Sockenfresser-Kobolden verwandt).

Ich steck mir sogar ein frisch gebügeltes Taschentuch ein. Keins von den umweltverschmutzenden Papierenen, sondern ein richtiges. Vielleicht ist der Hausgeist ja verschnupft. Außerdem sollt der ländliche Gentleman immer einen Taschenfeitel und ein ordentliches Taschentuch eingesteckt haben. Eine Taschenlampe ist auch nicht verkehrt. Und natürlich einen Kamm. Deshalb bevorzug ich Hosen mit großen Säckeln. Und einen stabilen Gürtel, damit sie am richtigen Platz bleiben. Hat nix mit der Sprengung von zu dünnen Gürteln durch einen expansiven Körperäquator zu tun.

Ich geh noch mal in´s Bad, um im Spiegel zu kontrollieren, ob ich eh einen ‚präsentablen' Eindruck mach. Naja, ich hab schon bei Lagebesprechungen einen größeren Mist präsentiert bekommen, als der, der mir jetzt aus dem Spiegel entgegenschaut. Wird schon reichen. Und wenn ich´s mir so recht überlege… warum sollts keine Hausgeister geben. Es sind schon seltsamere Sachen passiert. Zum Beispiel, dass der Kogler gegen den Herrn Pfarrer beim Schnapsen verliert. Ich kann´s ja immer noch nicht glauben. Vor allem, weil der Herr Pfarrer ja eigentlich beim Kartenpracken ein ziemliches Nackerpatscherl ist.

Grad wie ich nach der Türschnalle greif, um meinen Antrittsbesuch bei dem Hausgeist in dessen Haus ich seit fast 48 Jahren mit Unterbrechung wohn, trifft´s mich. Wie ein Blitz aus heiterem Himmel. Metaphorisch gesprochen natürlich, meine Fußsohlen sind nicht verbrutzelt.

Der Herr Pfarrer, wie er beim Kartenspielen gewinnt.

Der Herr Pfarrer, der über das heiße Wetter froh ist, weil´s seinem Rheuma gut tut.

Der Herr Pfarrer, wie er plötzlich wie aus dem Nichts am Hausberg aufgetaucht ist.

Dass man ungesehen von der Kirche auf den Hausberg kommt.

Aber das kann ja nicht sein. Ich mein…. Der Herr Pfarrer? Der Hirte seiner Gemeinde? Der, der alle kennt?

Der, der alle Gewohnheiten kennt? Und daher genau weiß, wann er heimlich Leichen entsorgen kann? Der Pfarrer, der Spenden für sein Kirchendach sammelt, indem er… Karten spielt?

Aber… der Herr Pfarrer! Das kann nicht sein. Oder doch? Kann´s sein, dass er als Hobby-Historiker irgendwelche Unterlagen gefunden hat? Als studierter Theologe und ehemaliger Inquisitor hat er sicher die Möglichkeit gehabt, sich Informationen zu Beschwörungen oder solchem Zeugs zu besorgen.

Aber der Herr Pfarrer? Bin ich jetzt schon total übergeschnappt, dass ich sogar meinen Drei Mäderln die Herzl-Gruselgschichten glaub?

Ich stolper die Treppen runter Richtung Küche. Tief in Gedanken murmel ich in Richtung meiner Drei Mäderl, dass der Hausgeist warten muss. Dass ich einen zu schrecklichen Verdacht hab.

„Was wisst ihr eigentlich über unsern Pfarrer?" frage ich die drei allwissenden Müllhalden unserer dörflichen Gemeinschaft.

„Wieso?" kommt natürlich gleich die Gegenfrage.

„So halt. Also… was wisst ihr über den Herrn Pfarrer?"

„Der ist noch nicht so lang bei uns", fängt Mama an.

„Ja, weiß ich. Erst seit einem knappen Jahr, wenn ich mich recht erinner. Erzählt´s mir was, was ich nicht weiß", drängle ich.

„Wie der gekommen ist, haben wir uns natürlich ein bissal über ihn schlau gemacht. Immerhin hat´s geheißen, dass er bei der Inquisition war. Da haben wir als Hexen ein natürliches Interesse daran, mehr zu wissen. Risikomanagement nennt man das heut, glaub ich", plaudert meine Mama weiter.

„War er auch. Auch wenn sich die heute anders nennen. Aber die Katze lässt das Mausen nicht, wie man so schön sagt…“ kommentiert Uroma.

„Aber er ist doch einer von der versöhnlichen Sorte. Hat sogar einen Antrittsbesuch bei uns g´macht, wenn du dich daran erinnerst.“

„Habt ihr mit ihm über… den Reininger oder Herzlfresser oder sowas geredet?“ muss ich wissen.

„Net direkt. Aber wir haben ihn a bissal ausgehorcht. Und die Unterlagen haben wir auch noch nicht aus dem Kirchenarchiv holen können.“

„Unterlagen? Welche Unterlagen?“ stutze ich.

„Na die vom Reininger.“ Urli redet, als ob ich begriffsstutzig wär. Vielleicht bin ich´s ja, aber ich hab keine Ahnung.

„Nochmal: Welche Unterlagen?“ frag ich daher nach.

„Na, die vom Reininger. Wennst recherchiert hättest, tätest wissen, dass es zum Beispiel keine offiziellen Todesunterlagen mehr gibt. Naja… gibt´s schon, nur liegen sie zusammen mit den etwas gefährlicheren Gerichtsunterlagen bei uns im Kirchenarchiv.“

„Warum sollten die bei uns in der Kirche liegen. Wir waren ja nie bei der Pfarrei von Kindberg – soweit ich weiß“, wunder ich mich.

„Na, ich hab die da versteckt. Sowas kannst ja nicht in falsche Hände kommen lassen. Allein die Ideen, die da in den Unterlagen dringstanden sind… viel zu gefährlich. Extra bis nach Graz bin ich deswegen“, plustert sich Urli auf.

„Und was soll an denen gefährlich sein?“ Ich fürcht, ich weiß die Antwort schon.

„Na, da waren Details zu den Herzfressern…“ Urli´s

Augen werden groß – noch größer, als sie hinter ihren Aschenbechern, die sie Brille nennt, eh schon sind. „Du glaubst…"

„Ich glaub gar nix und schon gar nicht eure G´schichteln", stell ich klar und versuch das Thema zu wechseln: „Gibt´s noch Gugelhupf?" Ich will weder eine Hexenjagd… Nein, Pfarrerjag… Auch nicht… hmmm… Lynchmob passt am besten. Also, ich will weder einen Lynchmob, noch, dass sich meine Drei Mäderl überhaupt einmischen. Aber wie ein Bluthund lassen sie nicht locker. Ich bereu, dass ich überhaupt gefragt hab.

„Aber… das ist der Herr Pfarrer, von dem du redest."

„Der doch nie und nimma!"

„Sowas machen Pfarrer doch nicht!"

Schon wie sie durcheinander reden merke ich, dass ihre Hexeninstinkte mit der dörflichen Konditionierung aneinander geraten.

„Und ich hab dacht, ihr Hexen mögt die Pfaffen eh nicht", stichel ich halbherzig.

„Wir haben Frieden geschlossen. Und die, die wir damals nicht g´mocht haben, sind schon tot", stellt Uroma richtig, lässt aber offen, ob sie da nachgeholfen haben. Naja, wenn kein Unsterblicher unter den Inquisitoren war, dann sind sie wirklich schon lange hinüber – egal, ob die Hexen damals ihre Finger im Spiel hatten haben oder auch nicht.

„Wißt´s, es ist nur so ein Gefühl. Vielleicht habt ihr mich mit euren Schauerg´schichteln auch einfach meschugge gemacht. Aber gestern hat der Herr Pfarrer gegen den Kogler beim Schnapsen gewonnen. Gegen den Älteren."

Die Augen meiner Drei Mäderl werden noch größer. Sie würden wahrscheinlich aus den Köpfen springen, wenn sie keine Brillen aufhätten. Ich hab mal ein Aquarium gehabt, da waren auch Fische drinnen, die so geglotzt haben. Obwohl ich nix getan hab, fühl ich mich unter diesen Blicken nicht grad wohl. Kein einziges Zwinkern nur ungläubiges Starren.

„Das… kann´s net geben. Das ist net möglich!" bricht Oma den Bann, grad als ich entnervt gehen wollt.

„Der Zauber müsst noch wirken, der hat kein Ablaufdatum! Habt´s ihr da pfuscht?" motzt Urli.

„Mooooment!" brüll ich, bevor mir das Gespräch komplett entgleitet. „Welcher Zauber?"

„Na, der vom Kogler. Damit er immer gewinnt. Hat er seinen Hut aufg´habt?"

Ich versuch mich zu erinnern: „Ja, glaub schon. Warum? Erzählt ihr mir jetzt, das ist ein Zauberhut?"

„Ja. Wir haben einen Träger für den Zauber gebraucht. Eigentlich wollt ma ja sein Feuerzeug, aber weil´s damals schon absehbar war, dass Rauchen nicht gesund ist, haben wir den Hut genommen. So kann er auch zum Rauchen aufhören. Einen Hut aber kannst immer tragen."

„Ihr habt´s dem Kogler sein Hut verhext?"

„Nur ein bissal… er spielt eh schon überirdisch gut. Und wie er dann zu den Meisterschaften aufbrochen ist… Naja, da wollt ma ihm a bissal a Unterstützung mit auf den Weg geben. Der Weltmeister im Schnapsen aus Brand… Schon was, worauf ma stolz sein kann. Wir sind halt Lokalpatrioten! Haben auch nix verlangt. Der Kogler hat´s ja nicht mal gewusst."

„Weltbekannt in Österreich. Wie unsere Austropoper", schüttel ich nur den Kopf. „Ihr wißt´s dass das nicht erlaubt ist? Auch wenn´s ja eigentlich eh kompletter Schmarrn ist."

„Die ganzen Leistungssportler nehmen doch die Stereoide, da haben wir dacht, unser Kogler könnt an Ausgleich brauchen.“

„Ich geb´s euch auch gleich in Stereo! Seid´s deppert? Und warum sollt ein Kartenpracker Steroide – so heißen die Dinger nämlich – nehmen? Spielen sie mit Bleikarten? Oder sind die komplett aus Gold? Des sind ja keine Kraft- oder Ausdauersportler. Deren ihr Doping is a Schnapsal für den Gegner!“

„Ka Grund, so ausfällig zu werden…“

„Und ob. Ich mein… habt ihr sie noch alle?“

Zumindest haben sie den Anstand, jetzt etwas betroffen aus der Wäsch zu schauen. Die Tage werd ich mir im Kalender rot anstreichen. Erst der Kogler der verliert, eine Runde Freibier und jetzt noch schuldbewusste Drei Mäderl… die Welt ist voller Wunder. Ab jetzt kann ich sogar an Hausgeister und von mir aus auch an Dämonen glauben – Na gut, so weit würd ich dann doch nicht gehen, aber meine Drei Mäderl, die betroffen dreinschauen ist ein Anblick, den die Welt noch nie gesehen hat. Ich zumindest nicht. Klar frag ich noch ein bissal weiter, ich will ja als Polizist Beweise haben, und meine Drei Hexen plaudern sogar ein wengerl aus dem Nähkästchen, wie sie den Hut verzaubert haben. Klar, so richtig handfestes liefern sie nicht – bis auf den Kogler seine Siege im Schnapsen. Aber das könnt ja auch einfach an seinem Talent und eisernem Training liegen. Und ich glaub´s ja gar nicht… als ich ihnen die Leviten les, wird Mama aus Scham sogar ein bissal rot im Gesicht. Ab jetzt wundert mich echt nix mehr. Dacht ich. Aber wie lautet das 11. Gebot? Du sollst dich nicht irren.

Trotzdem bin ich sauer auf die Drei. Wenn ich dran denk, wie oft ich gegen den Kogler verloren hab. Wie oft ich demütigende Blamagen gegen ihn durchlebt habe, wie viele Krügerl ich deswegen verloren hab… Ich geb´s ja zu:

Wenn der Kogler übernatürliche Hilfe g´habt hat, dann sind meine Niederlagen leichter zu verkraften und nimma ganz so peinlich. Ich bin geneigt, den Drei Hexen zu glauben. Darüber vergess ich fast den Herzlfresser. Aber nur fast.

„UND dann noch die Sach mit dem Reininger. Was habt´s ihr da angestellt?"

„Wir nix. Und Urli auch nicht. Der ist vom Gericht verurteilt worden und dann halt gestorben", murmelt Mama.

„Ihr wisst´s genau, was ich mein!"

„Ach, am besten, ich erzähl dir einfach, was damals vorgefallen ist. Die G´schicht vom Reininger kennst ja eh schon. Bei den Gerichtsverhandlungen ist mehr erzählt worden, als uns Hexen lieb war. Das hat nicht in die falschen Händ kommen dürfen. Als der Reininger also im Häfen g´sessen ist, bin ich nach Graz. Da sollt er seine Straf absitzen. Grad, wie ich unten war, ist er dann gestorben. Ich hab also noch a wengal warten müssen, bis sich der ganze Staub gelegt hat. Dann hab ich mir die Unterlagen geschnappt. Nicht alle, es war ja auch nicht alles da unten. Aber das Wichtigste. Seine Todesurkunde war dabei, die hätt ich eigentlich nicht braucht, aber mei, es hat halt schnell gehen müssen. Wieder daheim hab ich überlegt, was ich mit dem ganzen Zeugs machen soll. Du musst wissen, wir Hexen ehren und achten das geschriebene Wort, wir dürfen es nicht zerstören. Wir wollten die Akten auch aufheben, damit spätere Hexen draus lernen können und nicht meine Fehler wiederholen. Damit die die Geschichte aber auch wirklich glauben, wollten wir die Aufzeichnungen behalten. Verbrennen oder so war also für mich ausgeschlossen. Da hab ich mir gedacht, bei uns in der Kirche wird´s schon sicher aufgehoben sein. Und wenn wir sie brauchen würden, könnt ma sie holen. Ich mein… in so einem Archiv findet doch eh keiner was. Und damals hat´s weit und breit auch noch keine Historiker gegeben, die in den verstaubten Akten rumgeschnüffelt hätten. Alles, was damals interessant war, war wem was gehört, wer wann geboren und damit volljährig und wer wen geheiratet und daher für welche Erbschaft berechtigt ist. Für sowas waren die Archive damals da. Wenn ein Name draufsteht, den keiner kennt, dann hat´s auch keinen interessiert." Urli nimmt ihre Brille ab und putzt sie. „Die Zeiten haben sich geändert. Ich wollt´s ja irgendwann noch holen und noch sicherer verstauen… aber weißt eh, wie das ist. Irgendwas kommt immer dazwischen und so pressiert hat´s ja auch nicht."

„Es pressiert nie, bis es z´spät ist", weise ich meine weise Uroma auf ihren Fehler hin. „Aber steht genug drinnen, um jemanden auf die Idee kommen zu lassen, dass er mehrere Frauen umbringt und ihre Herzen isst? Eigentlich hätt ich mir nur vorstellen können, dass jemand nach zuviel Fernschauen auf die Idee kommt und einen Chianti zu den Herzen süffelt."

„Ja, den Film haben wir alle gesehen. Und ja… es steht genug in den Akten. Mit ein bissal an Wissen könnt das schon gefährlich werden. Deswegen hab ich sie ja damals in Sicherheit gebracht. Falls wer auf dumme Gedanken kommen sollt, hätt er sie nicht da unten gefunden. Und wer sie durch Zufall findet, muss erst mal zu so was bereit sein und das Wissen haben." Urli dachte, sie hätte an alles gedacht.

„Aber kann der Herr Pfarrer sowas machen? Glaubt ihr, der ist zu sowas fähig?" frag ich meine Drei Mäderl, die prompt wild durcheinander reden.

„Der Herr Pfarrer doch nicht."

„Kann ich mir net vorstellen."

„Wie und wieso sollte der Herr Pfarrer sowas

machen?“

„Ja.“

Meine zerebralen Fähigkeiten leiden noch unter dem gestrigen Abend und akutem Koffeinmangel, aber langsam dämmert mir, dass bei drei Anwesenden Frauen es ziemlich ungewöhnlich ist, vier Antworten zu erhalten. Nein, falsch… DAS ist nicht ungewöhnlich. Ungewöhnlich ist es einerseits NUR vier Antworten zu erhalten und was auch ungewöhnlich ist, dass sie von vier verschiedenen Stimmen bei drei Frauen stammen. Noch während ich diesen geistigen Marathon durchdenke, hör ich die vierte Stimme erneut: „Ich wollte nur nachfragen, wie es dir heute geht. War gestern ja ein recht lustiger Abend. Zumindest für einige von uns. Aber anscheinend warst du ja bereits sehr fleißig.“

Immer wenn du denkst es geht nicht mehr, kommt von irgendwo eine weitere Blamage her.

Annelise steht an der Tür, keine Ahnung wie lange schon. In unserer hitzigen Diskussion hat sie keiner von uns bemerkt. Offensichtlich nicht mal unser Hausgeist, oder er ist einfach nur faul. Sie meint nur: „Ich habe geklopft, aber keiner hat geantwortet. Aber ich habe dich bis nach draußen gehört, da dachte ich… ich wollte wirklich nicht lauschen.“

„Ähhh…. Wir haben grad eine hypothetische Hypothese hypothetisiert…“

„Ich habe genug gehört, Franz. Denkst du wirklich, es könnte euer Pfarrer sein?“ unterbricht Annelise mein Geschwafel.

Ich zögere kurz. Nicht, weil ich ihr nicht vertrauen würd, ich horch kurz in mich und sag dann: „Ja. Ja, das glaub ich.“ Ich fasse nochmal kurz meine Anhaltspunkte für Annelise – und auch für mich – zusammen.

„Du glaubst mir also?“

„Egal ob ich dir glaube oder nicht… wir haben keinen anderen Verdächtigen. Es schadet also nichts, wenn wir deinem Verdacht nachgehen und uns den Pfarrer etwas genauer ansehen.“

Naja, immerhin… sie hätte mich auch unauffällig in die Nervenheilanstalt einliefern lassen können.

Was sie als nächstes sagt, wollte ich aber eigentlich nicht hören.

„Wir müssen es dem Kurt sagen“, meint Annelise nämlich.

Das ist mir grad gar nicht recht. Zwar herrscht sozusagen ein brüderlicher Waffenstillstand (Mist… ich glaub, ich hab gestern Abend wirklich mit dem Prohaska auf Bruderschaft getrunken), aber mit einer Bauchvermutung ohne Beweise will ich nicht zu ihm. Und die Begründung, weil der Herr Pfarrer im Schnapsen gegen einen verzauberten Hut gewonnen hat und deswegen übernatürliche Kräfte hat, die er dadurch bekommen hat, dass er Frauen die Herzen rausschneidet und isst… Ich glaub, der Prohaska würd wirklich die grüne Minna rufen. Spätestens dann, wenn ich auch noch die G´schicht mit dem Kogler und seinem verhexten Hut und meinen Drei Hexen erzählen müsst. Und nicht zu Unrecht. Trotzdem bin ich davon überzeugt, dass wir die Identität des Täters kennen. Aber auch wenn mein Bauch genügen Platz bietet, um genügend Gefühl auszubilden, brauchen wir Beweise.

„Ich find, das ist noch ein bissal verfrüht“, sag ich daher.

„Und was, wenn er erneut zuschlägt? Ein neues Opfer findet? Wenn ich es richtig verstanden habe, würde er zur Unsterblichkeit noch eine Frau benötigen. Beziehungsweise vor allem deren Herz. Und den Kopf. Das stimmt doch, oder Frau Ebner?“

„Moment… glaubst du den Schmarrn etwa?"

„Erstens kommt es nicht darauf an, was ich glaube, sondern unser Killer. Das solltest du eigentlich wissen. Und ja, ich glaube, dass es mehr zwischen Himmel und Erde gibt, als wir mit unserer Schulweisheit wissen. Auch wenn es etwas altbacken klingt, steckt doch eine Weisheit in dem Satz."

„Auch, wenn wir in Österreich bei den Pisa-Tests mittlerweilen ziemlich grottig abschneiden… ich hab noch eine gute Schulbildung genossen, und ich glaub den ganzen Käse, den die Alten…" An dieser Stelle unterbrech ich mich, um kurz und schmerzerfüllt „Aua!" zu sagen und mir den Hinterkopf zu reiben, „…die Drei Weisen so erzählen nicht. Ich kenn sie schon zu lange und zu gut."

„Hast du denn eine bessere Erklärung? Und abgesehen davon… auch wenn es nicht funktioniert, kann jemand auf diese Idee kommen. Und diesen jemand müssen wir stoppen. Und um ehrlich zu sein… wir haben keine andere Spur. Der Mörder ist wie unsichtbar." Dabei verzieht sie ihre vollen, wundervollen Lippen zu einem entschuldigenden Grinsen.

„Habt ihr den Herrn Pfarrer befragt?"

„Haben wir. Aber nicht als Verdächtigen."

Das heißt unter anderem, keine Fragen nach Alibis. Auch keine Durchsuchung des Pfarrhauses. Oder der Kirche. Die beide groß genug sind, um hinter den dicken Mauern Frauen das Herz herauszuschneiden. Der Herr Pfarrer müsst nur die Tür zusperren und nicht mal den regelmäßigen Kirchengängerinnen oder der Putzfrau würde etwas auffallen. Solang nicht das Blut unter der Tür durchrinnt.

Bevor ich noch was sagen kann, werd ich von meiner Mama unterbrochen: „Was wir dir ja noch sagen wollten: Wir vier haben gestern noch einen Trank gebraut. Also…

eigentlich keinen Trank, der ist nicht zum Trinken, sondern zum Einreiben. Damit reibst du dir die Augen ein, dann wird verborgenes offensichtlich und unsichtbares sichtbar. Die Annelise hat fleissig dabei geholfen."

„Ihr… vier!?" Vorwurfsvoll schau ich die Annelise an, die nur mit den Schultern zuckt und lapidar meint: „Ich war eben neugierig. Eigentlich dachte ich, ihr wolltet etwas kochen und ich kann mir das Eine oder Andere abgucken. Aber es war auch so recht lehrreich." Da schmeichelt meine Göttin doch frech meinen Drei Nornen, die bereits fleißig an meinem Schicksalsfaden fitzeln.

Ich dagegen fühl mich irgendwie verraten. Weibliche Solidarität in Ehren, aber ich dachte eigentlich, es sollt auch eine Solidarität zwischen den Vernünftigen im Raum geben. Aber scheinbar muss ich mich ja mit mir alleine solidarisch erklären. Vielleicht ist auch der Lucky vernunftbegabt und ich hau mich mit ihm auf ein Packl.

„Also, reib dir die Augen ein. Die Tinktur wirkt ein paar Stunden."

„Warum nicht auftragen, wenn ich sie brauch?" frag ich.

„Wie willst denn wissen, wann du sie brauchst, wenn du das Unheil oder den Unhold nicht siehst?" kontert Urli. Besserwisserin.

„Na danke, aber mit meinen Augen ist alles in Ordnung. Ich brauch nicht mal eine Brille."

Gekonnt ignoriere ich das mir entgegengestreckte Fläschchen mit undefinierbarem Inhalt.

„Du nimmst das jetzt und reibst dir die Augen damit ein."

„Und ihr träumt weiter."

Was soll ich sagen… ich kürz kurz ab und sag nur soviel: Fünf Minuten später war ich wieder aus dem Bad zurück, mit tränenden Augen und einem Gefühl der Niederlage.

„Da bitte, seid´s jetzt zufrieden? Was war da eigentlich drinnen?"

„Ach, nur Belladonna und ein paar andere Kräuterextrakte, die die Wahrnehmung schärfen."

Belladonna… was so schön klingt ist nichts anders, als die aufgehübschte Bezeichnung für die Tollkirsche. Und die ist giftig.

„Mach dir nicht in die Hose. Belladonna haben Frauen Jahrhunderte lang benutzt, damit sich ihre Pupillen erweitern. Sollt sexuelle Bereitschaft signalisieren und sie für die Mannsbilder attraktiver machen", versucht Urli mich zu beruhigen. „Außerdem mischen wir sie in Hexensalben. Wir kennen uns damit aus. Also sei jetzt kein Waschlappen."

Während ich versuche, die Tränen wegzublinzeln, frag ich die Annelise: „Was mach ma jetzt? Den Prohaska holen? Wenn, dann musst du das machen, ich seh grad nix mehr. Und inoffiziell. Und wir müssen die drei Hexen da raushalten. Der Prohaska lässt uns sonst noch alle zusammen einweisen. Vor allem, wenn er hört, dass die Alten da… Aua… noch mit psychedelischen und giftigen Drogen herumexperimentieren."

„Ich fürchte, du hast recht. Dennoch ist es sein Fall. Und falls – ich sage dir zuliebe falls – die Geschichten deiner Drei Mäderl stimmen, dann können wir sicher Unterstützung brauchen. Selbst den Kurt."

„Weißt was, wir schauen nur mal nach. Wir tun so, als ob ich dir die Kirche zeigen würd. Ist gar nicht mal so uninteressant. Ziemlich alt. Gehört zu den Wehrkirchen, die hier früher der Bevölkerung Zuflucht geboten haben.

Und wenn uns was entrisch – also spanisch, ich mein, komisch – vorkommt, DANN ruf ma den Prohaska mit der Kavallerie. Was hältst davon?"

„Nichts. Ich finde, wir sollten den Kurt sofort verständigen." Wie kann sich hinter so einer wunderschönen Fassade so ein Sturkopf verbergen? Aber ich seh ein, dass Annelise die vernünftigeren Argumente hat.

„Also gut… Gemma. Aber erst geh ich mich umziehen."

„Und pack den Lucky ein. Hunde verlassen sich nicht auf ihre Augen", befiehlt mein dreiköpfiger Beraterstab unisono.

Normalerweise gehen wir ja mit dem guten Gewand in die Kirche, aber in dem Fall zieh ich mir lieber die Uniform an. Ich kontrollier auch vorsichtshalber, ob eh meine Waffe und kein Wurstbrot im Holster steckt.

Wieder in der Küche angekommen, mein ich noch mampfend: „Wir müssen einen kleinen Umweg über´s Revier machen."

KAPITEL 29

Nachdem ich meine Waffe aus ihrem Schrank im Revier geholt habe, machen wir uns dann aber auf zur Kirche. Dieses Mal leider nicht in´s gleichnamige Wirtshaus. Während ich am Revier meine Waffe geholt und einsatzbereit gemacht hab, hat Annelise den Prohaska informiert. Der uns schon am Eingang zum Pfarrhof ungeduldig erwartet.

„Was soll das? Du glaubst, der Pfarrer war es? Warum?" schießt er auch gleich los.

Klar... er muss ja unbedingt nach dem Warum fragen. Ich hasse diese Frage, wenn nicht ich sie stell.

„Nur so ein Bauchgefühl."

„Ich hoff, dein Bauch hat recht. Zurzeit ist Kirchenbashing nicht gern gesehen. Wenn'st falsch liegst, wirst vermutlich als islamischer Terrorist gebrandmarkt. Ich halt da nicht meinen Kopf für dich hin", warnt mich der Prohaska.

„Na, das wird Wellen schlagen... bin ja im Ausbildungslager der Kriminalpolizei ausgebildet worden... da werden die Amis gleich einmarschieren. Vor allem, wenn die erfahren, dass wir Kernöl haben."

„So blöd sind die auch nicht, dass sie an nukleares Öl denken.“

„Dein Vertrauen in die Menschheit ehrt dich. Ist aber, wie ich fürcht, unangebracht. Aber du hast recht. Nicht die im Allgemeinen. Nur etwa jeder zweite, dritte Präsident wär dazu fähig“, beweise ich meine humanistische Misanthropie.

Der Prohaska seufzt: „Wenn du denkst, dass USA-Bashing besser ist...“

Immer vor einem Einsatz wird gealbert, geunkt und verarscht. Um mit dem Stress fertig zu werden. Und nach einem Einsatz… je nachdem, wie er ausgegangen ist… was da oft abgeht, sag ich lieber nicht. Will ja das Vertrauen in unsere Sicherheitsbehörden nicht unterminieren.

Da beim Pfarrhaus auf unser Klopfen hin niemand aufmacht, beschließen wir, es in der Kirche zu versuchen.

Du musst wissen, unsere Kirche ist was ganz Besonderes. Eine alte, romanische Wehrkirche. Sie wurde gebaut, um den Dorfbewohnern eine Zuflucht vor kleinen Soldateneinheiten und Räubern und Banditen und auch mal den Bewohnern vom Nachbardorf zu bieten. Das hat sie in der Gegend auch oft getan. Hohe, schmale Fenster, die kaum Licht durchlassen. Dicke Mauern. Drinnen immer kühl und dunkel. Gut, da wir an der Wehrkirchenstraße liegen, ist das noch keine so große Besonderheit. Aber unsere Kirche ist eine richtige Wehrkirche. Keine von denen, wo man geglaubt hat, dass da ein Gusserker zur Verteidigung ist, der sich dann doch nur als luftiges Klo herausgestellt hat. Keine kleinen Schlitzfenster, sondern richtige Schießscharten. Eine richtige, dicke Mauer rundum. Kommt nicht so häufig vor. Und unsere Kirche muss von der richtigen Seite aus betrachtet werden, damit sie die harmonischen Proportionen sakraler Bauwerke aufweist. Von der Seite betrachtet… nun, sie wirkt ein bissal gestaucht.

Abgeschnitten. Nicht in der Höhe… Nein… es scheint, als hätten unsere Vorfahren mit dem Bau einer Kirche zu Ehren Gottes begonnen und hauptsächlich eine Prämisse gehabt: Hoch soll sie werden. Einerseits näher zu Gott, andererseits bieten erhöhte Standpunkte Vorteile beim Verteidigen. Als dann die Steine oder das Geld ausgingen, haben sie im Kirchenschiff einfach eine Mauer hochgezogen und die Kirche für fertig erklärt. Deswegen wirkt sie von Vorne und hinten wie eine große, wehrhafte Kirche, von der Seite betrachtet wie ein Auto nach einem Auffahrunfall. Von den Proportionen sollt sie eigentlich um die Hälfte länger sein. Aber für lange Zeit hat die Länge gereicht. Als dann die Bevölkerung größer worden ist, haben sie einen Zwischenboden im Kirchenschiff eingezogen. So hat jeder Platz gehabt. Und Männlein und Weiblein konnten wieder brav getrennt die Messe feiern.

Heutzutage sind nicht so viele Schäfchen zu erwarten, der obere Teil wird deshalb als Dachboden und Abstellkammer verwendet. Nicht sehr religiös, aber praktisch. Wenn da nicht die viel zu schmale Treppe rauf wär. Die reicht vielleicht für die damalige Damenwelt, für einen ausgewachsenen Mann der Jetztzeit ist sie aber nicht breit genug. Zumindest nicht für mich. Deshalb – und weil im unteren Teil niemand zu sehen ist – schaut der Prohaska nach oben. Der Angeber. Aber der wird auch noch mal Hosen in Erwachsenengröße brauchen.

Die Annelise geht entlang des Kirchenschiffs zur Sakristei – was nicht lang dauert. Ich find es immer wieder faszinierend: Du kannst vom Hauptportal auf den Altar spucken (was natürlich niemand tut) aber unser Kirchenschiff hat durch die Breite links und rechts Säulen. Zwei auf jeder Seite um genau zu sein. Mehr hat die Länge nicht hergegeben, ansonsten wär es eine Mauer geworden.

Ich kontrollier die Seitenschiffe aber auch da ist niemand. Annelise, die grad aus der Sakristei kommt und den Kopf schüttelt, treff ich vor dem Altar.

„Keiner da", meint sie nur.

„Vielleicht hat der Prohaska mehr Glück. Aber da oben schaut´s aus… bis er das kontrolliert hat, wird´s noch dauern." Der obere Teil weist meiner Meinung nach eine Raumkrümmung auf. Soviel, wie da oben untergebracht ist, geht sich normalerweise auf dem Platz gar nicht aus. Woher ich das weiß, fragst du dich, nachdem ich ja die enge Wendeltreppe nie nach oben gestiegen bin? Ich seh ja, was da raufgetragen wird, wenn ich die Arbeiten überwach. Selber kann ich ja nix rauftragen, wenn die Treppe nur für Schmalpickte ausgelegt ist. Aber ich leiste nach jeder Prozession moralische Unterstützung und sorg dafür, dass das Bier schön kalt bleibt. Und nicht zu viel davon da ist, damit es zu keinen Unruhen kommt.

Ich will grad den Lucky schimpfen, weil er immer in einen der dunklen Bereiche knurrt. Den hab ich aber vorher eh schon kontrolliert und da war keiner. Vermutlich ist er Atheist und drückt seinen Unmut mit dem Knurren aus. Just in dem Augenblick fängt das Gebräu, wie ich es nenne, zum Wirken an. Mensch, ich sag dir… so stell ich mir einen LSD-Trip vor. Alles wird im ersten Moment unerträglich hell, das lässt aber schnell wieder nach, nachdem mein Hirn anfängt, das Zuviel an Licht rauszufiltern. Ich spür, wie sich meine Pupillen über den Augapfel hinaus erweitern wollen. Ein irres Gefühl. Nicht wirklich schmerzhaft oder unangenehm. Einfach… ja, irre. Wenn mich jetzt einer meiner Kollegen sehen würd (die Annelise zähl ich da mal nicht, die ist ja viel zu gut mit meinen Drei Mäderl), müsst ich auf direktem Weg zum Drogentest. Ich bin mir nicht sicher, ob ich den bestehen würd. Und die Farben… die werden gleichzeitig blasser und bunter. Als ob plötzlich mehr Farben existieren, die aber nicht so leuchten. Ich schwör dir, ich seh jeden Luftzug. Nicht, weil sich irgendein Vorhang darin bewegt. Nein, wirklich den Luftzug. Den Wind. Die Luft. Die verschiedenen Strömungen, die in der Kirche rumwirbeln.

Und dann wird auch noch alles mit einem Effekt überlagert, der dem Bild einer Wärmekamera gleichkommt. Ich reib mir die Augen, will sie mir gar gleich mit Weihwasser auswaschen. Das menschliche Hirn ist nicht dazu ausgelegt, solche Bilder von den Sehorganen geliefert zu bekommen. Zumindest mein Denkapparat nicht.

Ich schau zur Annelise rüber und erstarre. Nicht, weil sie… weil sie… naja, wie soll ich das beschreiben... Stell dir vor, du siehst eine Zeichnung des menschlichen Skeletts. Und eine der Adern. Und die verschiedenen Wärmezonen des Körpers. Dann nimm dir einen Menschen, schau ihn an und stell dir vor, dass du das Ganze auf einmal siehst. Und noch ein paar andere Details, die ich als Gentleman aber jetzt nicht näher ansprechen werd. Mann, hat die Annelise ein… äh… eine Aura. Aber dennoch zieht es meinen Blick hinter die Annelise. Da ist nämlich plötzlich der Herr Pfarrer aufgetaucht. Aus der dunklen Ecke, die der Lucky dauernd angeknurrt hat. Die ich kontrolliert hab. Und in der es keine Tür gibt. Lucky dreht grad völlig durch und die Annelise sich um. Schaut direkt in den dunklen Bereich zwischen den zwei Säulen. Der Pfarrer erstarrt. Geschockt seh ich, wie die Annelise nur mit den Schultern zuckt und sich wieder zu mir umdreht, um den Lucky zu beruhigen, der mittlerweilen seine Leine fast zum Zerreißen spannt. Ich seh, wie der Pfarrer in sein schwarzes Sakko greift und ein Jagdmesser rausholt. So ein amerikanisches Bowiemesser. Wie er es hebt, um der Annelise die Klinge in den Hals zu treiben, bricht endlich der Bann. Bisher hat sich alles irgendwie wie in Zeitlupe abgespielt. Ich muss wohl irgendwie die Leine vom Lucky losgeworden sein, weil der fliegt richtig Richtung Pfarrer. Er ist aber nicht so schnell wie ich. Bevor er die paar Schritte zurücklegen kann, hab ich meine Waffe gezogen und auf den Pfarrer geschossen. Da er halb von der Annelise verdeckt ist, mach ich instinktiv einen Kopfschuss. Genau zwischen die Augen. Der Herr Pfarrer ist tot, bevor er am Boden aufschlägt und der Lucky ihn in sein Wadl beißt.

Die Annelise schaut mich zuerst ungläubig an, schaut auf die Waffe in meiner immer noch ausgestreckten Hand und dann erst dreht sie sich langsam um. Dabei stolpert sie fast über die Leiche. So nah war er ihr schon. Und sie hat ihn vorher nicht gesehen. Halt dir deine ausgestreckte Hand vor die Augen. Siehst du sie? Die Annelise hätt den Pfarrer auf jeden Fall sehen müssen. Und auch hören. So ein Kirchenboden ist nicht grad zum Anschleichen gebaut worden.

Erst als sie sich wieder zu mir umdreht, lass ich die Waffe sinken. Einen Menschen zu töten ist nie einfach. Und erleichtert stell ich fest, dass es nach dem ersten auch nicht leichter wird. Das ist nämlich eine der größten Ängste bei den guten Polizisten…. Dass Töten irgendwann zu einfach wird. Klar, als Soldat wirst du darauf trainiert. Aber als Polizist sollte die Waffe die letzte Möglichkeit sein. Und… Mist… ich hab weder Warnruf noch Warnschuss abgegeben. Aber wie auch. Dazu war ja keine Zeit mehr. Na, auch egal. Darum wird sich später schon irgendwer kümmern oder auch nicht… in so einem Moment sollte das auch mein kleinstes Problem sein. Das größere Problem ist die Annelise. Die will mir anscheinend den Kopf abreißen. Vermutlich, weil ich einfach geschossen hab und damit unsern Verdächtigen umgebracht habe. Aber dann tritt sie auf das Jagdmesser und schaut nach unten. Und begreift. Dann seh ich noch, wie die Annelise blass wird und zum Schwanken anfängt. Schneller als man mir zutraut hechte ich in ihre Richtung und fang sie grad noch auf, bevor sie mit ihrem süßen, blonden Sturschädel den steinernen Kirchenboden demoliert. Gut, vielleicht hab ich da jetzt ein bissal übertrieben, aber ich biete der Annelise meinen Arm zur Stütze an, den sie auch annimmt.

Erst dann seh ich den Prohaska, der mit gezogener Waffe am Ende der Treppe steht und mich mit offenen

Augen anstarrt. Na, auch verständlich. Ich halt immer noch meine in der einen und die Annelise in der anderen Hand. Und das nach einem Hechtsprung, der dem Olympiasieger im Bodenturnen gut zu Gesicht gestanden wär. Muss ein Bild wie am Cover eines Groschenromans abgeben, noch dazu mit dem toten Pfarrer zu meinen Füßen. Der Titel wär dann wohl auf… naja, halt in einer anderen Sprache. Oder auf evangelisch. Allerdings… bei meiner Statur eher einer der billig gemachten Groschenromane.

KAPITEL 30

Natürlich verständigen wir dann auch noch ganz offiziell die Kollegen, die Spurensicherung, den Gerichtsmediziner und was halt noch so alles dazugehört. Das übernimmt der Prohaska, ich hab ehrlich gesagt keine Einwände dagegen, auch wenn er die Lorbeeren einheimsen sollt. Aber ich könnt zu dem Zeitpunkt eh noch nicht telefonieren. Nicht nur, weil mein Handy wieder mal irgendwo faul rumliegt. So ein Schuss in einem geschlossenen Raum zerreißt dir fast das Trommelfell. Erst langsam lässt der schussbedingte Tinnitus nach und auch meine Augen beruhigen sich wieder ein wenig. Ich frag mich, ob die Annelise schon wieder was hören kann.

Dieses Mal dauert es nicht lang, bis alle vor Ort sind. Aufgeregt wuseln alle rum wie kopflose Hühner und ich werd rumgereicht wie ein ungewünschtes Weihnachtsgeschenk.

Erst geraume Zeit später, als ich wieder ein wenig Zeit zum Atmen und klar Denken bekommen hab, lass ich das ganze Geschehen in der Kirche noch mal vor meinem inneren Auge vorüberziehen und wunder mich. Vielleicht liegt es wirklich an dem Gebräu, das meine Drei Mäderl mir da gegeben haben, aber abgesehen vom aus dem Nichts auftauchenden Herrn Pfarrer… ich könnte schwören, dass da noch zwei Gestalten hinten im Dunkeln aufgetaucht sind, als der Herr Pfarrer nach meinem Schuss zu Boden sinkt. Auch wenn da keine sein konnten. Eine davon in einem Maßanzug mit schwarzen Flügeln und eine in einer schwarzen Kutte mit Kapuze. Und sie streiten sich.

„ICH BIN DRAN! ICH DURCHSCHNEIDE DEN LEBENSFADEN!“

„Du hast ihn schon beim Letzten durchschnitten. Das ist meiner!“

„ICH BIN DER TOD. DU NUR DER TODESENGEL, AZRAEL. ES IST MEINE AUFGABE…“

„Du möchtest doch nur deine neue Sense ausprobieren, gib es zu.“

„GEFÄLLT SIE DIR? WAR EIN GEBURTSTAGSGESCHENK.“ Mit einem Wusch schwingt Kapuze die Sense, ein ‚Twäng‘ deutet auf einen Treffer hin. „UUUPS. 'TSCHULDIGUNG! DAS WOLLTE ICH NICHT.“

„Das war mit Absicht und gemein. Du kannst dich nicht einfach vordrängen!“ Dann zögert die Gestalt Namens Azrael: „Du hast Geburtstag?“ fragt er, während sie sich langsam Richtung Mauer entfernen.

„SEIT JAHRTAUSENDEN ARBEITEN WIR NUN BEREITS HAND IN HAND UND DU WEIßT IMMER NOCH NICHT, WANN ICH GEBURTSTAG HABE?“

„Nein… Ich meine, du HAST Geburtstag?

„NATÜRLICH. JEDER WIRD GEBOREN. SELBST DAS UNIVERSUM.“

„Ich kann mich nicht daran erinnern. Wir Engel haben keinen Geburtstag.“

„DAS KANN NATÜRLICH RECHT

TRAUMATISCH SEIN. SO ETWAS VERDRÄNGT MAN SCHON MAL. ABER EINE KINDHEIT OHNE GEBURTSTAGSFEIERN… WIRKLICH TRAURIG."

„Du warst jemals ein Kind?"

„DU ETWA NICHT? ICH FINDE, EINE GLÜCKLICHE KINDHEIT IST FÜR DIE ENTWICKLUNG WICHTIG, UM…"

Bevor ich erfahren kann, warum eine glückliche Kindheit der Meinung von der Kapuzengestalt nach wichtig ist, sind sie verschwunden. Nicht durch die Türe. Einfach…. Verschwunden. Puff, in Luft aufgelöst.

Muss am ganzen Stress liegen. Ich mein… schon von der Zeit her würd sich das Gespräch ja gar nicht ausgehen… Aber es… ach, ich glaub, ich brauch jetzt Urlaub, wenn ich schon Gestalten seh, die einfach verschwinden. Total überarbeitet. Hab schon Halluzinationen. Und man braucht ja kein besonderer Wiffzack zu sein, um zu wissen, wer der Typ mit der Sense war.

Entweder das, oder ich muss mit meinen Drei Mäderl mal ein ernsthaftes Wort über verbotene Substanzen reden. Das würd noch fehlen, dass das Drogendezernat bei uns anklopfen tät – vor allem, wenn sie dann wirklich was finden. Denen trau ich alles zu (such dir aus, wen ich damit mein). Obwohl ich noch nie von Drogen gehört hab, die über die Augen genommen werden. Klar, beim Essen isst das Auge mit, aber bei Drogen?

Das ganze Brimborium erspar ich euch. Natürlich hat die Spusi den Tatort übernommen (die wollen schon Mengenrabatt beim Robert), alles ist haargenau untersucht und dokumentiert worden. Im Kühlschrank vom Pfarrhaus hat man wirklich auch noch die Reste von einem menschlichen Herzen gefunden. Auch verdammt viel Blut an der Kleidung vom Herrn Pfarrer. Und an verschiedenen

Stellen im Pfarrhaus. Die gesammelten Proben werden mit den Genproben der Toten abgeglichen. Damit wär dann endgültig jeder Zweifel ausgeräumt, dass es unser Herr Pfarrer – Gott verdamm ihn – war. Als ob es noch Zweifel geben würde. Warum? Tja, darauf werden auch die Polizeipsychologen keine befriedigende Antwort finden. Die Antwort meiner Drei Mäderl kennst du ja.

Anscheinend hat der Herr Pfarrer sich das Vertrauen der Frauen erschlichen. Klar, so ein Pfarrer tut doch keinem was. Ich kann mir vorstellen, dass er die Wanderin irgendwie in´s Pfarrhaus gelockt hat. Vielleicht mit dem Versprechen, nochmal die Wasserflasche aufzufüllen oder einfach den richtigen Weg zu zeigen, was weiß ich. Die Andra war eh religiös, da braucht ihr der Herr Pfarrer nur angeboten zu haben, ihr noch die Beichte abzunehmen. Oder er hat sie gefragt, ob sie ihm noch schnell bei irgendwas helfen kann und sie zum Wildgatter raufgelockt und dort umgebracht. Da gibt´s viele Möglichkeiten, wir werden das nie mehr mit absoluter Sicherheit rekonstruieren können.

Ich muss gestehen, ein bissal unheimlich ist mir die ganze G´schicht schon. Aber das werd ich sicher nicht zu Hause erzählen – meine Drei Mäderl haben eh schon ein viel zu großes Ego. Vielleicht mal am Stammtisch, da gibt´s dafür sicher Freibier. Der Robert hört eine gute Geschichte genauso gerne wie jeder andere und ist in letzter Zeit richtiggehend spendabel mit seinen Freibierangeboten worden. Und selbst wenn nicht… einer der Stammgäste wird sich schon meiner strapazierten Gurgel erbarmen.

Ich mein, war schon komisch, wie der verblichene Herr Pfarrer so plötzlich aus dem Nix kommen ist. Klar, wenn in dem Gebräu Belladonna drin war… in der Kirche war es dunkel… wenn sich dann die Augen weiten und man in der Dunkelheit besser sieht… Vielleicht hat er sich in der Ecke irgendwo drunter versteckt? Auch wenn ich mich jetzt nicht dran erinnern kann, dass da viel rumgestanden wär.

Den ganzen Nachmittag verbring ich damit, von den verschiedensten Leuten befragt zu werden. Verständlich, der fehlende Warnschuss lässt alle nervös werden. Da darf nichts schiefgehen. Überrascht stell ich fest, dass nicht nur die Annelise mich verteidigt, sondern auch der Prohaska mich in Schutz nimmt.

Ein Tag der Wunder. Halleluja. Gottseidank geht´s der Anneliese den Umständen entsprechend gut.

Natürlich erzähl ich nicht alles. Die Sache mit dem Gebräu zum Beispiel lass ich aus. Sonst steht im Protokoll, dass ich unter Drogen gestanden hätt. Na danke. Überhaupt die Sache mit dem Reininger… die Kriminaler wird´s sicher nicht interessieren. Können ja keinen verhaften, der schon seit Jahrhunderten tot ist. Ich kann nur hoffen, dass die Annelise auch nix davon zu Protokoll gibt. Oder zumindest nur eine zensierte Fassung ohne den ganzen übernatürlichen Hokuspokus. Aber sie ist ja eine g´scheite Frau, und wie sich herausstellt, hat auch sie nicht viel ausgeplaudert.

Die Annelise hat sich klarerweise auch wieder gefangen. Auch sie ist intensiv befragt und zur Sicherheit in´s Krankenhaus gebracht worden. Zum Abschied hat sie noch gemeint: „Danke, Franz. Danke, dass ich nicht mit meinem Herzen dem Mistkerl zu noch mehr Macht verholfen habe. Ich habe schon seit unserem ersten Treffen gewusst: Du bist der Beste. Für mich."

Was sie damit gemeint hat? Oder hab ich mich einfach verhört? Oder versuch ich verzweifelt, mehr in ihre Worte zu interpretieren, als sie sagen wollte? Vielleicht bedeutet das in Deutschland ja ganz was anderes? Und egal, wie grausig die ganze G´schicht mit den Frauenherzen auch war… meins droht bei der Annelise ihren Worten vor Freude zu zerspringen. Auch wenn ich nicht glaub, dass der Pfarrer das von der Annelise fressen wollt... da hät ihm ja auch die Zeit dafür gefehlt. Oder er wollt uns alle drei umbringen und dann ihr Herz mit einem Chianti futtern? Wer weiss schon, was in so einem Psychopathen vor sich geht und in welcher Welt er lebt.

KAPITEL 31

Nachdem das ganze Tohuwabohu endlich ein wenig ruhiger wird, schaff ich es, mich in meine Kirche zurückzuziehen. Da ist schon die ganze Stammmannschaft versammelt.

Wie der Lucky und ich in den Schankraum kommen, heben sie alle ein Jubelgeschrei an. „Auf den Helden", „Der Held der Frauen" und so. Echt, ich bin gerührt und überleg, ob ich beim Robert eine Lokalrunde ordern soll.

Bis ich hör: „Ganz allein soll er den Pfarrer zerfleischt und die Annelise gerettet haben." „Ein mutiger Dackel, traut man ihm gar nicht zu." „Dass sich so ein Kleiner auf den Herrn Pfarrer stürzt… Mutig!"

Mit offenem Mund steh ich an der Schank, unfähig mein Bier zu bestellen. Und eine Lokalrunde… in den kühnsten Träumen der Dackelverherrlicher vielleicht, aber selbst da sicher nicht von mir.

Robert, der mein fassungsloses… Ach, nennen wir es Erstaunen und nicht ‚Beleidigt sein', bemerkt, fragt: „Was ist denn los?"

„Ich hab die Annelise gerettet. Und jetzt wird der Dackel als Held gefeiert? Bekommt er vielleicht auch noch ein Freibier von dir?" motze ich, normalerweise die

Bescheidenheit in Person. Aber das find ich einfach sowas von unfair. Ehre, wem Ehre gebührt. Ja, stimmt schon... ein bissal eine gebührt auch dem Lucky. Aber mir die meiste!

„Wenn, dann nur ein Freimalzbier. Aber..." und damit wendet er sich an die Stammmannschaft, die grad den Lucky feiern und herzen: „Leute, es reicht, er ist drauf reingefallen."

Und wie eine gute Mannschaft drehen sich alle mit einem breiten Grinsen zu mir um.

„Ihr habt mich verarscht!" ist alles, was ich rausbring.

„Und wie. Hat sein müssen. Können ja net zulassen, dass dir der Kropf schwillt und platzt vor lauter Eitelkeit", ruft aus der zweiten Reihe der Kogler II. Was natürlich einen weiteren Heiterkeitsausbruch auslöst. Ich werd rot. Dieses Mal nicht vor Ärger... ich bin´s eigentlich nicht gewohnt, im Mittelpunkt zu stehen. Klar war ich sauer, dass der Lucky der Held war und nicht ich, aber... ach, ich bin ein Mann. Und damit kompliziert. Sagt meine Oma immer. Diskutier mit der, wennst mir nicht glaubst.

„Deppen", murmle ich freundlich, während ich, dann doch wieder gerührt und mit immer noch roter Birne, endlich beim Robert mein Bier bestellen will. Und überrascht feststell, dass er schon eins vor mich hingestellt hat. „Auf´s Haus. Hast dir verdient. Wär schad um die fesche Kriminalerin, auch wenn sie Deutsche ist. Aber vielleicht gibt´s ja noch Hoffnung und wir machen eine waschechte Österreicherin aus ihr", meint er. Noch überraschter bin ich nach dem ersten Schluck. Er hat mir nicht sein normales, billiges Schankbier eingeschenkt, sondern sein Selbstgebrautes. Das, was es ja gar nicht gibt. Offiziell zumindest. Und inoffiziell verdammt gut schmeckt, offiziell natürlich nach gar nix. Ich sag dir, nichts ist nach so einem Tag besser, als dem Robert sein Selbstgebrautes. Was ich dir natürlich niemals gesagt haben könnt, wennst verstehst, was ich mein.

Mit meinem imaginären Bier – sozusagen – in der Hand, dreh ich dann noch eine Runde durch den Schankraum und genieß doch irgendwie die Bewunderung, die mir entgegenkommt. Und vielleicht auch das eine oder andere imaginäre oder auch reale Bier, das mir die Leut ausgeben beziehungsweise einfach in die Hand drücken.

An letzteren, realen Bieren muss es auch gelegen sein, dass ich dann vielleicht doch ein bissal beschwipst bin. Oder auch an den Schnapserl, mit denen ich die imaginären Bierchen runtergespült habe. Ich sag dir, so imaginäre Biere machen ganz schön durstig. Klar, wenn man ja nix trinkt - sozusagen.

Auf jeden Fall bin ich schon in guter Stimmung, als auch der Prohaska in´s Wirtshaus kommt. Anders als bei seinem ersten Besuch wird er dieses Mal auch herzlich willkommen geheißen und wie ein Held (2ter Klasse, was sonst) gefeiert. Auch er bekommt ein paar imaginäre Biere. Und ein paar reale. Und schnell einen Rausch. Verträgt halt nix, der Herr Kriminaler.

Natürlich kursieren auch schon die ersten Gerüchte… der menschliche Verstand sucht eben eine logische Erklärung, wenn etwas Unerklärbares geschieht. Der Herr Pfarrer hat die Herzen von Frauen gefressen, damit er im Spiel gewinnt. Das erklärt, warum der Kogler verloren hat. Die Welt ist wieder im Lot – zumindest, soweit es die Stammgäste in der Kirche betrifft. An Wundersames, so abscheulich es auch sein mag, zu glauben, fällt ihnen nicht schwer. Ohne magische Hilfe hätt unser internationaler Lokalmatador natürlich nie verloren. Als Polizist bin ich natürlich nicht grad froh über den Dorftratsch und hoff, dass sich in naher Zukunft keine Herzlfresser rumtreiben werden, nur damit sie beim Schnapsen gewinnen. Aber hast du schon mal versucht, Gerüchte, Klatsch und Tratsch aufzuhalten? Da kannst du genausogut versuchen, einen Erdrutsch mit bloßen Händen zu stoppen.

Auch über meine Beteiligung in der Klärung wird natürlich viel spekuliert. Dass ich eine Ausbildung zur Hexe mach, hat sich klarerweise schon rumgesprochen. Danke, Urli? Oder Oma? Oder Mama? Oder an alle Drei? Sind halt kleine Plappermäulchen, meine Drei Mäderl. Auf jeden Fall meint der Karli zu mir: „Ha, dann bist ja der ´Franzl Ebner, Hexenlehrling´. Und des in deinem Alter. Aber ich sag ja immer, es ist nie zu spät, sich ein zweites Standbein aufzubauen... Gibt´s des beim Humboldt zum studier´n?"

Warum kann´s nicht ´Franz Ebner, Hexenjäger´ sein? Das klingt nicht so schlecht. Würd auch zu mir als Polizist besser passen. Oder meinetwegen ´Zauberlehrling´, klingt auch nicht schlecht. Klingt fast gebildet. Nach Goethe. Andererseits... da würd ich dann vielleicht Probleme mit Disney bekommen. Oder mit der J.K. Und außerdem hab ich da eh kein Mitspracherecht. Solang´s nicht der Hexenazubi wird...

Den Lucky werd ich wohl auch nicht mehr los. Natürlich bekommt er als Held der Stunde (in einer Nebenrolle. Hauptheld bin natürlich ich, der sehr verehrter Herr Franzl) sein Malzbier. Damit schlabbert er sich in die Herzen der Stammmannschaft. Wenn ich ihn weggeben würd, könnt ich mich nicht mehr nach Hause trauen. Und auch nicht mehr in´s Wirtshaus. Was schlimmer ist... da bin ich mir nicht sicher, aber ich werd weder das eine noch das andere riskieren. Außerdem ist er ja irgendwie schon ein kleiner tapferer Kerl. Könnt sich auch als durchaus nützlich erweisen. Der könnt zum Beispiel die Katzen meiner Drei Mäderl in ihre Schranken verweisen. Auch wenn wir derzeit keine haben, aber als Hexe ist es ja schon fast Pflicht, mindestens eine schwarze Katze zu haben, oder? Ob ich den Dreien jeweils eine schenken soll? Der Lucky hätt dann seine Sparringspartner. Naja, vielleicht, wenn er anfangen würd, Gewichte zu stemmen und zum

Dackel-Schwarzenegger wird. Dann vielleicht. Vorher setz ich mein Geld auf die Teufelsvie… Hexenkatzen.

Der Kogler scheint seine Bummerl überwunden zu haben, heut spielt er wieder, als ob er mit dem Teufel im Bunde steht. Da er seinen Hut trägt, ist das gar nicht so falsch. Allerdings steht er mit schlimmeren dunklen Mächten als dem Teufel im Bunde… mit meinen Drei Mäderln.

Was die mir erzählen werden, wenn die ganzen G´schichteln von heut Abend die Runde im Dorf machen, will ich mir lieber gar nicht vorstellen. Ein aufgeplusterter Pfau wird dann nix gegen die drei alt… junggebliebenen Hexen sein.

Ich bin mir auch sicher, die ganze G´schicht wird noch ein Nachspiel haben. Interne Ermittlungen, Befragungen meiner Person und Schuldzuweisungen, warum sowas geschehen hat können. Warum niemand früher was bemerkt hat. Wie man ähnliches in Zukunft vermeiden kann (lessons learned heißt das neuerdings bei uns im Fachjargon). Dann das Getuschel im Dorf, wo es dann plötzlich eh alle gewusst haben, dass mit dem Herrn Pfarrer was nicht stimmt. Und natürlich meine Drei Mäderl mit ihren Wahnvorstellungen, mich zur Hexe zu machen. Ich bin mir sicher, die werden mir in nächster Zeit das Leben zur Hölle machen.

Aber für heut, jetzt grad, in dem Moment, ist die Welt in Ordnung. Das einzige unerklärliche ist, warum mein Bier schon wieder leer ist. Ob das Glasl ein Loch hat?

KAPITEL 32

Nachdem die Feier dann doch länger dauert, als ich geplant hätte, wenn ich sie geplant hätt, geh ich dann doch irgendwann unter den entrüsteten Schreien der Mitfeiernden nach Haus. Unglaublich, aber wahr: selbst ich brauch mal meine Ruhe. Der Tag war ja wirklich nicht mein bester. Klar, ich hab meine Traumfrau gerettet, das schon. Aber… ich hab einen Menschen umgebracht. Auch wenn das ein wirklich böser Mensch war – es war ein Mensch. Der gelebt hat und meinetwegen jetzt nicht mehr lebt. Der Alkohol hilft grad so, die Schuldgefühle ein wenig zu betäuben, aber sie sind da. Nagen immer im Hinterkopf. Hätt ich das Dilemma anders lösen können? Hätt ich wo anders hinzielen können? Aber ich bin mir sicher: Hätte ich gezögert, wäre die Annelise jetzt tot. Vielleicht ich auch, denn der Pfarrer hätt sicher versucht, alle zu beseitigen, die ihm im Weg stehen. Um dann in Ruhe der Annelise ihr Herz fressen zu können. Aber trotzdem sind Zweifel und Schuldgefühle da. Klar, man kann damit leben, wie sonst sollt man sich nicht vor den nächsten Zug schmeißen. Aber schön ist sowas nicht. Gottseidank!

Also verabschiede ich mich von meinen Gratulanten und Freunden (auch vom Prohaska, der aber nicht mehr viel mitbekommt. Dem sein Kopf liegt zu dem Zeitpunkt auf einem der Tische. Unauffällig kontrollier ich, ob der Rest vom Prohaska eh noch dranhängt. Das tut er und er sabbert und schnarcht, was das Zeug hält). Anfänger.

Daheim angekommen, schleich ich mich in mein Zimmer und zieh mich bis auf die Unterhose aus. Keine Ahnung, wie ich es geschafft habe, mir die Zähne zu putzen. Bevor ich das Licht abdrehe und endlich an der Matratze horch, werf ich noch einen Blick in den großen Spiegel. Mal den gestählten Heldenkörper in voller Pracht bewundern.

Was ich da seh… lässt mich auf einen Schlag nüchtern werden. Und nicht mehr an Schlaf denken.

Ich schrei.

Ende

Historische Anmerkungen zum Herzlfresser

Obwohl die Geschichte frei erfunden ist, basiert sie dennoch auf einem wahren Kern. Den Paul Reininger gab es tatsächlich und die Morde, die hier beschrieben wurden, hat er auch tatsächlich so verübt. Und er gab bei seiner Gerichtsverhandlung zu Protokoll, dass er gehört habe, dass er nach dem Verzehr der Herzen von Jungfrauen Glück im Spiel haben werde. Allerdings verübte er die Morde nicht in der niederösterreichischen Buckligen Welt, sondern im steirischen.

Zwischen 1779 und 1786 wurden in der Gegend um Kindberg (Steiermark) die Leichen der Frauen entdeckt. Bei den meisten Funden dachte man zuerst, dass die Frauen von umherziehenden Zigeunern oder Räubern ermordet wurden – Zigeuner und andere Umherziehende wurden damals gerne als Universalschuldige angegeben. Dementsprechend fielen die öffentlichen Untersuchungen aus. Erst Wochen nach dem Mord an der Dienstmagd Magdalena Angerer im Jänner 1786 erhielten die Behörden endlich Hinweise auf den Knecht Paul Reininger. In den Kindberger Gasthäusern wurde der nämlich schon etwas länger verdächtigt. So wurde bemerkt, dass er am Tag des Mordes an der Magdalena in einem Gasthaus ordentlich gezecht und sein ganzes Geld verspielt hatte. Außerdem wurde er am Abend in der Nähe des Tatortes gesehen. Natürlich ist da viel geredet worden. Jeder wusste, dass der Paul Reininger immer knapp bei Kasse ist. Woher hatte er also plötzlich das Geld?

Als die Behörden schließlich die Habseligkeiten von Paul Reininger durchsuchten, bestand kein Zweifel mehr daran, dass es sich bei ihm um den Täter handelte: Neben dem blutigen Kleid von Magdalena Angerer und ihrem Kranz wurde die Hälfte des Herzens der siebenjährige Schafhirtin Elisabeth Leitner gefunden. Diese hatte er 1782 wegen einem Ziegenbock ermordet und ihr das Herz herausgeschnitten. Eine Hälfte soll er gleich gegessen haben, die andere hat er aufgehoben. Warum, weiß keiner.

Nach der Verhaftung zeigte sich der Paul Reininger geständig, aber ohne Reue. Ihm war bewusst, dass er keine Gnade – weder vom weltlichen Gericht noch von Gott – zu erwarten hatte.

Die Strafe durch das Landesgericht Wieden bei Kapfenberg fiel den Taten entsprechend aus: Todesurteil. Die Art und Weise, wie der Verurteilte damals zu Tode gebracht wurde, würde heutzutage selbst als verdammenswerter Akt gesehen: Beide Wangen brandmarken, Riemen aus der Haus seines Rückens schneiden und anschließend sollte er noch gerädert werden.

Doch Kaiser Franz Joseph II, der seiner Mutter Maria Theresia 1780 auf den Thron folgte, zeigte für seine Zeit ziemlich liberales Gedankengut. So schuf er unter anderem die Folter und die Todesstrafe ab. Das Urteil für den Paul Reininger wurde daher umgewandelt. An drei aufeinanderfolgenden Tagen soll er je einhundert Stockstreiche erhalten. Was allerdings beinahe einem Todesurteil gleichkam – nur auf Raten. Vom 4. bis 6. Juli 1786 erhielt er diese in Kapfenberg. 14 Stöcke verschliss der Scharfrichter dabei – so stark soll er vor Wut über die begangenen Morde zugschlagen haben. Anschließend wurde der Reininger – mehr tot als lebendig – in das Grazer Schlossberggefängnis überstellt um dort seine lebenslange Haft abzusitzen. Bei Wasser und Brot, und alle Viertel Jahre 50 weiteren Stockhieben. Dazu kam es aber nicht mehr.

Kurze Zeit später, am 11. November 1786, starb Paul

Reininger im Gefängnis.

Als einen der Gründe für die Morde gab Paul Reininger – neben dem Geld – den Aberglauben an. Nach einer alten Überlieferung sollten demjenigen, der die Herzen von Jungfrauen isst, übernatürliche Kräfte verliehen werden. Je nach Quelle sind allerdings die Anzahl der Herzen als auch die verliehenen Kräfte unterschiedlich. Glück im Spiel und Unsichtbarkeit waren allerdings jene, die auf den Reininger besonders attraktiv wirkten. Angeblich hat ihm jemand davon erzählt, er konnte sich aber nicht mehr erinnern, wer oder wo.

Anderen Überlieferungen zufolge konnte ein Herzlfresser auch noch das Wetter beeinflussen, was 1856 einen Krieglacher zur Leichenschändung trieb. Am Fronleichnamstag wurden da zwei junge Mädchen begraben, aber ihre Leichen bald darauf entwendet. Am nächsten Tag fand man sie wieder – mit herausgeschnittenen Herzen. Auf seinem Totenbett soll ein gewisser Matthias Bruggraber die Tat gestanden haben, offiziell geklärt wurde der Vorfall aber nie.

Aber wir sollten nicht überheblich werden und denken, dass unsere Vorfahren naiv, ungebildet oder schlicht und ergreifend dumm waren. Selbst heute finden in vielen Regionen der Welt – sogar in Europa – noch Hexenverfolgungen statt. Und auch der Aberglaube ist nicht ausgestorben, auch wenn er manchmal sonderbare Formen annimmt. Hat nicht ein amerikanischer Präsident gedacht, dass Desinfektionsmittel, wenn es injiziert wird, gegen Corona helfen soll? Woraufhin etliche Menschen Desinfektionsmittel tranken, um in den „übernatürlichen" – da wissenschaftlich nicht beleg- und sogar wiederlegbaren – Schutz vor Corona zu bekommen.

Und wer weiß, wie die Menschen in 200, 300 Jahren über uns urteilen werden.

Geographische Anmerkungen zur Buckligen Welt

Die Bucklige Welt liegt im Süden von Niederösterreich, an der Grenze zum Burgenland und der Steiermark. Also im Herzen von Österreich. Der Name kommt von den Buckeln, wie wir hier – auch - Hügel nennen, wir sind also nicht die Erben vom buckligen Quasimodo aus „Der Glöckner von Notre-Dame“. Und da es zahlreiche davon gibt (von den Buckeln, nicht Bucklige), ist die Bucklige Welt auch als „Land der 1000 Hügel bekannt“. Zugegeben, über die genaue Zahl lässt sich vorzüglich diskutieren, nicht zuletzt, da auch die genauen Grenzen der Buckligen Welt je nach Betrachtung und Intention unterschiedlich gezogen werden.

In der wechselhaften Geschichte war die Region stets umkämpft, die trutzigen Burgen erzählen auch heute noch davon. Nach der flachen Region im Osten, bildeten die Hügel das erste Hindernis gegen Eindringlinge und eine gute Möglichkeit, Hügelfestungen zu bauen. Bekannte Eindringlinge waren etwa die Awaren, Hunnen und Osmanen - um nur einige davon zu nennen. Befestigungsanlagen auf den Buckeln sicherten ab dem 16. Jahrhundert die Ostgrenze des Herzogtum Österreich und vorher war die Bucklige Welt das Grenzgebiet zwischen Österreich und dem Herzogtum Steiermark. Die Burgen – von Seebenstein, Grimmenstein, Kirchschlag, Thernberg und Pitten zum Beispiel - thronen auch heute noch imposant auf ihren Hügeln und die zahlreichen Wehrkirchen zeugen ebenfalls von der bewegten Vergangenheit.

Lange davor wurde das Land von den Römern beherrscht, vor jenen von den Kelten, wie etwa die nahegelegene Fürstenburg von Schwarzenbach oder die

Ausgrabungen keltischer Besiedelung in Pitten bezeugen.

Allerdings ist eines der Wahrzeichen der Region künstlich: die Ruine am Türkensturz bei Gleißenfeld zieht den Blick schon von weitem auf sich, selbst von der Südautobahn sind die malerischen Mauerreste zu sehen. Allerdings wurden die erst im 19. Jahrhundert im Auftrag von Johann I von Lichtenstein und bereits als romantische Ruine erbaut. Landschaftsverschönerung der damaligen Zeit.

Heute teilen sich rund 38.000 Einwohner etwa 585 Quadratkilometer (zum Vergleich: Wien hat 415 Quadratkilometer und etwa 1,9 Millionen Einwohner) die Buckeln gemeinsam mit zahlreichen (Tages-)Touristen und Sportbegeisterten. Wanderrouten, Mountainbike-Strecken, Klettersteige und Trailrunning sind nur einige der sportlichen Möglichkeiten, mit denen die Bucklige Welt lockt.

Brand aber werden weder Einheimische noch Touristen finden, es existiert nämlich in der Form und an der beschriebenen Stelle nicht.

Und keine Sorge, wenn ihr nicht alles versteht: der Dialekt der Buckligen Welt ist süd-mittelbairisch. Genaugenommen zählt das Land der 1000 Hügel linguistisch zum „süd-mittelbairischen Übergangsgebiet", die Wiener und der Rest von Niederösterreich reden Mittelbairisch. So gesehen ist der Dialekt der Buckligen Welt mit dem steirischen näher verwandt. Aber was wissen die Linguisten schon. Wir reden einfach, wie uns der Schnabel gewachsen ist. Und sind dabei sogar multilingual – wir verstehen die Obersteirer, die Wiener und sogar die meisten Deutschen. Schon super, gell – oder genauer ‚göö', wie wir ‚gell' auch aussprechen.

Und in Wirklichkeit ist die Bucklige Welt auch nicht mehr so blutig, sondern sehr friedlich (bis auf überlaufene Wochenenden, da geht es ziemlich zu – von

Schürfwunden und kleineren Sportverletzungen abgesehen aber unblutig) und aufgeschlossener, als hier dargestellt. Unsere Uhren ticken nicht 40, 50 Jahre hintennach. Wir haben es auch schon in das 20… ´tschuldigung, 21. Jahrhundert geschafft.

Und wir mögen alle – sogar die Wiener.

Meistens.

Mit dem Franzl geht es weiter…

Und zwar im zweiten Teil der ~~Blut~~… Buckligen Welt Serie:

Hexenmorde

Da erfahren wir auch, warum der Franzl so schreien musste und ob er doch noch den Hausgeist kennenlernt. Und ob er wirklich Hexen-Lehrling wird. Und wie es mit der Annelise weitergeht. Und warum es zu weiteren mysteriösen Todesfällen rund um Brand kommt (und natürlich auch, wer der Täter ist).

Über den Autor Sean McFly

Sean McFly stammt aus Österreich, genauer gesagt aus der Buckligen Welt, und schreibt unter diesem Pseudonym kuriose, absurde und skurrile Fantasy. Mit dem Tarnnamen hofft er, dass isländische Elfen und norwegische Trolle seine Spur verlieren (die ganze Geschichte ist auf seiner Homepage nachzulesen).

Sean McFly wurde schon mit den Großmeistern des Genres wie Robert Rankin, Tom Holt (mit all seinen Pseudonymen) und Robert Asprin aber auch mit Neil Gaiman, Christopher Moore und Terry Pratchett verglichen. Manchmal sogar freiwillig und im positiven Sinn.

In seinen absurd skurrilen Geschichten verteilt er mit tiefschwarzem Humor Seitenhiebe nicht nur auf Gott und die Welt.

Zurzeit lebt Sean McFly irgendwo in Europa, das er mit seiner Lebensgefährtin in einem Wohnmobil bereist – sofern die Grenzen pandemiebedingt nicht geschlossen sind. Als Angestellter von zwei Katzen und einem Hund findet er zwischen Katzenklo, Futternäpfen, Gassirunden und Krauleinheiten Zeit, Bücher zu schreiben und ab und an Laufen zu gehen.

Weitere Bücher von Sean McFly

Azrael – Auftragskiller on Demand

Ein kleines, idyllisches Dorf im Herzen der Welt. Es herrscht Ruhe, die nur vom Klang der Rasenmäher durchbrochen wird. Das Dorf dämmert friedlich im Dornröschenschlaf vor sich hin. Der Traum jedes gestressten Städters. Oder etwa nicht?

Für einen ist es die reinste Hölle… denn er ist nicht nur Auftragskiller und durch Meucheln von Grashalmen und Gänseblümchen nicht ausgelastet. Auch als Azrael, der Todesengel, sieht er Rasenmähen nur als überaus unbefriedigende Freizeitbeschäftigung.

Doch dann kommt endlich ein Auftrag für den Auftragskiller.

Doch erstens kommt es anders, zweitens als man denkt.

Denn der Todesengel muss zum Schutzengel werden…

Ein verzwickter Fall zwischen Dorfidyll und Auftragsmord, neugierigen Nachbarn und gefährlicher Konkurrenz. Ein Auftrag, der den Todesengel von der Buckligen Welt bis in die Ewige Stadt Rom führt.

Wenn es in der Hölle friert…

Der Teufel hat es nicht leicht. Nicht genug, dass die Hölle umstrukturiert wurde und er sich nun mit Berichten und Aufsichtsräten quälen muss, geschehen in der Hölle auch noch rätselhafte Morde an unsterblichen Dämonen.

Warum, zur Hölle, muss ausgerechnet er sich darum kümmern? Wer steckt dahinter? Und wie können Unsterbliche überhaupt getötet werden? Fragen über Fragen. Dabei möchte Teufel doch nur in Ruhe ‚World of Warcraft' zocken, um der himmlischen Mannschaft endlich mal wieder kräftig in den Hintern zu treten. Und dabei seinen Whisky trinken.

Als seine Frau Lilit auch noch beschließt, dass er alkoholfreier Vegetarier werden will, reicht es dem armen Teufel. Nun muss er sich doch vom Computer losreißen, um seine Hölle zu retten.

Einige **total** und **komplett unabhängige** Stimmen zu „Wenn es in der Hölle friert…":

„Ein Meisterwerk, das seinesgleichen sucht. Genialer Autor, geniale Geschichte! Ich habe seit langem kein so teuflisch lustiges Buch mehr gelesen."

Lucy M. Stern

„Verdammt. Einfach nur Verdammt!"

Anonymer Dorfpfarrer

„**H**alleluja für dieses Buch, das
Interessantes und Informatives
Lustig verpackt. Dank ihm muss
Fantasy neu definiert werden.
Es hat mir sehr gefallen.
!"
Ein freiwillig bestimmter Testleser

„Vorab: Das ist meine eigene Meinung zu diesem Buch. Ich finde, es ist nicht weniger als ein Meisterwerk, dass jeder mit genügend Humor gelesen haben muss. Und diese Meinung hat gar nichts mit dem gehörnten Monster zu tun, dass mir beim Tippen über die Schulter schaut."

Ein begeisterter Fan

„Die Geschichte, wie der Teufel souverän diese rätselhaften Mordfälle löst, ist in einem Atemzug mit den Großmeistern der Weltliteratur zu nennen."

Belial, Leiter höllisches Marketing und PR

„Als ob die Foltermethoden hier unten nicht schon genug wären, musste ich jetzt auch noch dieses Buch lesen. Mein Fazit: Eine Qual."

Ein Sünder

Printed in Poland
by Amazon Fulfillment
Poland Sp. z o.o., Wrocław

93198082R00174